# 世界奇异故事

[日]海野十三 等／著
田玉／编译

第二季

江西教育出版社
JIANGXI EDUCATION PUBLISHING HOUSE

图书在版编目（CIP）数据

世界奇异故事. 第二季 /（日）海野十三等著；田玉编译. -- 南昌：江西教育出版社，2018.7
ISBN 978-7-5705-0126-7

Ⅰ.①世… Ⅱ.①海… ②田… Ⅲ.①故事—作品集—世界 Ⅳ.① I14

中国版本图书馆 CIP 数据核字（2018）第 005822 号

世界奇异故事·第二季
SHIJIE QIYI GUSHI DI-ERJI
（日）海野十三 等著 田玉 编译

江西教育出版社出版
（南昌市抚河北路 291 号 邮编：330008）
各地新华书店经销
大厂回族自治县德诚印务有限公司
720mm×1000mm 16 开本 19 印张 字数 240 千字
2018 年 7 月第 1 版 2018 年 7 月第 1 次印刷
ISBN 978-7-5705-0126-7
定价：39.80 元

赣教版图书如有印制质量问题，请向我社调换 电话：0791-86710427
投稿邮箱：JXJYCBS@163.com 电话：0791-86705643
网址：http://www.jxeph.com

赣版权登字 -02-2018-231
版权所有·侵权必究

# 目 录

离奇的抢劫案 // 001

幽灵船惊魂 // 013

法网恢恢 // 024

失踪的摄影师 // 035

海神的祭祀 // 050

勇猛的骑士 // 070

火车惊灵 // 077

凶宅 // 090

人鱼眼泪 // 104

消失的尸体 // 140

寄魂 // 159

对面楼的男人 // 180

朱雀怪 // 221

帆村侦探纪实 // 243

地狱旅馆 // 271

# 离奇的抢劫案

[英]马西阿斯·麦克　杜奈尔·鲍特金　著

杰姆·潘科直到把黑色皮包稳稳地放在身旁空位上的时候，才长长地出了一口气。

他长着可爱的圆脸和金色的头发，让人一眼看上去就觉得很好相处。他的身材很高大，正因为这个，他才会在这里。

他是戈华—格兰特银行的员工，正在执行一项特别任务——把五千英镑从伦敦送到两百英里外的分行。现在，那笔巨款就躺在那个黑色的皮包里。

杰姆有点紧张，他从来没有做过这样的事。在这之前，这个工作一直由另一位经验丰富的员工负责。不过，很不幸，就在几天前，那位员工生了很严重的病，没法再胜任这项工作，于是，无奈的主管思前想后，只好找来了杰姆。他认为杰姆长得人高马大，看起来不好招惹，一定能保护好这笔巨款，顺利完成任务的。

杰姆却不这么想，自从拿到这个皮包，他时刻感到不安。他觉得这个包非常沉重。这让他不得不格外小心。唉，这可不是在抢一张球赛门票，而是在保护一笔巨款啊！杰姆忐忑地想着，抢票的时候，毫无疑问，自己一定会表现得十分勇猛，可巨款……谁知道会发生什么事儿呢！

此时此刻，他独自一人坐在一个头等厢的单间里面，默默祈祷火车可以快点开往目的地。一路上，他的手都紧紧地护在黑色皮包上，一直十分警惕，好像真的要发生什么事情一样。

终于，火车到了艾迪斯科母联轨站，离下一站还有四十七公里。

杰姆大大松了口气，拿出自己的烟斗，点燃了，惬意地抽了一口，然后铺开报纸，翻到体育新闻的版面，津津有味地看了起来。

不一会儿，汽笛声响起，火车缓缓开动了，放松的杰姆全神贯注地看着报纸，完全没有注意周围的环境——他不知道在他面前的阴影里面正有一个人。这个人一直盯着他，好像准备对他做点什么，看上去很不正常。

慢慢地，那个人真的动起来了，他朝着杰姆走过来，不发出一丝声响，如同鬼魅一般。

杰姆毫无防备。突然，一双有力的胳膊勒住了他的脖子，随即，一个膝盖用力，顶向他的前胸，杰姆很想挣脱，但是，这个时候，那人把一块手帕塞进他的嘴里。

很显然，那块手帕上面有麻醉剂。这下，杰姆觉得浑身瘫软，完全使不出力气了。不过，他依然没有放弃挣扎，还是尽力用自己高大的身体去顶对方。

他差点就要成功了。可是，麻醉药的威力不容小觑，它最终帮助贼人打败了强壮的杰姆。

杰姆倒在了地上，一动也不动，彻底晕过去了。

过了很久，他才慢慢醒过来，脑袋里昏昏沉沉的。他唯一能够想起来的事情就是，钱包被抢了！

窗外的风景依旧在飞逝，显而易见，火车并没有停下，车厢门也完好无损，车厢里除了杰姆，没有其他人。

杰姆慌乱地在车厢里四处寻找着他的包，但是，整个车厢空空如也，什么也没有。

他惊恐地拉开车厢门，冲大家大喊："我的包！我的包被抢走了。"

杰姆的动静引来了很多围观的人，其中也包括一名列车员。

"这是怎么回事儿？它是在哪个地方被抢走的？"他走进来，看着衣衫不整的杰姆，有些怀疑地问。没办法，不管怎么看，杰姆也并不像一个可以拥有五千英镑的人。

杰姆大声地说："我的黑色手提包里面有五千英镑，它被人抢走了。它是在艾迪斯科母到这个车站中间的路途中被抢的。"

列车员一听他的话，马上表示了反驳："这是不可能的，我们在这两站之间根本没有停过，并且这节车厢也从来没有进过别人，除了你。"

"可是，我的包确实被人抢走了。我也以为车厢里面一直只有我一个人，后来我的确看见了一个人。他应该早就藏在了我的座位下面。"

"这倒也不是没有可能。不过，先生，你有证据吗？"

杰姆瞪着眼睛，无言以对。

"算了，算了，要不你去跟侦探说说你的情况吧。站台上有个侦探，你可以向他求助。"

没有办法，杰姆只好把在自己身上发生的事情对那个侦探讲了。侦探仔细了解了情况之后，一时也没有办法破案。

他对杰姆说，这件事太离奇了，自己要好好想想。

案件发生后的第三天，格里高雷·格兰特爵士求见女侦探杜拉·米尔斯小姐。

格里高雷·格兰特爵士是一个身材魁梧的中年人，而米尔斯小姐当时正在客厅工作。

爵士非常绅士地走进来，对米尔斯小姐说："米尔斯小姐，您好，我是戈华—格兰特银行的股东之一，我的好朋友曾经和我提起过您，现在，我是来寻求您的帮助的。您应该已经听说过那件案子了吧，就是发生在火车上的那件案子。"

"是的，我在报纸上看到过有关这件案子的报导，但是，我知道的也不是很多。"

"我也不清楚太多，没有办法告诉您更多，不过，我对这件案子十分上心，所以才来向您求助。您要知道，我来请求您帮忙的主要原因不是为了那笔钱，五千英镑是一笔大数目这没错，但是更重要的是，这关系着我们银行的信用和声誉。您应该知道，我们戈华—格兰特银行是一家很注重声誉的银行，我们银行从来没有发生过任何欺诈客户的事情，这次的事件如果得不到妥善的解决，很明显会损害我们的声誉。至于那个员工，那个叫杰姆的员工，到目前为止，是最值得怀疑的。我希望您能够查清真相，如果真的是他干的，我希望他会受到制裁；如果他是被冤枉的，我也希望您能够还他一个清白。"

"那么，那些警察是如何看待这件案子的呢？"

"他们认为犯人就是杰姆，因为他们觉得，车厢里面不应该有其他人。谁都知道，那时候火车的速度非常快，正常人是不可能离开那节车厢的。同样，也不可能有人在这种情况下，用任何常规的办法进到车厢里去。他们认为，杰姆肯定是把手提包交给了另外一个同伙。"

"警方现在在干什么呢？"

"警察现在逮捕了我们的员工杰姆，同时悬赏追捕一个拿着黑色牛皮手提包的人，他们信誓旦旦地说，他们抓住了主犯，从犯很快也会被捉拿。"

"那您是怎样认为的呢？"

"说实话，米尔斯小姐，我并不觉得这个案子就是这个样子的，虽然一切看上去合情合理。但是，当我见过杰姆之后，我还是觉得有些不对劲。"

"我想去见见这个小伙子，可以吗？"

"当然可以，很高兴您愿意这样做。"

在和杰姆见面之后，米尔斯对格里高雷爵士说："我知道这件案子该怎么办了，不过，我有个请求。"

"酬劳随您开价。"

"不是关于酬劳的事情，只有案子处理完了，我才会收取佣金。我想要说的是，和您的想法一样，我也觉得杰姆先生是清白的，我想要帮他洗清嫌疑。"

于是，银行方面撤掉了对杰姆的起诉，杰姆获得了自由。之后，杰姆和米尔斯小姐一起从伦敦来到了艾迪斯科母站。杰姆十分感谢米尔斯小姐，反复向米尔斯小姐表达感激。同时，他也跟米尔斯小姐说起了自己经历的一切。

"装现金的那个包很重对吗？杰姆先生。"米尔斯问杰姆。

"对，那个皮包还是有一定重量的，不过，我身体不错，就算提着那个包，我还能够走很久呢！"

"是的，看得出来，您的身体真好。"当米尔斯小姐用指尖触碰到杰姆结实的手臂时，杰姆脸红了。

"要是那个罪犯再一次出现在您的面前，您能够辨认出他吗？"

"我认不出来他的脸，因为那个时候我还没有反应过来，一双有力的胳膊就掐住我的脖子了，然后一块带有麻醉药的帕子就捂住了我的嘴。我想，那个时候火车才开出没有多久，大约才十英里的样子，其实我也不太能够相信那个时候车厢里面还有其他人在。您能够相信这件事情，我觉得很感激。我也知道别人不会相信我说的话，毕竟那个时候火车跑得飞快，要不是亲身经历过这件事情，我也不会相信这件事情……米尔斯小姐，您知道他是怎样做到这一点的吗？"

"这一点我当然可以告诉您，不过要等等才行。您不要着急，等我们到了艾迪斯科母，等我找到一个带着曲柄手杖的人，就会告诉您罪犯是怎么做到的。那个时候，真相就会大白。"

杰姆将信将疑地跟着米尔斯小姐去了艾迪斯科母。

米尔斯小姐化名为布朗小姐，和杰姆住在一个旅馆里。

之后的一个星期里，他们并没有做什么。

一天下午，米尔斯小姐从楼梯上面往下走，碰到了一个要上楼去的壮实中年人。

那个人有一条腿不太好使，挂着一根橡木的曲柄手杖，上面包裹着黑色的油漆。米尔斯小姐和他擦肩而过，目不斜视，一切看上去什么异样也没有，只是一次正常的陌生人相遇。

那天晚上，米尔斯小姐和收拾房间的仆人谈天，得知那个人叫麦克·克劳德。他是一个生意人，这一段时间都住在这个旅馆里面。这些日子里，麦克·克劳德先生偶尔坐火车去往伦敦，偶尔又会骑着自行车去乡村看风景。

仆人说，麦克·克劳德先生是一个很温和的人。

次日，米尔斯小姐又在台阶上遇到了这位先生。也不知道是米尔斯小姐不当心还是麦克·克劳德先生没有在意，就在为他让路的时候，米尔斯小姐的脚一不小心踢到了那根手杖，一下子把手杖从他的手里撞出来，飞到了楼梯下面。

米尔斯小姐赶紧跑去捡那根手杖，一边说"对不起"，一边把手杖还给他。

就在这个短短的时间里面，米尔斯小姐已经清楚地看到，这个手杖的曲柄部分里面有一道很深的痕迹，那里的油漆都被磨掉了。

深深的痕迹甚至刻进了木头里面。

那天晚上，米尔斯小姐和杰姆在餐厅吃饭，他们的餐桌旁边就是那位麦克·克劳德先生。用餐用到一半的时候，米尔斯小姐说自己的手表坏了，让杰姆回头看看他背后墙上的钟表到什么时候了。虽然杰姆知道，实际上，米尔斯小姐抬起头就能够看见杰姆背后的钟表，却还是疑惑地遵从了她的嘱咐，回头看表。

杰姆一回头，就和麦克·克劳德先生的目光撞上了。麦克·克劳德看见杰姆的脸的那一瞬间，表情变得惊惧无比，好像看见了什么可怕的东西。杰姆有些奇怪地看了麦克·克劳德一眼，并没有表现出什么其他的情绪。

一会儿过去了，克劳德继续吃他的晚餐，而米尔斯小姐在摆弄她的手表。

等到吃了晚饭之后，米尔斯小姐一边思考，一边弹着没有调子的钢琴曲。忽然，米尔斯小姐的琴声停了下来，她对杰姆说："我们明天要出门了，骑自行车出去，具体时间不知道，不过要随时出发，我们还要准备一些东西。"

"没有问题，米尔斯小姐，我们需要什么东西？"

"一捆绳子，要结实的。"

"好的。"

"还要一把手枪,你有手枪吗?"

"没有,我没有用过手枪。"

"那要是给你一把手枪,你能开枪吗?"

"这个可不行。米尔斯小姐,我只会用拳头,我的拳头还是很硬的。"

"我们不需要拳头,我们需要一把枪。废话不多说,你去准备明天要用的自行车,还有绳索。"

"包在我身上。"

次日,他们吃完早饭后,米尔斯坐在客厅的沙发上看书。从这个位置,她能够透过窗户看见旅馆的大门。

一直等到9点半的时候,麦克·克劳德出现在旅馆门口。

麦克·克劳德推着一辆自行车,自行车的前面挂着一个很大的帆布包。而且,麦克·克劳德先生行走非常正常,一点也不像一个腿脚不方便的人。

麦克·克劳德一出门,米尔斯和杰姆就立马出门,骑上自行车去追踪他。那个时候,麦克·克劳德已经骑出一段距离了。

"杰姆,你听我说,我们要跟着他,我在前面,你跟在我的后面,留一段距离。要是我在你前面挥舞白手帕,你就踩着自行车奋力向前冲,明白了吗?"

"明白了。"

就这样,他们三个前前后后踩着自行车离开市区,来到了郊区。一路上,米尔斯小姐努力地跟上麦克·克劳德,而杰姆则不得不放慢自己的速度,和米尔斯小姐保持着距离。虽然杰姆不是很明白米尔斯小姐要做什么,但还是按照她的话做了。

麦克·克劳德走的路线是和铁路轨道的方向相反的,但是现在,他却又开始掉头了。他转换了方向,开始向铁路线的地方驶去,有时候,他在行驶的过程中还会回头，探头探脑地看看后面。但是，当然，他什么人都没看到。每过一会儿他都会回头看一看，当然，还是什么人都没有。

那个时候，米尔斯小姐在拐弯那里。

现在，麦克·克劳德离那个电线断裂的地方还有一英里的路程。米尔斯熟知这里的路，她知道这条路马上就要到尽头了。这一段是弯曲的坡路，两边生长着茂盛的树木。

麦克·克劳德加速行驶，后面的米尔斯小姐和杰姆也加快了速度。很快，麦克·克劳德终于到了最高的坡上，马上就要下坡了。坡道尽头，树木十分茂盛。

在坡道尽头，麦克·克劳德警惕地回头看了一眼，然后忽然停下。因为米尔斯小姐在后面放慢了速度，所以没有被麦克·克劳德看见。

在麦克·克劳德下车的地方的左边有一道围墙，麦克·克劳德把自行车停在墙边，从车上取下帆布包，轻手轻脚地翻越了这道围墙。他翻墙的时候动作十分迅猛，简直不是他这个年纪的人应该有的速度。

而另一边，米尔斯已经看见麦克·克劳德翻过了围墙，跑进了树林里面。她立马挥舞起自己的白手绢，给杰姆打信号，然后迅速向山坡下冲去。

跟在后面的杰姆接到讯号，也大力向前面冲去。

看着麦克·克劳德的自行车，米尔斯小姐就知道他是从哪里翻墙过去的。她跟着麦克·克劳德的踪迹，翻过围墙，小心地落在地上，小心翼翼地往树林里面走。

过了一会儿，她就听见树林里面传来了声响。

米尔斯不动声色地靠了过去。她看见在树叶的后面有一个背影，正跪在地上。在一旁，一个黑色的皮包散落在地上。

米尔斯小姐慢慢地靠近他，就在离他很近的时候，米尔斯小姐忽然大声叫道:"你好啊,麦克·克劳德先生!"

那人显然被吓了一跳,整个人颤抖了一下,猛然转过身来,看见了他身后的米尔斯小姐。

他低声地骂了一句,然后准备把手伸进自己的口袋里面。

"不要动!举起你的双手!"

米尔斯用手枪对准了麦克·克劳德的头,而就在这个时候,杰姆也翻过围墙,跑了过来。

米尔斯小姐对杰姆说:"杰姆,你慢慢走过去,从左边过去,拿走他的枪,然后用绳子把他的手捆起来!"

杰姆照着米尔斯的话做了,在看见麦克·克劳德的那双粗壮的胳膊时,他想起来,在列车上,他就是被这样的一双胳膊勒住的,就下意识地用力,把麦克·克劳德的手绑得更紧固了。

"你去把那个帆布包拿起来,你会觉得它很重吗?"米尔斯打趣道。

杰姆笑了,这个包对于他来说一点也不重!

"你站起来!你在前面走,现在我要把你弄到艾迪斯科母,交到警察的手里。"米尔斯对克劳德说。

克劳德的脸色十分差。

翻过围墙之后,杰姆把帆布包绑在自己的自行车上。

米尔斯对杰姆说:"你把他的自行车的脚蹬拆下来一个,只留一个给他就好了。"

杰姆当然很乐意,不一会儿就弄好了。

"把他弄上车,让他用一个脚蹬蹬回去好了。"听到米尔斯这样说,麦克·克劳德立马开始求饶,他举起了自己被绑的双手。

"这点事难不倒你的,反正,你过来的时候,也是一只手抓住车把中间骑过来的。你应该知道，不管怎么说，你都必须这样做，抢劫犯先生。"

于是，这个抢劫犯用一只脚踩着自行车骑回了艾迪斯科母。然后，米尔斯小姐和杰姆两个人就把麦克·克劳德送回了警察局。

这件事情在艾迪斯科母引起了极大的轰动，整个城市的人都议论纷纷。当天中午，米尔斯小姐发了一封电报，把这件事情通知了格里高雷·格兰特爵士。当天下午，格里高雷·格兰特爵士就匆匆赶了过来，邀请米尔斯小姐和杰姆共进晚餐，想好好庆祝一下案子告破。

这位银行高层对小员工杰姆说："杰姆先生，我们决定要给你一些补偿。而亲爱的米尔斯小姐，我们也决定把找回的赃款的一半给您，作为您破案的报酬。不过话说回来，我还是很好奇，您是怎样发现这个罪犯，怎么知道赃款被他藏在那里的呢？"

"道理其实很简单，爵士。现在全国都在通缉一个带着黑色皮包的人，所以，这个时候，这个狡猾的罪犯肯定不会把钱包带在身上的，他一定会想要把钱包藏起来，然后自己也找个地方，安静地等待风头过去。但是，在旅馆的时候，他看见了受害人杰姆先生，虽然杰姆没有认出他，他却已经开始想要把钱藏好了，而我，就是等着他去藏钱的时候下手。"

"不过，您是怎么在艾迪斯科母发现他的呢？而且最让人费解的是，他是怎么在一辆飞速行驶的列车上悄无声息地离开的呢？杰姆，你知道吗？"

"对不起，先生，我也很纳闷，这些都是米尔斯小姐带着我干的。我只知道那个人的曲柄手杖上面有个凹痕，其他的我什么也不知道。"

"米尔斯小姐，您就赶快告诉我们吧！"

"爵士，您要是仔细看，就会发现那一段路的火车车厢离电线很近。"这个时候，米尔斯小姐拿出了麦克·克劳德的曲柄手杖。

"如果一个人足够强壮，足够灵活，完全能够用这个曲柄勾住火车外面的电线，把自己吊在电线上，从车上下来，然后再顺着电线，一路滑到电线杆那里。当然，这样很有可能把电线杆上的绝缘瓶打破，所以，那里的电线就坏掉了。"

"那么，这个刻痕是怎么出现的呢？"

"这是电线不停地摩擦这个曲柄内侧产生的，您看，"米尔斯小姐把手杖递给爵士，得意地说，"那天，我一看到这个刻痕，就知道这是怎么回事儿了。"

# 幽灵船惊魂

[美]弗兰克·诺里斯 著

一望无际的海面上，克拉鲁斯号正徐徐前进，船身在平静的海面上划过一条白色的波浪。

这艘船在海上已经航行了很久，这里的天空都是浅蓝色的，阳光毫不吝惜地照耀着海面上这艘小圆点般的船。这里的海水是深蓝色的，当风平浪静的时候，海面看上去光滑得像一块花岗岩石板，晶莹透亮得好似一面蓝色的玻璃。

大海好似没有尽头一般，我们的眼睛能够看到的地方，除了海水就是和海水一样辽阔的天空。轮船一日不停地向目的地行驶着，远远地将烟囱里冒出的黑烟与船身带起的白色浪花甩在身后。

每天中午的时候，哈登伯格船长都会在操舵室里悬挂的海图上做一个标记，用以记录我们的行程。

我们已经在苍茫的大海上行驶了很远的距离。在这里，都市的喧嚣都离我们远去，我们曾经熟知的生活场景也在脑海里渐渐模糊，众人孤独地在海上航行。

"我特别喜欢在大海上生活。"阿里·巴赞开心地说,"这里没有那么多人,不用时刻担心踩到别人的脚。"

哈登伯格说:"我们在这大海上来无影去无踪,真是快活,谁都没有来过这个地方,而且第一次来的人大多数都会迷路。"

然而,史特罗似乎并不能对他们的乐趣感同身受,他说:"我感觉自己好像被塞进了一个臭皮球里。"

其实克拉鲁斯号这次出航已经违反了相关的法律,而这项见不得人的交易早已经存在了两个世纪之久,因为利益非常大,所以总有人甘愿去冒险。

我们的目的地是一个可怕的小岛,提起那个小岛,没有人能够露出轻松的表情。因为,就在两个世纪之前,那里发生了一件可怕的事情。

那个时候,有一艘小吨位的帆船来到了我们所说的那个岛上,他们做完了坏事之后,就乘着船离开了。等到他们彻底远离那座小岛,以为一切都结束的时候,可怕的事情发生了。那些被船员害死的人突然出现在船的前方,而在他们脚下的甲板上,生出了像霉菌一样的斑痕。船员们都吓坏了,他们在船上惶惶不可终日,每时每刻都生活在恐惧的阴影下。很快,两周的时间过去了,大批大批的船员都死去了,最后,只剩下六名船员还在苟延残喘。这六名船员觉得不能再待在船上了,便乘坐着一艘小船,再次回到了那个岛上。不过,这依然无法扭转什么。而当他们发现自己已经无法逃脱死亡的噩运的时候,就把自己经历的事情写了下来,然后在岛上死去了。

他们离开船之后,船还像是有人在驾驶一样,张开了风帆。据他们的记载,他们六个人奋力地划着小船,海面上吹起了海风,那艘大船就跟在他们的身后。一直到风停了，那艘船才被他们甩开，安静地停在海面上，慢慢地消失在他们眼前。

自此之后，再也没有人看见过这艘船。

不过，在我看来，实际上，这六个可怜的船员很有可能是带着他们的罪孽回到了小岛上，而那艘船就像是一个守护神，保护着这六个船员。

然而，无论如何，两个世纪之后的我们完全没法再去探究这件事情，毕竟死者为大，我们还没有丧心病狂到要去当一个盗尸者。

在最开始，他们吐槽海上单调的生活时，我保持沉默。我并不是一个专业的水手，比起他们，我更加难以忍受这样的生活。而现在，孤独和无聊让我感到焦虑。

只不过，这样的过程是必须的，谁让我们干的是见不得人的勾当呢。

在出发第七天的时候，哈登伯格船长同我一起打算抓两条小鲸鱼来丰富一下我们的晚餐。抓鱼的时候，他对我说："我们距离目的地还有800多千米，而我们的航速已经达到了13节，算一算就知道我们还有多少天才能够到达那里——不过，我觉得我们应该会比预计的速度更快。"

"难道晴天能够让我们的船速变快吗？"

"你要知道，迪克森先生，没有人能够完全了解大海。好在我从小就跟它在一起，我对它很熟悉。你看——"他指着地平线说，"我们现在什么都看不到，我们的船也稳稳当当的，但是我觉得我应该左转，我就会这么做，我能够感觉到大海要怎样做。"

我对哈登伯格说："我知道你的经验很丰富，但是，经验再丰富的船长也会在没有海浪的天气翻船的，难不成大海对你说了什么吗？"

哈登伯格目光闪烁，似乎并不打算告诉我什么。

"我并不是很清楚，但是好像有什么东西在靠近我们，我不知道那是什么，我说不清楚……"过了很久，他才这样说。可是，没说两句，他就嘻嘻哈哈地转移话题了。

吃完晚餐后，我们在船舱里面抽着烟，聊着天，话题很自然地跑到了白天我和哈登伯格聊的事情上面了，只不过哈登伯格不在，我和其他人在聊这个话题。

阿里·巴赞对我笑着说："这是我说的，我诅咒任何突然跑出来的东西。"

就在这个时候，厨房的餐具忽然掉到地上，发出了巨大的声响，把阿里·巴赞吓了一跳，他立马就大骂了一句。

而另一边，斯特洛克的情绪从前天开始，已经非常低沉了，他沮丧地说："虽然这儿天气很好，什么风浪也没有，不过我还是觉得有些难受和不安。"

也许是因为其他人焦躁的情绪感染了我，也许因为是这神秘的海洋真的盯上了我，从那天起，我整个人就陷在了一种烦躁和焦虑当中。很难相信，我甚至会因为找不到火柴而大发脾气。

我没有办法说出我到底为什么而焦虑。我觉得好像有什么东西在这大海里面跟着我们，它在看不见的角落里看着我们。

我们船上的船员组成很奇怪，除了我、船长哈登伯格、斯特洛克、阿里·巴赞之外，还有三个黑人伙计、几个烧煤工人以及一个轮机长。平日里，我和这三个黑人伙计总是无聊地站在甲板上，一站就是一整天；有时候我们都保持着沉默；有时候我会和他们吵架。他们让我感觉到难言的烦躁，我觉得和他们没有任何共同语言。我发誓，我从来没经历过这么痛苦的航行，特别是和这样的三个船员在一起。

我们唯一有共同意见的事情就是，有一次我们的厨师一不小心烤坏了一炉子饼干，我们都表示难过，并且在哈登伯格的建议下，一起干了一杯。

那天晚上，我们在甲板上待了很久。我们先是无聊地谈论着彼此的经历，然后又跑到船舱里找到了一副纸牌，靠打纸牌消磨时间。

驾驶台只有斯特洛克在值守。

等到了凌晨的时候，我忽然听见从驾驶台传来的哨子声音，那是一种尖锐的长鸣。我立马放下手里的牌，所有人都停止了动作。

那一瞬间，我们听到了船上机轮转动的声音、烟囱噗噗排气的声音、哈登伯格的钟表转动的声音……

很快，驾驶台里面又传来了新的动静，斯特洛克在夜空里大声嚎叫："有船——那里有一条船！"

我们扔掉了手里的牌，相互看了一眼，然后一窝蜂地冲上甲板。

所有人都激动得要跳起来了。

海面上依然非常平静，就像是被冻住了一样。月亮在天上散发着红色的光芒，我们的船在海上悄无声息。

我站在船上，像一个傻瓜一样四处张望，走到前面的哈登伯格对我们说："上来——在这里！"

我们又"噔噔噔"地跟着哈登伯格上了驾驶台，小小的驾驶台瞬间被挤满了。我跟在后面上去，他们都在四处张望："船呢？船呢？"

斯特洛克正要指给我们看，我们就已经看到了它。

我屏住了呼吸，好像听见了哈登伯格牙齿颤抖的声音，那种声音在我们集体的沉默中显得格外响亮。

阿里·巴赞默默地说："天呀，为什么是这样子的一条船？"

没有人回答他。我们集体沉默着，灯光把我们的影子拉长，我们挤作一团，睁大眼睛看那条船。

那艘船离我们很近很近，目测连半英里都没有。

那是一条过时的船，现在没有谁会把船建造成这个样子。那艘船并不长，在船尾部分有一个很高的船楼，上面有一些小窗户，长得稀奇古怪的，而在它的两边，有两个很大的铁灯笼，应该是用来点指示灯的。船上还有三根桅杆，不过早已经没有了帆，在上面挂着一些绳子和铁具。

红红的月光照耀在海面上，这一艘船也孤独地飘在那里，它显得破落而陈旧，仿佛来自很久之前，被它的主人抛弃了。

我敢发誓，我再也没有见过比这艘船还要可怕的东西。

斯特洛克对我们说："我刚刚打了会儿盹……好吧，这是不对的。我们应该是一直在朝它前进，在我醒过来的时候就看见了它。我醒过来之后，一转身它就在那个地方了。"

说完之后，斯特洛克就笑了笑。

突然，我们的船不能动了，似乎有什么东西撞到了我们的船。我们的船歪了一下，所有人都被颠簸了一下子。接着，我们船上的蒸汽机部位发出了一声凄惨的尖叫。

我们的船和我们一起，在这茫茫的大海上沉默了！克拉鲁斯号失去了动力，它渐渐慢下来，依靠着惯性在水面行进。

我们已经意识到不对劲，哈登伯格大声说："进入准备状态！"然后，他又打开管子对机房的人说："发生了什么事情？"

我听见下面的人虚弱地说："先生，我们的轴承坏了。"

哈登伯格对我们所有人说："我们回船舱，讨论一下。"

我们所有人都没有再去看那艘船，然而这也改变不了我们正在朝着它前进的事实。

我按住斯特洛克的肩膀，盯着他的眼睛，问："是因为你打了个盹，所以才突然看见它出现在这里的吗？你确定？"

他没有回答我，甚至一直到五年后的今天，斯特洛克都没有回答我这个问题。

当看到坏掉的轴承的时候，我们已经感受到什么叫绝望了。机轮长也很明白地告诉我们，他非常确定它无法被修好了。

没有人对此发表意见，虽然那艘破船一出现，我们的轴承就坏掉了——这件事情很值得讨论和质疑，但是，现在，没有任何人觉得这是不应该的。

我们沉默不语，情绪低落。

"所以该怎么办？"哈登伯格开启了话题。

但是，很显然，他开启得很不成功。我坐在凳子上，在我的对面，是打开的舱门。穿过舱门，我能够看见圆圆的月亮挂在空中，看见闪闪的夜星，看见黎明就要到来——在天的那一边，已经泛出了曙光。

现在是凌晨3点，那艘奇怪的船一直跟着我们，就在不到半英里的地方。

"上岛！我们不能就这样回去，虽然轴承坏了，但是我们还有武器。"阿里·巴赞大声说。

话题终于被打开。我们讨论了两个多小时，在这两个多小时里面，我们每个人都在大喊，都在发表意见，甚至有人激动地捶着桌子，发出"咚咚"的响声。

我不记得我们最后是怎样决定的，等到值班的人颤抖的声音通过管道传到船舱里面的时候，已经是凌晨5点了。

他说："先生们，你们应该到甲板上来看看。"

值班人的声音很虚弱，就像看到了死神一样惊惧。我们所有人面面相觑，每个人的表情都不是很好。我们集体沉默了。

最后，哈登伯格说："又发生了什么？我真的不认为我是个胆子小的人，但是，现在，我受够了！"

他走上了甲板，我们也跟着出去了。

太阳还没有出现在地平线上，夜晚也没有完全过去，外面的气温依然很低。这种介于黑夜和黎明之间的天色很是诡异，看上去不太舒服。幸好，这种颜色正在慢慢地褪却。

所有人站在甲板上看着远处，所有人再一次沉默——这样的沉默已经出现了很多次。我们耳朵唯一能够捕捉的声音就是机房里的管道在滴水的声音。

那声音一滴一滴的，显得冷漠而苍白，仿佛是在倒计时一样。

"你们应该都看到了，对吧，它在朝我们过来。是洋流在推着它走，对吧……"斯特洛克努力让自己声音听起来不像是在哭。

我们觉得黎明永远都不会到来了。

阿里·巴赞已经开始祈祷了。哈登伯格大声地说："挂起帆！我们不能让它撞上我们！把帆挂起来！"

斯特洛克无奈地说："可是，完全没有风啊，你能够感觉得到风吗？"

是的，我们静静地停在了海上，海面上所有的东西都没有动，除了那艘船！

那是一艘幽灵船！

那艘幽灵船在向我们靠近，它高大笨重的船体在水面上慢慢地行进着，它的船头直冲着克拉鲁斯号。它距离我们是如此近，仿佛我们一伸手就能够摸到它。

现在，我们已经能够看见这艘幽灵船上的朽烂的木头、杂乱的绳索、支离的甲板……被船体带动的海水打着圈，像躲避怪兽一样，纷纷逃离它。

它悄无声息地前进，它在我们看来是如此的巨大，在这片平静的海上似乎没有什么能推动它。然而，事实是，它确实在朝我们前进。

我们静静地待在克拉鲁斯号上，显得非常可怜，仿佛被这个世界抛弃了。显而易见，没有人能够救克拉鲁斯号，也没有人能够救我们。

我们都忘记天亮了，就像也没有人记得我们船上还亮着灯，这灯应该被熄灭。我们的灯光在破晓的天幕下虚弱地闪动着，天上的红月还未隐退，幽灵船上的暗绿撞入我们的眼帘。

时间已经到了 6 点。海面上雾气蒙蒙，死一般寂静，我甚至以为我们已经进入了死神的世界。

幽灵船在雾气里朝我们过来，又在雾气里晃过了我们的船头。

它消失了很久，我们不知道我们是什么时候从这种状态里面恢复过来的，但是我依然记得，我们所有人都认为，要继续前进，小岛就在眼前。

我们用了整整一个下午的时间把船帆拉上去。等到晚上的时候，终于有一丝风从我们这里经过，我们每个人都显得很兴奋。大家一起热火朝天地干活，直到把所有的一切都布置好为止。

哈登伯格站在驾驶室里，手里握着舵盘。

我们随风漂流了很久，弱小的风拉着我们慢慢地往来时的方向前进。等到风力再强一点，等到我们能够掌舵的时候，哈登伯格立马调转船头，去寻找小岛的方向。

是的，我们要登岛！

然而，我们朝小岛前进才半个小时——甚至更短——风就不再带着我们前进了，它竟然带着我们慢慢转向，朝着 10 点钟的方向前进，而我们企图抢着在风转向的时间里继续前进。

不过，很快，有更加不可思议的事情在等我们！

我知道我们的克拉鲁斯号上面并没有可以移动的船板，我们的龙骨也是固定不动的。而且，每个人都知道，我们这艘九百吨的船之所以要装帆，不是为了装饰，是为了能够利用风前进。或许有一股从小岛方向过来的洋流把我们拉远了——这是有可能的。但是……我不知道该怎么说，理论上来说，我们都应该在前进，而海面上也应该有洋流。

大家都知道，没有人彻底了解大海，就像没有人完全了解一艘船一样。新船都很傲娇，而旧船虽然性子沉稳，但是，你也不能就此说它是一艘没有脾气的船。一般来说，要当一个好的船长，你不仅要了解大海，还要了解你的船。有时候，一艘再老实的船也会罢工，它会按照自己的想法前进，不再听你的指挥，会晃晃悠悠地跑偏——对，这说的就是我们亲爱的克拉鲁斯号。

我们对此毫无办法。轴承的罢工，让我们对它失去了强有力的控制。我们想尽了一切办法，在孤独的大海上和它奋战了三天三夜……但是，它依然不能够再向那个岛屿前进，哪怕一英寸的距离。

是洋流在拒绝它吗？我们一次又一次地把测速绳扔下去，却完全测不到有水流动。那个时候，我能够感觉到克拉鲁斯号在颤抖，好像是谁迫使它从我们预定好的方向上偏离。

我们毫无办法，那三个黑人伙计一直都在嘶吼，就像是一只兔子被送到老虎面前那样疯狂挣扎。

哈登伯格也在咆哮："这该死的洋流！这该死的轴承！还有这该死的运气！都统统去死吧！"

他依然能够看见，克拉鲁斯号再一次偏离了航向。

哈登伯格说克拉鲁斯号被吓坏了，然而他自己也被吓坏了。

后来，我们在这见鬼的海面上，不仅得到了一艘没有办法控制的船，还得到了几个没有办法控制的员工。

我们的烧煤工很迷信，他们认为克拉鲁斯号没有办法靠近那座岛屿了。

我们一起在船舱里进行了最后一次讨论——我们都认为这些该结束了。我们对现在的状况毫无办法，只能够回去。

于是，哈登伯格调转船头，我们的帆顺着海上的长风，踩着我们看不见的"洋流"踏上了归途。

克拉鲁斯号又变成一艘可爱的、老实的船了。我们顺风顺水地回到了旧金山。

之后，我们就摆脱了那些奇怪的事情了。

然而，不得不说的是，就在我们调转船头没有多久的时候，我们再一次碰见了那艘幽灵船。那是晚上7点钟左右的样子，斯特洛克在驾驶室里喊我，我上去之后，他对我说："你看……看见了吗？"

在黄昏的阴影里，我看见了那艘形单影只的船，它居然静悄悄地跟在我们的后面。我们非常害怕，赶紧加速行驶。

谢天谢地，很快，它就在我们的眼睛里变小了。

但是，没过一会儿，斯特洛克就颤抖着声音说："它……它也加速了！"

几个月后，我们再一次回到了金门港。船一靠岸，我们就像逃命一样，奋力冲上了陆地！我相信，不用多久，只要有海岸线和船港的地方，都会知道我们遇见了什么。

而克拉鲁斯号就在那个地方永远地抛锚了，再也没有人愿意带着它出海。

当然，这是因为它是一艘曾经遇过幽灵船的航船。

# 法网恢恢

[英] 希区柯克 著

此时此刻，警员海弗兰的车刚好停在一家银行的门口。

不久前，这家银行的经理打电话给他，向他讲述了一段有趣的"故事"。而现在，他正要来此见一见那位"不速之客"。

故事的起因，是一位摩尔先生突然出现，执意要求尽快取走自己在这家银行的全部存款——足足有三万元。他告诉银行的工作人员，自己的夫人不幸被绑架，为此他只能耗尽积蓄。可银行经理不敢擅自处理这件事，所以就打电话报告了警方。

一进门，海弗兰警员就看到一个西装革履、身形瘦高的男人快步向他走来。

"您好，警察先生。我就是这里的经理。"银行经理说道，"刚刚就是我给您打的电话，非常感谢您能来。"

海弗兰摆摆手，示意他不要客气："电话里您告诉我，一位先生因为夫人被绑架，要取走自己所有的存款，是吗？这到底是怎么回事？他是突然进来的吗？"

海弗兰边说边想，这该不会是哪个好事者跟银行开玩笑吧。

"其实，事情是这样的。"经理搓搓手，仿佛在考虑要如何向警官汇报这件事，"这位先生首先是跟我们这儿的出纳人员接洽的。他只是表示自己要取走所有的存款。您要知道，如果取款的金额太多，需要办理其他一些保障账户安全的手续，比如银行本票之类的。所以我们的出纳员立刻警惕起来，向摩尔先生询问了几个问题。这都是例行公事而已，毕竟我们要为客户的账户安全负责。可摩尔先生显得很不耐烦，甚至有些生气。于是，出纳员只好将这件事报告给我。我厚着脸皮一再催问，他才吐露实情。"

"唔……"海弗兰想了一会儿，"看来，我还是得亲自了解一下整个事情的来龙去脉。"

"摩尔先生正在我的办公室呢。请您跟我来吧。"

经理带着海弗兰来到自己的办公室。这是一个小小的隔间，像一个玲珑的玻璃房子，里面有一张办公桌，办公桌的前后各有一张椅子。

现在，摩尔先生正坐在办公桌后面的椅子上。经理没有走进去，只是让海弗兰独自面对这位奇怪的先生。

海弗兰坐在剩余的那张椅子里，与摩尔先生面对面。

他开口说道："你好，我是警员海弗兰。"

这场景看起来有些滑稽，就好像海弗兰是在接受老板的面试一样。可事实上，是海弗兰在打量对面的摩尔。

这位先生已经步入中年，头顶微秃，面色不好，又消瘦，整个人的精神并不好。

他垂着头，并不与海弗兰对视，沉默了一会儿才开口说话："你好，我是摩尔。想必你已经从他们口中得知了我的状况。我也觉得很对不起，但是你知道，我觉得自己完全慌了神，又认为这种时候不能给你们打电话……因为……我太太的安全不能保障……你明白……那些匪徒，肯定不能允许我这样做……"

"我明白，我明白。"海弗兰安慰道。

"所以，真的拜托你帮帮忙，让他们帮我取钱。"摩尔抬头盯着海弗兰，几乎要哭出来。

"噢，好的，好的。一会儿我去跟经理讲一下，如果你坚持要取钱。"

"那当然。"摩尔回答，"咦？你真的不是来妨碍我的吗？"

"不，不。我为什么要这么做呢？保障公民的人身安全是我们的职责，我也不希望你的夫人真的陷入什么危险之中。当然，你希望付给绑匪赎金，这无可厚非，任何一位先生在面临这样的困境时都会这样做的。不过，既然我是警察，当然要关注这件事的发展，我们不能完全置之不理，而且，也许我们可以帮助你。你大概也知道，那些匪徒，时常是说话不算话的。"

"是的，是的。当然。"摩尔显得有点沮丧，"可我真的是别无他法。"

"能不能告诉我，你的夫人是什么时候失踪的呢？或者说，你是什么时候得知的？"海弗兰问道。

"实话告诉您吧，这是今天早晨的事情。"摩尔讲述着，"昨天傍晚的时候，我太太曼莲走出家门，像以往一样去探望她姑妈。这位姑妈住在与我们反方向的城市的另一端，所以路上花费的时间比较长。每次她都是傍晚出门，凌晨的时候才能回来，而她也总是让我不用等她回来，所以久而久之，我也就习惯了。今早醒来时，我发现卧室里仍然只有我自己一个人。我原以为她是怕吵醒我，独自睡在楼下。可是当我下楼时，发现家里根本就没有第二个人。这时，我才意识到她晚上没有回来。"

"然后呢？你是怎么做的？"

"我首先打电话给她的姑妈,老太太告诉我说,曼莲像以往一样按时离开的。这时我开始着急,不由自主地发慌,想着她是不是出意外了。"摩尔艰难地说道,"我给附近的医院打了电话,他们都查不到曼莲的名字。就在这时,邮差按响了门铃,递给我一封信。"

摩尔在口袋里摸索了一会儿,才掏出一张皱巴巴的纸,又递给海弗兰。看着这张被摩尔"蹂躏"过后的信纸,海弗兰心想,想要提取指纹恐怕是比较困难了。

不过,他还是很谨慎地捏着信纸边沿,小心地展开来。

与此类事件的一贯特征相同,信纸是到处都能买到的样式,里面的内容是用报纸上的铅字拼凑而成的,内容大意是:我们绑架了你的太太,现在,你只要准备三万元钱,到火车站找个储物箱存上,再把钥匙放在距离最近的电话亭里,我们自会来取。等我们拿到钱,就可以放了你太太。记住,最晚周四办好,不许报警,否则别怪我们不客气。

"你看,今天就是周四。"摩尔一脸委屈的表情,"我收到这封信的时候真是太迟了,所以急忙跑来取钱,结果银行又为难我。"

"你先别着急。"海弗兰边安慰边将信纸放进自己的口袋,说道,"我再问一下,你那里有没有能辨认你太太容貌的照片?"

摩尔点点头,从口袋中的钱夹里拿出一张旧照片。照片上的女人很年轻,表情十分凝重,却也无法掩饰她的清丽与优雅。

这大概是结婚照上的一部分吧,海弗兰想,摩尔先生居然娶到了一位比他年纪小很多的女人,真是很有趣的事情啊。

少顷,海弗兰用银行的电话向警局里的查理警官做了简短的汇报。

"如果那个送信的邮差是绑匪一伙的,我们就得小心提防着点儿。"查理警官说道,"没准儿,绑匪中会有人负责监视摩尔。我想你知道应该如何当心点儿。银行现在可以付钱吗？"

"是的。只要我们同意。"

"那好。配合他取款，然后记一下现钞的标号，以便日后可以跟踪。你自己可以跟着那位摩尔先生，我总觉得这件事情有点不可思议，还是要多想想才好。"

结束通话之后，海弗兰安排银行经理协助摩尔办理取款，同时又详细地向摩尔讲述了去火车站交赎金的整个过程需要注意的问题。而后，他带上摩尔赶赴火车站。

而另一边，警局里的查理警官也派了两个便衣警察去火车站支援。

海弗兰与摩尔到达火车站的时候，已经是下午3点半。还未进入大厅时，海弗兰已经开始与摩尔保持距离，以免四周有监视的绑匪同伙。

火车站里面的人并不多，海弗兰一下子就看见了警局的两位同事。为了让同事能够认清摩尔，他装作路过的人走过去拍了一下摩尔的肩膀，做出借火的姿态。

完成这一幕之后，他就算是将监视摩尔的任务交接给了同事。

走出火车站大门，海弗兰并没有立刻离开。既然已经到了这儿，即使没有任务，在一旁看看事态的发展也是不错的。

这样想着，他就走进附近的一家小店，坐下来要了杯咖啡。透过临街的玻璃窗，可以清楚地看见火车站的动向，又不会显得突兀。

这件事还真是蹊跷，海弗兰想。绑匪怎么会无缘无故绑架一个普通的女人？他们又怎么知道摩尔有存款？怎么知道摩尔一定不会报案呢？

时间一分一秒地流逝，火车站还是毫无动静，海弗兰已经等得有点不耐烦。

正在这时，一位又矮又胖的中年女人正在慢慢接近摩尔放钥匙的电话亭。她的衣服是紫色的，很惹眼，再加上走起路来很快，一下子就引起了海弗兰的注意。

然而，当他紧张得快要站起来时，发现那个女人的目标不是电话亭，而是失物招领处。

真是白白兴奋一场。

海弗兰只得无功而返，回到警局复命。

见到海弗兰落魄的模样，查理警官微笑着对他说："办案不顺利也是常事，一件案子哪有那么顺利就能结束的。别泄气，我们总会得到好消息的。摩尔先生怎么样？"

"他送完赎金就已经回家了。我们的人一直跟着他。"

"现在，我们能做的大概只有等待，看看绑匪如果拿不到赎金是否会再跟他联系。这样，你再去拜访一下他夫人的那位姑妈吧。"

"可是之前咱们不是已经有人询问过那个老太太了吗，为什么还要再去？她应该没什么可以说的了。"海弗兰显然不是很满意这趟差事。

"是吗？"查理警官反问，口气中带着些许严厉，"你不去，怎么能断定呢？"

"好吧。好吧。"海弗兰可不想顶撞上司，只好站起来，拿上外套，开上车，直奔那位"姑妈"的家。

老太太年事已高，只能坐在椅子里接待海弗兰。

"请您再向我讲述一遍昨天晚上的情景，好吗？"

"呃，好的。"老太太说道，"昨天晚上，我的侄女曼莲照例来探望我，7点左右到这儿，9点就离开了。整件事情像往常一样，没有什么特别的地方。我今天早上也是这样告诉她丈夫摩尔的。"

"她离开之后，还有跟您联系过吗？"

"没，没有。"

"那么，她来探望您的时候，您有没有发觉她有不愉快或者与平日不同的细节，请尽可能详细地告诉我。"

"没有。"

"她离开时，有人在您的房子周围吗？"

"这我就不知道了。"老太太无奈地看着身边的拐杖，"我腿脚不方便，不能送她出门。而且，我坐在这儿也看不到外面的情况，所以……"

"那好吧。真是麻烦您了。"

海弗兰站起身，准备告辞，心里还在埋怨查理警官的一意孤行。

"哎，等等。"老太太忽然开口，"差不多九点半的时候，也就是她出门之后半个小时，我接到一个陌生的电话，是一位女士打来的。我告诉这位女士，她已经离开了。这种事是第一次发生，我也不知道会不会对你们有所帮助。"

"哦？"海弗兰第一次意识到自己的询问有了突破，"您知不知道她的姓名？"

"我没仔细问。"老太太看起来有些颤抖，"我只是告诉她，曼莲不久就会回家了。可是，她却没有回家……"

"请您多保重。"

海弗兰告别老太太，回到警局，详细地将情况告诉了查理警官。

两人坐下来，思考着整个事件的细节。

"那位老太太说曼莲总是九点钟离开她家，可摩尔先生又说曼莲总是在午夜才回家。中间这段时间她究竟在哪儿呢？怎么想都不对啊。"

"如此说来，曼莲探望姑妈的时间总是相同的。"查理警官用鼓励的目光看着海弗兰，示意他继续分析下去。

"我觉得，不仅是曼莲探望姑妈的时间很奇怪，摩尔先生收到的绑匪的要求条件也很奇怪。你看，三万元刚好是摩尔先生存款的数目，绑匪怎么会知道他有多少存款呢？"

"那你的意思是？"

"我觉得，曼莲很可能在别的地方还有个情人。"海弗兰勇敢地说出自己的见解，"在离开她姑妈家到回家的这段时间里，她可能在两地之间的什么地方，跟自己的情人约会。别忘了，曼莲可是比摩尔先生要年轻很多的。也许，这个案子里面根本就没有绑匪，而是两人的合谋。"

"你的意思是她要卷走摩尔的全部存款，然后跟别人去逍遥快活？"查理警官表情严肃，眉头微皱。

"也不是没有可能啊。"

"对，我也这么想。你不妨去看看，他们的银行账户是不是夫妻联合的。"

"好的。"

"如果不是联合户头，你的分析应该就会非常接近事实了。如果账户是摩尔个人的，那么咱们一定要找到与曼莲约会的那个男人。"

眼看到了下班时间，海弗兰还沉浸在苦苦的思索中。查理警官临走时，还满意地看了看自己的下属，并没有打扰他。

房间里的光线逐渐暗下来，办公室桌子上的电话忽然丁零零地响起来，吓了海弗兰一跳。

"喂，你好。我是化验科。查理警官让我们尽快做的勒索信的化验结果出来了，从信纸本身得不到什么有用的信息。信纸很普通，也没有指纹。只是，上面贴着的铅字，来自当日的《太阳日报》。希望这些结论对你们有用。"

"非常感谢。"

海弗兰站在幽暗的办公室里想了一会儿。忽然,他像是发现了什么,立刻拿起衣服和帽子奔出门去。

陪伴摩尔的警员听见门铃声,开门一看是海弗兰,有些吃惊:"你怎么来了?"

"有急事。"海弗兰匆匆回答,便直径走进房间,"我找摩尔。"

"噢,他在书房。"

"他的情绪还稳定吗?"

"看起来是很稳定的。"

"那好,我来跟他聊聊关于白天的事情。"

重新看到海弗兰时,摩尔更加垂头丧气,但看起来还算平静。他脸色惨白,头发稀疏,眼神恍惚,很茫然地问:"你们找到我太太了吗?"

"虽然我们仍然没有你太太的消息,不过倒是发现了一点儿疑问,所以想来请教你一下。你能再给我看一下那封勒索信的信封吗?"海弗兰慢悠悠地说着,另一位警员陪在他身边。

"信?信已经被你拿走了,不是吗?"

"那是信纸。你给我的时候,只有信纸,但是没有信封。我想,你收到那封信的时候,一定是有信封的吧?"海弗兰游弋着眼神看向四周,最终定格在书桌旁边的纸篓里,"而且我认为,你应该还没有丢掉信封。会不会在你的纸篓里呢?"

"没有!"摩尔大叫,几乎是立刻站起来,又突然意识到自己的失态,口气缓和下来,"信封不在纸篓里,大概被我随手丢到不知道什么地方去了。"

"是吗?那不如让我们来证明一下你的判断吧。"

海弗兰当然没有打算一定要征得摩尔的同意，他一把拿过纸篓，看到里面满是报纸的碎屑。

"哎呀，你为什么要将报纸剪成这样子呢？不会是要制作一封信吧？"他的言语中是掩饰不住的兴奋，"摩尔先生，你昨晚就该清理一下这个纸篓了。"

摩尔呆住了，汗珠从额头上流下来。

"来吧，跟我们讲一讲，你是如何杀死太太的。"海弗兰的话暗含着不容抵赖的坚定。

"昨天晚上，一个陌生的女人打来电话，说有什么网球俱乐部的自驾活动，需要跟曼莲商谈一下，而且要尽快做出决定。我跟她说，曼莲去了姑妈家，又告诉她电话。可不一会儿，她又打来，说不巧的是曼莲已经不在姑妈家了，让我转告，等曼莲回来之后，请立刻给她回电话。"

"可你没有按时等到她，不是吗？"

"没错。她回来的时候已经午夜了，但是我还没睡。她回到卧室以后，我问她为何这么晚才回来。我说我知道她很早就离开姑妈家了。可她不仅不回答，还笑。我压抑不住自己的愤怒，就打了她。但她还是笑着，声音越来越大，我的手也越来越重。结果，她竟然掉到楼梯下面了。我真是不敢相信自己会干出这样的事情。我也不敢相信，她会让我置身如此的丑闻当中。"摩尔抱着自己的脑袋，痛苦得颤抖不已。

"你假装太太被绑架，不过是想着，倘若我们找到你太太的尸体，就可以把这件事说成是绑匪撕票。一开始，我还真的是很同情你，也相信你的故事。可后来，随着调查的深入，我也打电话问了邮局，他们说，如果按照你的说法，你收到的勒索信应该是前天寄出来的，这显然不符合你声称的太太被绑架的时间。所以，你的信究竟是哪儿来的呢？我当然不能不多想想。"

"我的天呐!只是这样一件小事……唉……"摩尔十分沮丧地低下头。

"只要是犯罪行为,无论怎样规划,都很难做得天衣无缝。往往是细微之处,才会暴露真相。"海弗兰边说边给摩尔戴上了手铐。

# 失踪的摄影师

[英]伊安·摩森 著

第一次和路易士太太相见的时候,介绍人一个劲儿地夸赞奥波特,他信誓旦旦地保证,奥波特是一个意志非常坚定的人,而且为人特别正直,还非常乐于助人。最关键的是,他做事情一向都是雷厉风行,从不拖泥带水。

所以,介绍人最后又强调了一次:"路易士太太,请您相信我,奥波特一定可以帮助您找到您的丈夫路易士先生的。"

事实上,奥波特愿意帮忙的最重要原因是他目前非常缺钱——没错,他现在需要一大笔钱。他现在最大的愿望就是美丽的罗思莱·维尔斯小姐可以成为他的女朋友。要知道,追女孩子没有钱可是不行的,而奥波特仅仅是一个薪水不怎么高的小职员而已,他赚的那点钱勉强养活自己还可以,要是用来谈恋爱自然就不怎么够了。

其实,在追求罗思莱·维尔斯小姐这件事情上,奥波特一点优势都没有。他是个其貌不扬的男子,不但个子不高,而且脑袋还很大,看上去身形特别不协调。甚至,有一次他无意听到罗思莱·维尔斯跟她的朋友在谈天的时候把他称为"蝌蚪男",这可让他难受了好几天。

但是,即使是被心中的女神看不起,他仍然没有放弃追求她的心愿。并且,他始终坚定地认为,只要自己有钱了,离这个愿望也就更近了。于是,当有人告诉他路易士太太想要花钱找人帮忙寻找自己失踪的丈夫的时候,他立马自告奋勇地来到路易士家所在的那个叫里兹的小村子。

说起来,他想要得到这份工作还有两个非常重要的原因。首先,他是一个推理迷,一直都对这方面的事情很感兴趣;其次,他心中的女神罗思莱小姐恰好目前就在里兹,据说是代表一个社团在与工会的领导洽谈。

奥波特是这样打算的,在和路易士太太碰面了解具体情况之后,他就去见罗思莱小姐一面,说不定她会非常开心的。

见到了路易士太太之后,奥波特得知,路易士先生是在蒂疆去往巴黎的火车上失踪的。当时,路易士太太跟奥波特特意强调,让他叫自己伊丽莎白就好。路易士太太说话的时候略带北方口音,她和奥波特一样,都是英国人。

虽然路易士先生已经失踪六个月了,但她的夫人却始终相信他还活着。她见奥波特的时候穿了一件白色的衬衣和一条漂亮的粉红色长裙。她近来甚至拒绝穿黑色的衣服,因为在她看来,只有寡妇才会穿一身黑。

但是在奥波特看来,即使路易士先生还活着,那也可能是因为已经移情别恋了其他女人,所以才一直都不肯露脸。如果事情的真相果真如此的话,那么路易士多半也是故意想要失踪的,也自然就不太可能回到路易士太太的身边了。

事实上,后来路易士太太也主动向奥波特表示,她认为她丈夫离开她的原因肯定不是外面有了别的女人,她认为她的丈夫是无论如何也不会离开她的。奥波特虽然嘴上附和着,但心里却觉得路易士太太有点傻得可笑。

但鉴于现在的情况，她是无论如何都不会把这种情绪写在脸上的。

听完路易士太太喋喋不休的诉说之后，他便开始提问了，他需要知道更多的信息。

"说起来，您丈夫到底是因为什么去法国的呢？"

"事实上，我丈夫去那里的目的是继承一份遗产，当然，那笔钱的数额并不是很大。"路易士太太告诉奥波特。

听到这里，奥波特暗地里寻思，看来这家伙可能是被人盯上身上的钱财了。可是，如果他本人已经由于露富而遭遇了不测的话，那么他为何又活不见人死不见尸呢？

说实话，此时的奥波特已经有点想不通了。

"那么，太太，您丈夫以前是从事什么工作的呢？"想了想，奥波特决定从路易士的职业入手，看看能不能得到一些值得参考的讯息。

"说起来，我的丈夫真的很了不起。他是一名摄影师，从事移动影像的拍摄工作，我一直都为他感到自豪。"路易士太太提到这个，脸上闪过骄傲的神色。

此刻奥波特听完路易士太太的介绍之后，决定先去看看路易士先生的工作成果。据路易士太太说，她丈夫在家里设了一个工作室，里面存放着他的很多作品。

到了这间看上去并没有什么特别的黑洞洞的工作室之后，奥波特的态度开始有了很大的转变。开始，他并不觉得路易士先生的工作有什么特别之处。现在看来，这些作品可和那些手摇机的西洋镜筒里面移动的断断续续的画面完全不一样，它们看上去是那样逼真，几乎就和真实的场景没有差别，比如那街上缓缓前行的马车、快步赶路的行人以及薄薄的雾气。

而后，当路易士太太倒着播放这些影像的时候，奥波特已经是惊得目瞠口呆了。甚至，看了好几遍他都还是意犹未尽。

当然，作为调查者，他没有长时间沉浸在这种事情中。随即，奥波特决定沿着路易士先生走过的路去一次蒂疆，向居住在那里的路易士的弟弟打听些情况。毕竟，现在里兹也没什么长留的必要了，该问路易士夫人的也都问到了，而罗思莱小姐已经缩短了自己的行程，提前离开了这里。

奥波特之所以要先去找路易士先生的弟弟，最重要的原因是，他是在路易士先生失踪前最后一个见过他的人。

说来非常巧合，路易士的弟弟也叫奥波特。但是这个同名的家伙无法为奥波特提供任何有用的线索。他只是说，哥哥当时看上去有点兴奋，但兴奋当中还流露着一丝紧张，而且当时他并没有怎么在意，只认为是由于哥哥手里面拿着那个硕大无比的照相机。

"大照相机？那是用来做什么的？"奥波特很善于抓住问题的关键，听他提到大照相机，便赶紧询问。

路易士的弟弟脸上露出一副不屑一顾的神色："那东西好像叫西洋镜吧。说起来我真是不理解哥哥，本来他的工作很好——哦，对了，你应该知道，他是在一家生产墙纸的厂子做工的。除了工作之外的心思，他都放在那个什么移动影像上面了。我还真是搞不懂他，搞那些东西不仅因为要接触化学品会有一定的危险，而且工作环境特别糟糕，到底是图什么啊。"弟弟一边说一边还无奈地耸了耸肩。

看着他的表情，有那么一瞬间，奥波特甚至觉得这个和自己重名的家伙说不定就是凶手，因为他能从这个人的语气中察觉到他对哥哥隐隐的敌意。

那家伙仿佛终于找到了一个可以吐槽的对象，开始唠叨个不停，奥波特话到嘴边好几次，但最后还是忍住了。他非常想告诉路易士的弟弟，你哥哥鼓捣的那些东西并不是什么没有任何用处的破玩意，而是一项奇迹般的伟大发明。现在，奥波特又回想到了在路易士先生工作室看到的那些倒放的精彩影像，他甚至想到，如果对路易士失踪的事情也可以这样倒放着仔细地观察，那该有多好。

"我猜测，路易士先生当时抱着的并不是普通的照相机，而是拍摄移动画面的摄像机吧？那东西我猜应该很贵重。"见对方喋喋不休个没完，奥波特插话道。

"看来你还是不大了解他的状况，那肯定不是摄像机。他当时亲口对我说，他还有一个问题没有解决，他手中的那个东西在当时是拍不出移动的画面的。"路易士的弟弟一边回答，一边不屑地冷笑了一下，"但是当时他说，这是他面临的最后一个技术问题了，而且，他当时说他其实已经想出解决的方案了。"

又寒暄了几句之后，两个人在车站道了别。临别的时候，路易士的弟弟突然轻轻地拍了一下奥波特的肩膀，半开玩笑地说："你可别像我哥哥一样不声不响地失踪了啊。"

奥波特没有理他，说实话，他对路易士的这个弟弟一点好印象都没有。毕竟他的亲哥哥现在还是活不见人、死不见尸的状态，但他却完全一副漠不关心、置身事外的样子。

这时候，火车缓缓地开动了，而奥波特却灵光一闪，忽然想到了一个问题，于是他连忙朝着车窗外的奥波特大喊："你哥哥最后的那个技术问题到底是什么，你知道吗？"

"据说是巴黎的玛雷先生拥有的一种新型的显影液，叫什么名字来着？哦，对了，赛璐珞！"

火车已经开得越来越快了，奥波特并没有太听清对方的话，但是他觉得，这也许并不重要了。他开始陷入到沉思当中，想象着当时路易士坐在火车上的样子，试图和路易士先生当时的思维同步。

渐渐地，他的思绪开始越飘越远，仿佛真的回到了从前，仿佛自己就是当时的路易士。

那时候是下午 2 点 42 分，蒂疆火车站到处都是人。路易士先生一个人走在车站前，不知道为什么，他的第六感告诉他，现在，有人正在跟踪他。他怀疑的那个人是个高高瘦瘦的家伙，穿着一件长长的披风。不知道为什么，现在路易士先生的心里有点莫名的不安。

其实，刚刚在和弟弟分别的时候，他就已经注意到这个家伙了。当他故意看过去的时候，那个人连忙避开了他的视线，并且还刻意地压低了自己的礼帽。

后来，火车进站了。车门打开之后，一大群旅客涌上了站台，而那个人就这样消失在了纷乱的人群当中。路易士扬手和弟弟奥波特道了别，然后便走进了火车，找到自己的位置坐下。

坐下之后，他把包递给了身边的一个搬运工人，但是那个照相机盒他却始终紧紧地抱在怀里。他用眼扫了扫，刚刚那个奇怪的家伙已经没了踪影。他松了口气，觉得可能是自己的神经太过敏感紧张了，然而，就在他再一次无意瞥了一眼窗外之后，他惊讶地发现那个家伙又一次出现了，而且，他正在往他所在的这节车厢走过来。此时此刻的路易士下意识地抱紧了怀中的相机盒子，然后故意弯下腰。他不想让那个家伙看见他，可是这个动作一点用处都没有，他的个子实在是太高了，弯下腰并不起什么作用。

当时，他甚至想马上下车，但是那个搬运行李的搬运工已经帮他把包放好。那个搬运工还不停地朝他摆手，让他去那边坐。他想了想，还是走了过去，坐下来并付了搬运工的小费。搬运工接过小费之后心满意足地离开了，而此时坐在位置上的路易士先生却心如乱麻。

他无所适从地搓着左手上那道伤口，甚至快要把它搓出血来了，而就在这时候，那个穿着长披风的人已经坐在了他的正对面。那个人摘下斗篷，朝他诡异一笑。那笑容，让路易士情不自禁地打了个寒颤。他不敢正视对方，连忙低下头，盘算着下一步该如何是好。

没错，以上都是奥波特的想象，他一直试图投入到路易士先生当时的思维状态当中去。但是他的思绪却时不时地还会飘走，飘到美丽的罗思莱小姐那去。

他是在三年之前的一个社团活动上认识罗思莱小姐的，这个高傲的姑娘看起来有些像德国人。要知道，当时的知识分子都是非常崇拜德国人的，而奥波特一直都认为自己是个不折不扣的知识分子。从第一眼看到美丽的罗思莱小姐的时候，奥波特就认定了，这是他要找的那个另一半，并且，他也坚信，总有一天，他可以追到她的。

说起来，奥波特一直都是一个自信心满满的家伙，就比如此刻，他看着车窗上倒映着的自己的影子，非常陶醉。没错，他觉得自己看上去非常有魅力。就这样看着看着，他渐渐有些困倦了，开始在车厢里打起盹来，而梦境中，他恍惚间又看到了路易士先生。

此时的路易士先生看起来非常的焦虑紧张，他的汗水已经顺着额头滴答滴答地掉落下来了，而脑袋也随着摇晃的车厢一摇一摆的。他不敢抬头，因为每一次抬头，他都可以看到对面那个家伙不怀好意的眼神，那眼神他实在害怕极了。对方即使是在车子里，也没有摘下头上的那顶礼帽，而帽檐之下，是一张不怀好意的三角脸。

此时此刻的路易士先生觉得自己的呼吸越来越困难了，于是松了松衣领，但似乎并不解决任何问题。他又看了看四周的其他乘客，但是并没有人注意到他的异常，这让他更加绝望。

就在这个时候，那个人向路易士先生凑了过来，低声说了句什么，当时的路易士由于实在是太过紧张了，根本没有听清楚。现在，他想做的只是努力地闭上双眼，不去看对面那个让他害怕的家伙。

这时候，火车已经开过了接口，并且开得越来越平稳了。那个神秘的男子又恢复了原来的姿态，路易士稍微松了一口气，冷静了一下。他忽然觉得自己有点傻，也许是自己的神经太过敏感了，对面那个家伙也许并不是在跟踪自己，两人的相遇也可能就是个巧合而已。

路易士为了让自己的思维能够尽快回归常态，他决定鼓起勇气正视一下眼前这个瘦高个儿。

而这个时候，对面的这个男人又一次对他说话了，但路易士仍然没有听清对方到底在讲什么。

"实在不好意思，先生，您刚刚说什么，我没有听清，您可以再重复一次吗？"路易士对对面的瘦高个儿说。

"我看您脸色不怎么好，是不是身体有些不舒服啊。您看您抱着的那个盒子看起来那么沉，不如我帮您拿一会儿吧。"瘦高个儿说道。

"不，我不需要。"路易士听完对方的话，突然大喊起来，并且把怀里的盒子抱得更紧了。现在，在他的眼中，对面的这个家伙又一次变成了妄图偷走他新发明的宝贝的大恶人，而他现在必须努力摆脱掉他。

周围的旅客都被路易士先生的大叫声惊到了。而此时此刻，火车也恰好在铁轨相交的地方猛烈地抖动了一下。

这时候，奥波特从梦中惊醒了，然而，无论如何，他的脑海中都抹不掉路易士先生被人跟踪的场景。

奥波特认为，追踪者似乎就是要抢夺路易士先生发明的相机。他的太太曾经对奥波特说过，其实，很多人都已经在暗地里面惦记上了她丈夫的发明，比如他的同行竞争者以及那些一心想把相机技术窃为己有的家伙。所以说，奥波特也认为，要想寻到路易士的下落，还得从跟踪路易士先生的那个人入手，看看他到底跟随着路易士先生去了哪里。

按照这个思路，奥波特在路易士曾经途经的所有站点都下过车具体地打探过情况，但是，非常遗憾，一路走来，他仍是一无所获。

现在，奥波特又一次坐上了由蒂疆到巴黎的列车，他此时经过的这些地方和路易士曾经走过的路是一样的。

在颠簸的列车里，奥波特的思绪又一次飞远，飞到路易士乘车的那天。

那时候，火车穿过静谧的原野，而坐在车厢里面的路易士则变得更加焦躁了。车上的人越来越少，在他看来，再过几站，车厢里的乘客差不多都会下车，很可能就会只剩下他和对面的那个瘦高个儿两个人，这是他非常不愿意面对的事。

他一点都猜不透，猜不透对方到底是什么人，他现在的这些行为又到底有什么用意。那家伙，目光一直都是那般阴冷深沉，就好像两颗冰冷的铁钉，把他死死地钉在车厢的座椅上。

火车马上又要进站了，这一站的名字叫森思，是位于蒂疆和巴黎中间的一个小地方。现在，路易士所在的车厢里，除了瘦高个儿以外就只有两名乘客了。而且，糟糕的是，他们似乎也马上就要下车了！这个时候，路易士真想拉住他们让他们不要马上下车。他甚至想到，如果那两个旅客肯陪着他一起去巴黎的话，他都愿意请他们住高级的酒店、吃法国大餐。当然，这些也只是他的想象而已，真要他去恳求的话，他还是无论如何都说不出口的。

最后，非常不幸，那两个旅客果然在森思站下车了。现在的路易士先生已经陷入了深深的绝望里，他甚至觉得怀里的盒子变得重了许多，压得他有些透不过气来。

这时候，不知道是哪根弦搭上了，他灵光一闪，突然想到了一件事，那就是悄悄地把相机的镜头对准对面坐着的那个瘦高个儿。虽然说相机里面的胶卷没有赛璐珞好用，但是拍下那家伙的一举一动还是绰绰有余的。

当他调好焦距，从焦距框里面看对面那家伙的时候，他的思想又一次转变了——真是太奇怪了，不知道为什么，从镜头里面看这家伙的时候，他又不觉得对方有多吓人了。他看上去就像是一个旅途劳顿的普通旅客，似乎一心只想着赶快回到自己巴黎的家而已。

就这样沉思了多时，奥波特的思绪便又一次从充满了路易士先生的场景里跳了出来。现在，他所在的车厢里面，旅客也变得越来越少了，而奥波特依旧在用生硬的法文和车厢里面的乘客努力地交流，他希望可以从他们那里得到些有用的线索。有几个法国人说，他们确实经常跑这条线，但是从来都没有看见过一个大高个子、满脸络腮胡子的男人。没错，那就是奥波特描述的路易士先生。

后来，火车在一个不大的站点停了下来，奥波特注意到，这个站的名字叫森思。这个时候，一个男人突然朝奥波特走了过来，并坐在了他的正对面。

窗外不知道从什么时候开始下雨了，并且，雨越下越大，一点都没有停下来的意思。而奥波特的思绪又一次飘远了，飘到了路易士停在森思的那一段时光里面。

那个时候，路易士看似漫不经心地看着窗外的雨，实际上余光一直都在仔细地打量着对面的男人。他的胶卷快要用光了，他有点害怕，怕相机带给他们的沉静即将宣告结束。这种紧张感让他的身体也产生了明显的不良反应，比如心跳越来越快，喉咙也开始有点发干。

火车猛然停下来的时候，奥波特的思绪又被现实拉了回来。他下意识地抓紧座位的扶手，而坐在他对面的那个男人也被震得身体一颤。

奥波特又一次把目光转向了窗外，由于是深夜时分，所以他根本看不清外面的状况，只能在漆黑的窗子上看到自己隐隐的倒影。

"火车为什么又停了啊？这里好像并没有车站啊。"奥波特问对面的男人。

那个男子无奈地耸了耸肩，表示这趟车子总是会在这个地段停一会儿，因为需要给另一辆火车让路。

在奥波特看来，这样的一个刹车差不多可以把一个倒着坐车的乘客从位置上面颠出去，说实话他非常庆幸对面座位和车子行驶的方向相反的那个男子并没有颠到自己的身上，只是稍微用手扶了一下自己的膝盖。

忽然间，奥波特意识到了很重要的一点。那时候，路易士先生应该是跳车了。没错，就是这样。

火车刚刚启动的时候，奥波特毫不犹豫地拿起背包，打开车门，奋力地跳入到黑漆漆的夜色当中。然后，由于惯性的关系，又滚到了路边的水沟里。

那辆火车已经渐渐地远去了，直至消失在黑暗的夜色当中。奥波特则慢慢地从地上爬起来，并用袖子擦了擦脸上的泥水和雨水。

此刻，奥波特坚信，在半年前，路易士先生也和自己一样，是从这里跳车的。如果警察在这条火车线路的沿途各个站点都找不到路易士的下落的话，这里便是他唯一可能下车的地方。刚刚坐在奥波特对面的那个男人也说了，这辆火车行驶到这儿的时候，总会去给另一趟火车让路，所以虽然这里不是车站，但那辆火车也一定会放慢车速，并停下来一会儿的。

奥波特站起来之后，稍微整理了一下衣服，然后便打算寻着路易士的足迹接着走下去。但现在，他还是有些迷茫的，他不确定当时路易士到底会往哪个方向走。

而就在这个时候，奥波特注意到有一丝微弱的光亮从左边透过树梢照了过来。那是一座大房子的灯光。

奥波特决定往房子的方向走，到那里打听打听情况，避避雨。通往房子的路很是荒凉，一路上杂草丛生，而走到跟前，奥波特发现，这房子也是一副年久失修的惨淡模样，围墙的大门是半敞着的，门前也长满了荒草。

思考了一下，奥波特还是走了进去，他希望这里会有人住，并且，他觉得这样的可能性应该是很大的，毕竟，这里是亮着灯光的。

还好，这里真的有人。接待奥波特的是一个二十多岁的年轻人，他叫贾斯德，自称是一名精神病医生。而这座房子就是一座精神病院。他说，自己为了研究精神分裂和神经衰弱的起因，一直都待在这里，目前，他在赶一篇相关的论文。

奥波特把路易士的事情讲给了贾斯德医生，并且问他在半年之前有没有见过一个高个子、满脸络腮胡子的男人。贾斯德沉思了半天，仿佛是在非常努力地回忆，但最后他还是非常遗憾地告诉奥波特，在他的印象里，并没有见过这样一个人。

接下来，贾斯德又开始滔滔不绝地讲起了他的学术研究。但是奥波特一点也不想听，他还是尽力把话题又拉回了路易士先生失踪的事情上。

而后，医生得出了这样的结论："我认为，您现在一直寻找的那位先生失踪一点也不奇怪，毕竟他对氰化物一无所知。"

"您这话是什么意思？抱歉我没有听明白，您是说路易士先生当时中毒了吗？"奥波特皱了皱眉头，问贾斯德。

贾斯德说:"您可能不知道吧,很多摄影师会用氰化物、硝酸盐等化学物质调配定影液。氰化物的毒性是非常大的,人们吸入这种气体都是会中毒的,您没听过有摄影师因此丧命的事情吗?"

"那么,中毒的话会是什么样的症状呢?"奥波特不由得问。

"一开始是头晕、焦虑、口干舌燥,后来又会变得不安、心跳加速,最后就是抽搐甚至昏迷。严重的就是搭上性命喽。说起来我对这种症状还做过很系统的研究呢。您可能想不到,我在这栋房子里,就观察过好几个研究对象。"贾斯德骄傲地对奥波特说。

听完贾斯德的话,奥波特不由得打了个寒颤,他无论如何也理解不了,这个医生为什么能如此轻松地说出那样的话。原来在他的眼里,那些中了毒、有生命危险的人,仅仅是研究对象而已。

"如果按照我的猜测,路易士先生那天是从车上跳下来的话,那么,您觉得他活着的可能性会有多大呢?"奥波特又问贾斯德。

医生叹了口气,说道:"在我看来,如果他中毒了的话,恐怕是凶多吉少了。"

"我还一直以为他是被人谋杀的呢,看来是我想多了。"奥波特叹了口气,"看来我浪费了不少时间,也走了不少的弯路啊。"

"所以说,您幸好遇到了我啊,我想路易士先生应该就是中毒后神志不清跳车了,您最好还是赶快回去跟路易士太太说说吧。"贾斯德说道,"对了,我等会让我的助手送您去不远的镇上吧,那里可以等火车。我这里不太方便留您过夜,毕竟房子里还有病人,他们看到陌生人总是会莫名的焦躁不安。"

这时候,奥波特觉得自己的侦查任务也算是基本完成了,事情的真相看起来应该就是这个医生分析的那样,路易士先生不小心中毒了,然后神志恍惚跳下了火车，即使当时没有断气，过后他应该也是在荒野当中毒性发作身亡了。

一想到路易士的命运，奥波特觉得后脊背都嗖嗖地冒凉气，他于是就更不想在这里久留了。现在，他只想快点赶上下一班离开的火车，或者在不远处的镇上找一家干净暖和的旅馆好好地睡一觉。

而这一边，贾斯德送走奥波特之后，又回到了他的领地——那间荒凉的大房子里。这一次，他关上了大门，又拿出钥匙把它锁紧，接下来，他走上二楼，并打开了楼梯间旁边的一扇暗门。

门打开的那一瞬间，熟悉的尖叫便传入了他的耳中。他顺着楼梯，开始往地窖走去。没错，那个凄凉的声音就是从地窖里面发出来的，那里关着的，是最近才来的一个研究对象。说起来，贾斯德非常重视这个研究对象，因为他对自己的学术研究将做出很大的贡献。

这个病人大高个，长着络腮胡子，他的身边还有一个木盒子，不过那个盒子已经坏掉了。刚刚贾斯德才明白，这个盒子应该是这家伙在跳车的时候摔坏的。那个盒子虽然已经破了，但这个病人仍然把它视若珍宝，不肯交给别人。

此时，这个病人又开始大叫起来，贾斯德知道，他应该又要叫上一阵子了，在喊叫的同时，这个病人还一直都盯着墙上的某一点愣愣地出神。其实，墙上除了一块煤气灯投射上去的光斑以外，什么都没有。所以，贾斯德一直都很费解，这个光斑为什么会让这个病人如此执着。

路易士死死地盯着那面墙，在他眼中，墙壁上的光斑投射出的就是曾经在车厢里面坐在他对面的那个瘦高个儿的影子。那个影子就和真人一模一样，在他的正对面，死死地盯着他。

当时在火车上的时候，那节车厢里，只剩下路易士和瘦高个儿两个人，瘦高个儿终于露出了真面目，他对路易士说："把你的相机给我。"

路易士的心脏猛地紧紧一缩，他看着对面的这个人，想努力把他看真切，但不知道为何，他的身影却在他的视线里渐渐模糊，就好像照片放在显影液里面一样，是那么的斑驳不清晰，或许需要加点钾进去才行。

路易士知道，不可逃避的争斗马上就要开始了。

火车突然来了个急刹车，高个子突然站了起来，并扑向了路易士，路易士毫不犹豫地举起了相机镜头砸向了对面的家伙，而这个时候，瘦高个儿也随即倒了下来，身躯滑向了车门边，而他身下压着的，就是路易士。这时候，门被他们冲开了，两个人都摔出了列车，掉入了暗夜当中。

黑漆漆的夜色里，路易士发出绝望的叫声。

# 海神的祭祀

[美]爱德华·D.霍克 著

## 一

当纽约还在寒冷的冬天的时候,里约热内卢已经是夏日炎炎了。那已经是圣诞节过后的日子了,我的老朋友西蒙·达克给我打了电话,他在电话里面说:"我亲爱的朋友,我需要你的帮助,我这里有件不可思议的事情等着你来解答。"

"那里发生了什么?"我问他。

"发生了一件案子。"他对我说,"就在今天早上,有一位在里约热内卢的律师给我打了电话,他是我认识的一个朋友,他说一具木乃伊从海上漂到了坎波卡巴那的沙滩上。"

"木乃伊?是像埃及金字塔里面的那种木乃伊,放置了很久,浑身都失去了水分的样子?"

"嗯,就像是那样子的一具干尸,但是又有点不一样。"

"是吗？"

"它看上去像是放了很久，不过，令人惊奇的是，死者刚死没有多久。在死之前，他还是我那位律师朋友的服务对象，在过圣诞节之前，还是个大活人。"

这样不可思议的情况让我感觉到万分好奇，我认为我一定要去那里看看，于是，我和西蒙就一起去了里约热内卢。

## 二

谢利对于我刚过完圣诞节就要走这件事情不是很赞同，她希望我能在家里多待一会儿。

不过，她并没有要阻止我的意思，因为，对于我和西蒙的工作，她一向是非常支持的。

我每天工作的内容和西蒙并不一样，西蒙负责调查一个又一个诡异的案件，而我的工作，就是把这些诡异的案件以及西蒙是如何破解这些案件的奇妙过程写下来，然后把稿子交给出版社。

西蒙曾经对我说："我已经追查世界上的恶徒20个世纪了。"谁都知道，这当然是在说大话。然而，有时候看到他娴熟地破解一个又一个诡异的案件，看见他眼睛里闪烁的自信，我又会忍不住想，这也许是真的呢！

在经历了一段不长不短的旅程之后，我们终于到达了案发地——里约热内卢。

那位律师是一位中年人，身材健壮，虽然他在巴西工作，却是一个不折不扣的美国人。和西蒙认识的时候，他还在美国纽约工作。

后来，我问西蒙为什么要来巴西工作。西蒙说："我想，他在纽约肯定是卷入了一些麻烦的事情里，至于为什么要来巴西，我猜，那是因为美国和巴西两国并没有签订引渡条约。"

当我看到他的办公室的时候，我认为，无论他是为什么来到巴西，他在巴西的日子都过得和在美国一样逍遥。

他的办公室在一座大厦里面。大厦刚刚建成，伫立在离海岸线不远的地方。站在他办公室的落地窗前面，刚好可以看见迷人的大西洋和那个发现木乃伊的坎波卡巴那海湾。

那是一个十分辽阔的海湾。

"你们发现尸体的时候，尸体是在海上面飘着的吗？"西蒙问菲利克斯·布莱特律师。

"是这样子的，他是被海水冲到这个地方来的。"

"当时尸体具体是什么样子呢？"

"两天前，我们发现了尸体并把它打捞起来。尸体上涂满了香料和其他防腐剂，还被绳子紧紧地绑起来，就跟刚刚出土的木乃伊一模一样。"

"那对于死者你了解吗？"

"了解得不多，死者的名字是赛尔吉·科斯塔，和自己的弟弟生活在一起。他的弟弟叫路易兹，他们俩在不远处的一条街上经营着一家专门售卖手工艺品的商店。我和他们来往主要是因为我有时候会给他们提供一些法律建议和帮助。赛尔吉之前有过配偶，但是后来离婚了。他的弟弟没有结过婚，兄弟俩一起住在卡农儿区。赛尔吉在圣诞节之前就已经不见了，他弟弟以为哥哥又出去喝酒了。"

"看这个情况，赛尔吉有可能是被恐怖组织杀死的。他们不是最擅长用这种方式来造成群众的恐慌吗？最近有没有发生政府和恐怖组织冲突的事件呢？"

"最近没有发生这样子的事情，并且赛尔吉和路易兹两兄弟都是普通人，并不富有，不会有绑匪把他们当作绑架的目标的。"

西蒙沉吟了一会儿，然后说："有可能杀死赛尔吉并不是他们的最终目标，他们还有其他目标。赛尔吉的死只是一个示范，震慑那些不乖乖合作的有钱人。"

"这也是一种可能，不过，在里约热内卢还有一种状况。我知道你热衷于一些奇怪的事情，尤其是宗教，所以这次我才特意找你来看看这个案子。"

"是这个样子的，那么这里有什么特殊的情况吗？"

"在这个地方，很多人疯狂地信仰着宗教，不仅崇拜着天神，也崇拜一些妖魔。"

"你听说过爱克苏吗？他是一个魔鬼。"

"听说过。"

"那庞帕·基拉呢？"

"当然。"

"那么对于海神耶曼娅你一定也不陌生了。传说，海神耶曼娅是一个绝世美女，总是穿着海蓝色的衣袍。在新的一年开始的时候，这片海滩上总是会出现祭拜海神耶曼娅的人群，他们把大把大把的鲜花、珠宝和其他的东西扔进海里，当作献给海神耶曼娅的礼物。等到海浪过来，把这些东西卷进海底，就意味着耶曼娅接受他们的礼物，来年就会赐福于他们，而这些东西要是被海浪推回海滩，就意味着耶曼娅拒绝给予他们帮助。"

"那这么说起来……"

"是的，我认为赛尔吉是被人杀死的，然后凶手把他的尸体做成木乃伊献祭给耶曼娅，只不过耶曼娅不接受这一份礼物，于是赛尔吉就被冲上了海滩。"

听见这样的谈话，我以为，菲利克斯·布莱特之所以会这样说，是因为他在里约热内卢待久了，以至于相信这里的怪谈。没想到的是，西蒙似乎也认同菲利克斯·布莱特的观念。

"的确有这种可能。"西蒙说，"不过我有一点想要知道，那就是——你为什么也如此关心这个案子。"

"你要知道，我是赛尔吉的律师，我还帮他写过遗嘱，现在他出事，我想要帮他找到凶手也是应该的。只不过这些推断我并没有跟警察说，毕竟他们只能够处理一些普通的案子，像这样复杂的案子他们束手无策。"

"赛尔吉的遗嘱里面写了什么？他有多少值钱的东西？"

"赛尔吉没有什么值钱的东西，这个小店他只有一半的所有权，赛尔吉在离婚的时候已经把自己的房子和钱给了前妻，而且他还要给前妻以及两个孩子付赡养费。"

"这个案子确实有点奇怪，我想听听警察那里有什么消息。"

"马库斯·奥林斯是负责这件案子的侦探，你可以决定什么时候和他见面谈谈。"

菲利克斯·布莱特说着马上给马库斯·奥林斯侦探打了一个电话，并约定了一个小时之后会面，马库斯·奥林斯把地点定在了市内的停尸房。

在离开菲利克斯·布莱特律师的办公室之前，他对我们说："要是这个案情有什么新的进展，我希望你们能够向我提供这些消息。"

## 三

马库斯·奥林斯是一个很年轻的人，他有着黑色的卷发，唇边还留着两撇小胡子。除了这件案子之外，他也在忙别的案子，看见我们之后显得很热情。在进行了简单的交谈之后，马库斯·奥林斯把我们领到了摆放尸体的桌子旁边。

"这真是我见过最可怕的尸体。"他对我们说。

"他是死于哪一种谋杀方式？"西蒙问这位侦探。

"我们初步判断他应该是被人毒害的，之后我们会对他的身体组织进行进一步的化验，因为尸体被进行了防腐处理，我们没有办法知道死者到底是什么时候被杀死的。"

西蒙弯下腰凑近去看这具尸体，企图在上面发现一些不一样的信息。

"那么你们最近有没有什么新的发现？"

"这个暂时没有，您要知道，巴西现在还不是很富裕的国家，丧葬条件也不是很发达，一般人死了之后都会对尸体进行防腐处理然后埋在地下。我们现在通过调查这一段时间给人做过尸体防腐工作的人来追踪凶手的信息，只不过要是凶手自己给尸体做的防腐，我们就没有办法知道更多的消息了。"

"你赞成——亲自把尸体做成木乃伊，是祭祀海神耶曼娅的重要仪式——这一看法吗？"

"我作为一个警察，并不相信这些奇幻的事情。"

"不过我觉得，菲利克斯·布莱特律师接手这个案子，很大一部分原因在于他觉得这个案子里面有一些常理无法解释的事情。"

听到这里，马库斯·奥林斯忽然笑了笑。

"他站在办公室里面，能够随时俯瞰海滩上的人山人海，那些人看起来十分渺小。像这样子的人总是会产生一些特别的想法，比如说自己就是神。只要有迷信，就会有神，对吗？"

西蒙对这位侦探微微一笑。作为一个了解西蒙的人，我知道他的笑容里面是对这个侦探的赞同以及钦佩。这两个人都看出了菲利克斯·布莱特律师观念中的特点，而我却什么都不知道。

在临走之前，西蒙对马库斯·奥林斯说："你们真的没有发现其他的线索吗？"

马库斯·奥林斯摇摇头，然后又说："明天就是新的一年了，成千上万的人会涌到海滩上给海神耶曼娅献礼祭祀，也许大海不会给我们什么答案，不过去看看可能有收获，我打算明天去看看。"

"你并不信鬼神。"

"毫无疑问，我不相信有什么鬼神，但是凶手信。"

离开了马库斯·奥林斯之后，我问西蒙："我们下一个目的地是哪儿？"

西蒙说："我们应该去拜访一下死者的弟弟路易兹了。"

## 四

我们站在两兄弟的手工艺品店的马路对面，等着过马路。我看了看周围，发现这个商店的商业环境很好，周围是繁华热闹的商业街，人来人往，生意估计也不错。

我和西蒙两个人走进这家商店，商店的货架上摆放着各式各样的手工艺品。

看见我们进来，坐在货架后面的男子对我们说："我马上就要打烊了。"

我看着那个男人的面庞，感慨他与死者长得是如此相像，如果他干净的面庞再蓄上一把胡子的话，那就简直是一个人了。

"请问你是路易兹·科斯塔吗？"

"我是，那么你是？"

"我是一名私人侦探，专门来调查你哥哥死亡的真相的。"

"你的雇主是谁？我记得我没有委托过任何人来做这件事情。"

"是菲利克斯·布莱特律师请我前来调查的。"

"没想到菲利克斯·布莱特律师会请这样的一位老头子来调查真相。"

"是这样没错,我今天来的目的是想要知道凶手的杀人动机。根据你所知道的信息,你觉得谁会谋害你的哥哥?"

"除了他的前妻罗塞塔,我想不出还有谁会这样干。"

"可是我看不出她有足够的动机。"

"这个女人什么事情都干得出来。她十分贪婪,想要拿走我哥哥的任何东西。要不是她,我哥哥也不会跟我一起穷巴巴地过日子。"

"那这个问题先放到一边,我还想要了解一下你哥哥失踪的具体细节。"

"在圣诞节之前他就不见了。因为我们这只是一个小店,所以平时要么我留在这里,要么我哥哥留在这里。由于圣诞节的时候生意比较好,所以我们还雇佣了一个人帮忙。按照惯例,在圣诞节之前,我哥哥都会帮他的孩子买一些礼物。在失踪的那天他也是出去帮孩子买礼物,到了傍晚他还没有回来,我以为他是和自己的孩子在一起过节。但是没想到,圣诞节那天罗塞塔打电话过来问我哥哥是不是在我这里,我才觉得不对劲。"

"那罗塞塔那里他去过吗?"

"罗塞塔说我哥哥并没有去过,于是我跑去问他的朋友们。他的朋友们都没有见过他,也不知道他去哪儿了。直到晚上天黑了我哥哥也没有回家,于是我就报警了。"

"然后就发现你哥哥遇难了。"

"是的,在 28 日的清晨,有人就在海滩上看见了他的尸体。"

"你哥哥的遗体还没有拿回来对吧?"

"对,之前警察一直在检验他的遗体,待会儿我就可以把我哥哥的遗体取回，再举行葬礼。"

"菲利克斯·布莱特律师跟我说，你认为你哥哥是因为婚姻的问题出去借酒浇愁了。"

"我之前一直觉得有这种可能。你要知道，在我们国家离婚是一件很大的事情，我哥哥一直深受打击。"

"他这么多年来一直被这个问题困扰？"

"是的，他一直无法释怀。"

我在货架旁看着这些手工艺品，拿起一个小小的骆驼石雕对路易兹说："这看样子是件老玩物了，应该价值不菲吧？"

"这个是仿照秘鲁的国宝造的，并不值什么钱。"

我回头看西蒙，西蒙在看赛尔吉和路易兹两兄弟的合照。过了一会儿，我和西蒙就离开了这家店铺。

"西蒙，你对路易兹有什么看法？"

"现在不好下结论，不过你有没有发现，他们两个人简直长得一模一样，唯一的差别就是两个人一个有胡子一个没有胡子。"

"对呀。"

"当尸体被防腐处理之后，他的血液会全部被排出来，也就是说，没有办法再进行血液鉴定了。"

"天哪，西蒙，你的意思是，那个死掉的人很有可能是路易兹而不是赛尔吉？"我被西蒙的想法吓到了。

"这只是一种推测，我还要继续找找线索。"

但是很快这种想法就被推翻了。

在旅馆的时候，我们和马库斯·奥林斯通了电话，他告诉我们："今天赛尔吉的前妻罗塞塔来辨认尸体，确认这个就是赛尔吉，而且指纹鉴定也表明不会是别人。"

晚饭过后，我们在街上散步，在一个书摊上面看见了很多有关宗教和鬼神的画像还有书籍。

在那些画像里面，我们看见了一张长发美人的画像，她被蔚蓝的波涛还有花朵包围着，美丽非凡。

西蒙指着这幅画对我说："这应该就是海神耶曼娅。"

而我看着这各种宗教人物穿杂在一起的画像，说："他们似乎并不介意其他宗教的人物混在一起。"

"你要知道，在南美一向如此。"

## 五

次日清晨，西蒙和我决定去拜访罗塞塔，赛尔吉的前妻。

西蒙告诉我，即使是离了婚的妻子，也是重要的怀疑对象。我认为现在并没有证据表明赛尔吉是被谋杀身亡的，因为警方还没有检验出来赛尔吉是不是死于毒杀。

西蒙说："马库斯·奥林斯已经证实了这一点，就在刚才，他给我打了个电话说起这件事情。"

我们到罗塞塔家里的时候，她和孩子显然刚刚从赛尔吉的葬礼上面回来——罗塞塔还没有脱下她的丧服。

我们在庭院里见到了罗塞塔。她长得很漂亮，一头长发乌黑秀丽，再仔细看一下就会发觉，她竟然和昨晚在书摊上看见的画像中的海神耶曼娅极为神似。

西蒙看着罗塞塔问："赛尔吉太太，你认为谁最有可能是杀死你丈夫的凶手呢？"

"不好意思先生,我已经不是赛尔吉太太了,我们的婚姻在两年前就已经宣告结束了,只有他来探望孩子们的时候我才能够见到他,而前几天的圣诞节他没有给孩子买礼物。对于他的情况我知道的实在不多,要是他和那些教徒们勾搭在一起,那就怨不了别人了。"

"你有什么证据吗?"

"您应该时刻记得我们已经离婚很久了,在两年前有过这样子的事情,但是现在我完全不清楚。我现在的职业是模特,他们甚至还会把我画成神灵。"

"是海神耶曼娅吗?"

"对,您见过吗?"

"是的,就在昨天晚上。"

"每年的这个时候我都会去海滩上参与他们的拜神仪式。今年我本来不愿意去的,因为刚刚参加了赛尔吉的葬礼。不过转念一想,在我的生活里,赛尔吉早已经死去了。"

"那你和路易兹之间的关系和谐吗?"

"这个有什么问题吗?"

"因为路易兹自从他哥哥的葬礼结束后就没有来拜访过你。"

"对,因为我和他哥哥离婚了,所以我们之间的关系并不融洽。他一直帮着他哥哥,觉得我不对。"

"你认为他这样做是应该的吗?"

"没有什么不应该,毕竟他们俩是亲兄弟。"

"他们那个店你去过吗?"

"自从离了婚,我就再也没有去过了。"

"那么我还有一个问题。你认识他的这么多年里面,他是否与什么犯罪活动有牵连？"

"这个应该没有。如果您指的是他们的拜神祭祀活动的话，我认为这并不是什么违法的事情。"

"当然不是这个，我指的是有没有什么其他的事情。"

"我们在一起的时候他没有从事过任何犯罪的活动，离婚之后的事情我就不得而知了。"

结束了谈话之后，我和西蒙乘汽车准备回旅馆，我问西蒙："你最后会那样说是不是因为你已经猜到了什么？"

西蒙摇摇头："我现在也是什么头绪都没有。"

## 六

等到了旅馆，我们接到消息说马库斯·奥林斯刚刚给我们打了一个电话。当我们和马库斯·奥林斯取得联系之后，他告诉我们，赛尔吉的死亡真相马上就要被破解了，让我们赶快过去一趟。

我们在警察局见到了奥林斯，他的表情显得很轻松。

"我们抓住了一个秘鲁人，他叫胡安·米拉。"

"是他谋杀了赛尔吉吗？"

"我相信是这样。除了这个他还走私艺术品。他已经招认了一些犯罪事实，虽然他没有承认他谋杀了赛尔吉，不过认罪也是迟早的事情。"

"我可以听一下他怎么说吗？"

"当然。"

过了一会儿，一个高高瘦瘦的男人被两个警员带了过来。一看见他的样子，我就想他可能是被严刑逼供过。他身上到处都是伤痕，就连脸上也没能幸免。

因为有伤，胡安·米拉难受地坐在凳子上动来动去，企图找一个能够不压到自己伤口的姿势。

我看见这个犯人，不知道怎么的就想起来一条新闻：在巴西，警察可以对犯人严刑拷打，一些犯人身上甚至还有被烧红的铁块烙烫过的痕迹。对于有过犯罪前科的犯人，他们还可以直接击杀。

想到这里，我脑海里有一种奇怪的想法：赛尔吉是不是因为犯了什么罪过直接被这些警察处死了？

胡安·米拉对我们说："秘鲁政府禁止出口哥伦布时期的艺术品，但是这些艺术品的卖价都很高。有一次赛尔吉对我说，可以利用亚马孙河源头的游船帮忙把这些艺术品运到巴西来。亚马孙河的源头在安第斯山脉，附近就是印加遗址，很多旅游的人都会去那里，然后乘着游船去边境上土著住的村庄那里去，那里离巴西国界很近。到时候，我就带着那些艺术品从河里潜游到巴西，而赛尔吉会在一条船上等着我。他会花钱把这些艺术品买下来，等到回去再倒卖出去。"

"还有上个星期的事情也跟他们讲清楚。"奥林斯对胡安·米拉说。

"那是在圣诞节之前的一个星期，我和赛尔吉联系，准备进行一次交易，并约定好了交易的时间地点。其实我们见面的次数并不多，加起来才几次而已。我们约定的地点是里约热内卢的游艇俱乐部，那次我把我们交易的货物给他了，但是他却没有按照约定把钱带过来。我当时不同意，但是他一直在跟我解释，说他的弟弟把店里的钱都控制住了，他没有办法马上拿出这么多钱来，第二天他一定会把钱拿给我，让我第二天还在这个俱乐部等他。我很不情愿，但是也没有办法。结果等到第二天他没有来，我也联系不上他，我去他的店里发现只有他弟弟一个人。"

"那个时候到底是哪一天？"

"那是圣诞节之前的两天我们进行交易，他答应给我钱的那天是离圣诞节只剩一天的时候，就是那个时候路易兹告诉我，他的哥哥消失了。"

这个时候奥林斯开口了，他对我们说："你看，事实就是这样，胡安·米拉有充足的杀人动机，虽然他没有认罪，但是很快他就会招认。"

听到这些话，胡安·米拉显得十分惊恐："我再也没有见到过他，更不可能杀了他！"

但是奥林斯并不理会他的话，没过一会儿就有人把胡安·米拉带走了。

西蒙问我："你认为他会是杀死赛尔吉的那个人吗？"

我点点头："很有可能。"

但是西蒙却摇头："他是凶手的可能性不大，我认为是有人黑吃黑，拿走文物之后就把赛尔吉干掉了。"

奥林斯坚持他自己的观点："很有可能是胡安·米拉已经拿到了货款，但是想要吞掉这批文物，把赛尔吉杀掉了。"

"不仅仅是这里有问题，尸体的存在方式也很诡异。凶手为什么一定要对赛尔吉的尸体进行防腐处理然后扔进大海呢？如果我是胡安·米拉，我肯定会把尸体找个地方埋了，而不是大费周章地把他制作成木乃伊扔进海里面。"西蒙看着奥林斯说。

但是奥林斯坚持自己的看法："这个家伙肯定就是凶手，他马上就会认罪的。"

西蒙对奥林斯的坚持表示无可奈何。

## 七

西蒙始终认为凶手另有其人，后来西蒙问我："你觉得这个案子的真相是什么样子的？"

"我认为胡安·米拉不是凶手,而且这件案子应该是发生在一群走私贩之间的。但是我们始终弄不明白的是,赛尔吉到底是在什么状况下被人杀害的。"

那个时候,我们正在海滩附近散步,我们旁边的高楼大厦里的人们纷纷往下面扔纸,这是里约热内卢人在新年里的风俗。

西蒙抬头看着这些纸,似乎也想起了里约热内卢的特殊风俗。

"我们去海滩上看看吧,今天晚上去。"

"你还是相信赛尔吉的死和某种祭祀活动有关吗?"

"当真凶被找到,这一切也就会水落石出的。"

晚上,当我们到达坎波卡巴那海湾的沙滩的时候,那里已经满满的都是信徒,我们在海滩上望着他们。

过了一会儿,人们点起了蜡烛,开始自动地围在一起,有的围成了一个圈,有的摆成了十字架形状。在他们的中间摆放着祭品,看上去极其虔诚神秘。

当我们俩走到了一群面前放着香槟啤酒的人旁边的时候,西蒙压低声音说:"别打扰他们。"

我好奇地问:"他们是来这里喝酒的吗?"

"不是,那也是供奉给海神耶曼娅的礼物。"

后来我们又路过另外一群信徒,他们围着一尊海神耶曼娅的雕像静坐,我看着那尊雕像,不知道为什么想起了罗塞塔。

忽然西蒙拍了我一下,对我说:"你看那个地方。"我转身看见了一个熟人——菲利克斯·布莱特律师,他身旁站着一位老妇人,老妇人一边抽着雪茄烟,一边和菲利克斯·布莱特谈着话。

这个时候,菲利克斯·布莱特律师也看见了我们两个,于是他停止了和老妇人的聊天，朝着我们这个方向过来了。

"这里祭拜海神的场面是不是很壮观？"菲利克斯·布莱特对我们说。

"没有想到你也在这个地方。"西蒙对菲利克斯·布莱特说。

"我并不是没有出现在这里的理由，毕竟赛尔吉的尸体就是在这个地方出现的，我来这里是想看看这里有没有人能够解答我的困惑。"

"刚刚那个老妇人是谁，你们好像聊得很起劲。"

"那是一个神奇的老妇人，她叫班博·英，她能够预知未来，看穿过去。"

"既然是这样，那我也想找她聊聊天。"

当我看清那个老妇人的容貌的时候，我感到难受，因为实在是过于丑陋。

"你有什么疑惑要我为你解答吗？先生。"她对西蒙说。

"当然，我想要知道赛尔吉·科斯塔的死因。"

听到了这句话，老妇人笑了笑："我并没有这个义务。"

"菲利克斯·布莱特律师说你什么都知道，无论是过去的事情还是未来的事情。"

老妇人只笑不语。

"他到底是不是被人当作祭品献给了海神耶曼娅？"

"耶曼娅会知道真相的，你可以去问问她，我并不知道这些。"

"那刚刚菲利克斯·布莱特律师又和你谈论了什么呢？"

"他来花钱请我告诉他一些还没有发生的事情。"

西蒙笑了，拿出一张钞票递给她："那么现在你能够告诉我，赛尔吉到底是为什么死的吗？"

老妇人收下了钞票正要开口说话，海滩上的人忽然就一起动了起来。

他们跑向海水边上，刹那间刚刚还满满都是人的海滩就只有星星点点的蜡烛在燃烧。

菲利克斯·布莱特又一次靠近了我们。

人们准备在午夜时分给海神耶曼娅献礼。

这个时候，西蒙告诉我，这应该不是今晚的全部。忽然，一个土著男孩儿在我身后敲起了鼓，所有的人开始大声唱了起来，不远处还有人起舞。

所有人大喊："耶曼娅！耶曼娅！"

在烛光与海波中，我看见她缓缓走来，就像是真的神明一样美丽动人。这个时候西蒙忽然大叫起来："别过去，回去！回去！"

我还没有反应过来，西蒙就冲进了人群。

不幸的是，信徒太多，西蒙没有办法过去，他的声音也淹没在人群中。

而我还在看着海神耶曼娅，我想起那天看到的神像，她就这么从画像里面走了出来，是罗塞塔！当我反应过来的时候，一声枪鸣击碎了夜空。万众之中的海神被枪击中了，痛苦地倒了下去。

"凶手在那里！拦住他！别让他跑了！"西蒙指着凶手大喊。我马上回过神去追击那个凶手，马上就要抓住他的时候，他忽然回过了头——我竟然看见了赛尔吉！

我瞬间陷入了不能思考的状况之中，而这个时候，他掏出了枪指着我的头，下一秒他就会杀了我！

在这个危急的时刻，马库斯·奥林斯侦探猛地从后面冲过来一脚把凶手踹到地上，鸣枪示警。得救的我也赶忙跑过去帮忙抓住犯人。

"西蒙！你看，这是赛尔吉！"

西蒙走过来伸手撕掉了他脸上的伪装——他是路易兹。

"是他杀死了赛尔吉。"

我们和奥林斯一起回到了警察局，在一起的还有这个杀人犯。

后来奥林斯对我们说："罗塞塔应该会没有事情的，她现在正在接受手术。"

然而我还沉浸在迷惘之中。西蒙对我说："路易兹之所以要置罗塞塔于死地，是因为罗塞塔会让路易兹的秘密暴露。路易兹之所以要把他哥哥的尸体制作成木乃伊，最重要的原因是防止警察看出他哥哥的死亡日期。其实赛尔吉的死亡时间并不是圣诞节的前两天，而是更早，在那一周之前，他已经遇害了。"

"不对啊，赛尔吉不是还在看店吗，而且他还和胡安·米拉见过面。"

"但是你不要忘了，他们兄弟长得很像，路易兹只要粘上胡子就可以毫无破绽地伪装成赛尔吉。路易兹在圣诞节的前一周下毒杀死了自己的哥哥，然后伪装成他哥哥的样子在世人面前出现，反正在店里他们不用一起出现。杀死了他哥哥之后，他把哥哥的尸体做成了木乃伊，等到圣诞节之后，他就把尸体扔进海里面。"

"他为什么要杀死自己的哥哥？"

"路易兹知道他哥哥在走私，很有可能胡安·米拉打的那个电话就是他接的。他想要私吞胡安·米拉带过来的货物，于是他就毒杀了自己的哥哥，然后利用胡安·米拉对自己哥哥并不是很熟悉的这个特点冒充赛尔吉去拿货物。毕竟胡安·米拉和赛尔吉一共才见过几次面而已，认不出来很正常。于是，胡安·米拉就这样被骗了。等到付款的日子，他就宣布自己的哥哥失踪了，这样一来，既能够拿到宝物，又不用给钱。之所以把他哥哥做成那个样子扔到海里，也是为了让人误会是狂热的宗教分子杀害了赛尔吉，用他给海神献祭。"

这个时候，奥林斯又问："既然已经得手，他为什么要杀害罗塞塔呢？"

"因为罗塞塔所知道的一件事情很有可能让他的罪行败露，罗塞塔曾经为赛尔吉没有给两个孩子寄明信片感到不满，如果要让孩子在圣诞节收到明信片，就要提前一周把明信片寄出去。如果罗塞塔发现这里面的问题报告给警方，他就有可能败露。因此，他不得不杀死罗塞塔。而且当罗塞塔出场的时候我就注意到他拿着枪，我想要大喊让罗塞塔不要过来，但是没办法，人太多，我的声音根本传不过去，结果罗塞塔就被刺杀了。"

"那您是什么时候开始怀疑路易兹的呢？"奥林斯问。

"其实疑点很多，比如说两兄弟的相貌如此相像，伪装成彼此很简单。又比如说，为什么今年赛尔吉没有给孩子寄明信片？赛尔吉为什么会毫无防备地中毒了？嫌疑人中有谁能够秘密地把一具尸体制作成木乃伊？并且最重要的是，胡安·米拉说路易兹在圣诞节的前一天告诉他赛尔吉不见了，而路易兹跟我们讲的时候，却说他在圣诞节那天才发现赛吉尔不见了。"

当案件结束之后，我们在海滩上再一次看见了菲利克斯·布莱特律师。他问我们："案子破解了？"

"是的。"

"可是我却没有得到什么益处，你们成了警察的帮手。"

"你之所以找我们过来，其实是想知道那批货在谁那里，对吗？你既然是赛尔吉的律师，当然也知道他干的那些勾当。当你知道他死了，你就想得到那批宝物，宝物一定会在凶手的手里。"

"你竟然知道。"

"昨天我从那个班博·英的口中买到了这个消息，你想让她帮你算算那批货被放到了哪里。"

"但是她是个骗子，什么也不知道。"

"她怎么可能知道！不过我猜你现在肯定已经知道东西在哪里了。"

听到这里，菲利克斯·布莱特律师叹了口气："东西之前就放在他们小店的货架上面，而现在已经被警察带走了，注定和我没有缘分了。"

西蒙安慰地拍拍他："不要沮丧了，我们去喝一杯吧，毕竟我马上就要回美国了。"

# 勇猛的骑士

[美]华盛顿·欧文 著

在西班牙，伊诺霍萨家族曾经是十分有名望的骑士家族。现在，他们曾经辉煌过的证明——那些来自伊诺霍萨家族的遗迹，都被摆放在卡斯提尔的一座修道院里面。

本尼迪克特修道院有十分悠久的历史，在它的长廊里面，那些遗迹静静地安眠着。其中有一尊花岗岩雕塑，雕刻的是一位英勇的骑士。他身穿盔甲，两只手在胸前合拢，仿佛在祈祷什么。他的左边有一面浮雕，上面画了一幅画，大概内容是一支宗教骑士队伍抓住了一男一女，他们是一对摩尔夫妻。在这个场景的右边，宗教骑士们跪伏在圣坛前面。由于年代实在太过久远，修道院里的很多遗迹，包括这些雕塑和浮雕，都风化得看不出原来的样子。除非是一些专业的古物研究者，否则，没有人能够从上面看出它原本的面目。

其实，在这些遗迹中，隐藏着一个缠绵悱恻的历史故事。

几个世纪以前，有一位来自卡斯提尔王国的高贵骑士，他的名字叫唐穆尼奥·桑乔·德·伊诺霍萨。因为他的封地在国家的边境上，他的领地也在那里，因此，他总是直面来自摩尔人的袭击。他统领七十名王室骑兵，每一个都十分勇猛，无往而不利。带着这些下属，唐穆尼奥击败了无数摩尔人，以至于到了最后，许多摩尔人仅仅是听到他的名号就觉得十分惊慌。他的城堡里摆放了无数的战利品，每一个都向别人展示了他的赫赫战功。

除了打仗之外，唐穆尼奥还很喜欢打猎。他豢养了很多猎犬、猎鹰和马匹。在不打仗的时候，他总会带着仆人，牵着猎犬，架着猎鹰去打猎。那庞大的打猎队伍总会让周围的居民被吓到。

唐穆尼奥有一个柔弱温婉的妻子，名叫多娜·马丽娅·帕拉辛。这位柔弱的女子似乎并不适合有这么一位勇敢无畏的丈夫，每次她的丈夫要赶赴战场的时候，她都会流着眼泪，恋恋不舍地看他远去。

那一天，我们的主人公唐穆尼奥再一次出门打猎。到了森林里，他和随从先是驻扎下来，然后以林地为中心，分开打猎。就在他们到达林地没多久的时候，一群摩尔人来到了这里。他们男男女女一大群，不仅穿着上品的纱衣，身上还挂满了漂亮的刺绣制品。还有很多人戴着印度风格的披巾。除此之外，他们的手腕和脚踝上也都环着贵重的金银珠宝，看上去非富即贵。

这群人当中，带头的是一位青年骑士。他穿着极为贵重的服饰，表情也十分圣洁凝重。他的身旁有一位年轻的女子，脸上带着轻薄的纱巾。

一阵清风吹过，掀起她的面纱，露出她的脸庞。那张脸十分明艳动人，表情也十分愉快。

他们带了很多金银财宝，这些财宝在唐穆尼奥的眼里就像是上帝赐予他的赏赐一样唾手可得。唐穆尼奥开始忍不住想，要是能够把这些漂亮的东西带给自己的妻子多娜，她一定会很开心的。

想到这里，唐穆尼奥有些按捺不住了。他迫不及待地吹起了号角，指挥随从从树林里面冲出来，包围这群摩尔人。摩尔人没有任何武器，因此，他们根本无法抵挡唐穆尼奥的随从。他们被突然冲出来的袭击者吓得手足无措，那位美丽的年轻女子脸上的表情十分绝望，而她的女仆早已经吓得大声叫喊起来。

但是，那位青年骑士却依然保持着冷静。

他对袭击者们询问："你们的首领是谁？"

随从告诉他，他们的首领是唐穆尼奥·桑乔·德·伊诺霍萨。

当得知了这个消息之后，那位青年骑士的表情显出了些许希望。他向唐穆尼奥走过来，呼唤着他的名字。在走到唐穆尼奥面前的时候，他真诚地向唐穆尼奥行了一个吻手礼。

年轻的骑士说："敬爱的唐穆尼奥·桑乔·德·伊诺霍萨骑士，我早已经听说了您的名字，您是一位英勇无比的骑士，是所有骑士的典范，我早有预感会遇见您。在我看来，您才是真正的神之子。我正准备在这里同我的未婚妻结婚，而您恰好出现在这里，一定是天意要让我臣服于您。我相信您的仁慈，您现在可以带走您看中的所有的东西和人，只是希望您能够给我们留下一些尊严。"

这诚挚无比的说辞打动了唐穆尼奥。他看着这两位即将成婚的新人，感觉自己要是拆散了他们，恐怕连上帝都不会答应。

于是，他对年轻的摩尔骑士说："从名义上来说，你们当然会成为我的俘虏，不过，我允许你们在我的城堡里面举行婚礼，并且一直庆贺半个月。"

宣布完之后，唐穆尼奥就派遣随从提前赶回城堡，通知城堡的女主人准备欢迎这对新人。随后，他和自己的骑士们带着这对新人回到城堡。当然，他们并没有把这对新人当作俘虏，而是以护送新人举行婚礼的形式带着他们回到自己的城堡。

马上就要到城堡的时候，城堡里的女主人早已经准备好了一切。多娜让人吹起了号角，挂上了彩旗。当城堡大门打开的时候，多娜亲自站在门口迎接他们。

唐穆尼奥还通知自己的所有下属，让他们送来美味的食材和礼物。在这十五天里，城堡里一直举行着宴会，所有人又唱又跳，表达对这对新人的祝福。

半个月之后，狂欢结束了，唐穆尼奥亲自带队，欢送这对新婚夫妇回到他们的国家。

很多年之后，卡斯提尔与摩尔开战了。国王召集骑士一起作战，唐穆尼奥和他的骑士毫不犹豫地参加了战争。

临行前，多娜忧伤地对自己的丈夫说："你获得的荣耀已经足够了，为什么还要用自己的生命去换取这些东西呢？"

"是的。我也觉得已经够了。这是最后一次了。"她的丈夫说，"我可以向上帝保证，这真的是最后一次了。等到这次战争胜利，我就永远不再上战场，到时候，我就带着我的骑士们去耶路撒冷朝圣。"

唐穆尼奥所有的下属骑士都和他一起发誓，多娜才感到安心。于是，她再一次目送自己的丈夫远征。

不幸的是，在激烈的战斗中，基督骑士没有战胜摩尔人，就连他们的国王也被摩尔人包围了，情况十分危急。唐穆尼奥作为一名勇敢无畏的战士，连忙带着自己的骑士去营救国王。他对骑士们说："我们是无畏的勇士，现在到了国王需要我们的时候，就让我们为了信仰去战斗吧。如果我们死了，那么这里也就是我们新的起点。"

说完，唐穆尼奥就和骑士们一起去营救国王。他们很快冲开了摩尔人的包围圈，并且拖住了大部分的摩尔人，为国王赢得了宝贵的撤退时间。

但是，这却让唐穆尼奥和他的骑士们陷入了重重的包围当中。他们并没有放弃战斗，直到最后一刻，唐穆尼奥还在与一名摩尔骑士战斗。虽然他的手臂受了伤，但是勇敢的唐穆尼奥还是无所畏惧，直到筋疲力尽，被那名摩尔骑士毫不留情地杀死。

当摩尔人大获全胜的时候，那名杀死唐穆尼奥的摩尔骑士走过来，取下了敌人的头盔。当唐穆尼奥的脸出现在他面前时，他追悔莫及，悲痛地号啕大哭："天哪，我竟然杀死了我的恩人啊！"

而另一边，唐穆尼奥的妻子多娜正在家里日夜盼望着自己的丈夫归来。她眺望着唐穆尼奥回来的路，不停地问放哨的人，有没有看见唐穆尼奥和骑士们。

直到那个早晨，虽然天气阴冷，但是敬业的哨兵还是一眼就看到了那支队伍。

哨兵大喊："他们回来了，有一群人正从峡谷的那边走过来，不仅有我们的人，还有摩尔人，我们的旗帜在飘扬！"

"他们胜利了，他们还俘虏了摩尔人！"

消息一传过来，城堡里的人都陷入了狂欢当中，每个人都激动无比，多娜也十分开心。

当城堡的大门打开，兴奋的多娜冲出来想要拥抱自己的丈夫时，发现她的丈夫没有像往常一样走在队伍的前面。

而且，这一队人马里面，永远都不会有她的丈夫了。

队伍的最前面是一个棺材架，上面用精致的天鹅绒覆盖着，一位骑士躺在上面。他仍然身着厚重的盔甲，利剑也仍然紧握在手中，似乎没有什么能够把他打倒。一大群摩尔骑士表情悲怆，守护在棺材架的左右。

走在前面的那位摩尔骑士跪在多娜的面前，泪流满面。

多娜看着这位骑士的面庞，认出来这个摩尔骑士就是多年前被自己的丈夫带回城堡，并在城堡举行了婚礼的那个摩尔骑士。

真是造化弄人，多年后的今天，也正是他杀死了自己的丈夫，带着自己丈夫的尸体再一次来到这个城堡。

为了表示对唐穆尼奥之死的愧疚以及对他本人的尊敬，摩尔人在修道院为他建立了坟墓。

没过多久，伤心欲绝的多娜也追寻自己丈夫的脚步去了。

这位柔弱美丽的女子也被安葬在这个修道院里面，她的坟墓就在唐穆尼奥的身旁，以便于她可以长伴她的丈夫。她的墓碑上写着：多娜·马丽娅·帕拉辛，唐穆尼奥·桑乔·德·伊诺霍萨的爱妻。

故事并没有结束。

就在唐穆尼奥奋战而亡的那一天，耶路撒冷神殿里的牧师站在神殿前面晃荡的时候，忽然看见唐穆尼奥和他的骑士们走向神殿，似乎是要来朝圣。牧师认得这位大名鼎鼎的基督骑士，看见他要过来朝圣，连忙把这件事情通知了主教。主教召集了所有的牧师，真诚地迎接这支前来朝圣的骑士队伍。

在大家的注视下，唐穆尼奥和他的骑士们表情庄重地走到了耶稣的墓前，默默地祈祷起来。这一路上，他们没有和任何人交谈，也没有说任何的话，即使是主教问候他们，他们也无动于衷。而且，他们每个人的脸上都没有什么红润的颜色，看上去十分阴沉。

这使主教感觉很奇怪，后来，他把这件事情写成信寄到卡斯提尔，向那里的人问有关于唐穆尼奥和他的骑士们的事情。很快，他收到了回信。

回信告诉他，就在他们见到唐穆尼奥和他的骑士们的那一天，唐穆尼奥和他的骑士们已经英勇地牺牲在战场上了。

显而易见，唐穆尼奥和他的骑士们是来履行自己的诺言的，而他们高贵的灵魂也一定受到了救世主的赐福。而这正是源于他们忠诚正直的骑士之魂，哪怕是已经战死沙场，也会履行诺言，前来耶路撒冷朝圣。

# 火车惊灵

[美]格特鲁德·阿瑟顿 著

这个墓地已经有很久的历史了,在这里安眠的人也都过世很长很长时间了。最近过世的人都不会被安葬在这里,而会被安葬在一个位于博伊斯·德阿穆尔附近的新墓地——在那里,人们可以聆听到教堂的钟声,这样,他们就知道什么时候该做弥撒。

现在,村里人做弥撒的教堂就在老墓地的边上。虽然这座墓地是一个旧墓地,却并没有荒废掉,反而得到了用心的护理。石墙没有倒塌,也没有缺口,墓碑完整地伫立在那里,就连草地上也没有一棵野草生长。不过,作为一个墓地,它依旧和布里塔尼半岛上其他供逝者长眠的墓地一样凄凉阴森。这里埋葬的都是当地的农夫、神甫,还有可怜的渔夫的妻子。这些女人的丈夫都在海上长眠了,她们只能日夜悲泣。除此之外,还有一些小孩子,都还没有长大就夭折了。

这个小村子的风光十分不错,像这样美丽的村庄,分宁斯特尔并没有很多。那些善于发现的艺术家们率先找到了这个美丽的地方,并将这个小村子大肆宣扬出去，让它成了一个远近闻名的旅游胜地。这样一来，小村子里原来崇尚的艰苦朴素变得不值一提了。

不过令人苦恼的是，这个地方交通不便，只有一条铁路，而想来这个地方旅游的人却成千上万。为了方便这些来法国小村落旅游的人，当局修建了一条铁路，恰好就在这个老墓地的旁边。

眼看着铁路修到了墓地自己却无能为力，老神甫没有办法，只有在夜里偷偷坐在坟头上哭泣。老神甫认为死者应该得到宁静，那些城里人总是贪婪的，那些热爱旅游的人以及希望通过这件事情谋取利益的人是不应该这样做的。老神甫已经是个很老的人了，在这些墓地里埋葬的人都曾经和他熟识。这些人在活着的时候，已经经受了生活中的许多苦难，而今长眠之后，却也得不到宁静，这实在是不应该的。

无论老神甫内心多么抗拒，铁路依然延伸到了这个地方。

那天晚上，火车第一次开进了这个小村子。火车开进来的时候，不仅发出了震耳欲聋的响声，还震得整个教堂都在颤抖……老神甫叹了口气，他什么都不能做。他只能尽自己的努力，一次又一次地为所有坟墓撒上圣水。

火车在每天破晓和黄昏时分开动，像一头巨兽一样，发出可怕的声音。老神甫每天都去给墓碑撒上圣水，让他们安息。他相信他的这些努力能够保护好这些安眠的死者。

不过，很不幸的是，老神甫还是听到了这些死去的人的窃窃私语。

那天夜晚，天气很晴朗，火车已经开走了，一切都显得十分宁静，整个村子陷入了睡梦当中，唯一还没有入睡的是克鲁瓦克伯爵家。

他家的城堡还是亮的，那是因为伯爵夫人已经病入膏肓，正躺在床上。当黄昏的火车开过的时候，老神甫正站在伯爵夫人的病床旁边。

伯爵夫人对老神甫说:"我的灵魂就要去见上帝了,我知道,上帝也许不会马上召唤我,所以,我要在一个寂静的地方睡上很多年,就像我现在活着的时候一样,每天都没有人和我说话,每天都是这么安静。我死了以后,要被埋葬在那个老墓地里面,每天都能够听见火车的声音。要是我被埋在山上的新墓地里,我一定会在棺材里无聊得发疯。"

离开克鲁瓦克伯爵的城堡之后,老神甫尽快赶回了墓地,一边走一边想着伯爵夫人的话。老神甫想:要是伯爵夫人真是一个虔诚的信徒的话,我以后就不给她的坟墓洒圣水了,让她能够听见那个火车的轰鸣声。毕竟,既然人活着的时候都在遭难,那么对于她死后的要求,我应该尽量满足。不过,我觉得伯爵应该不会同意她的请求。而现在,我只请求上帝不要让墓地里安眠的人被火车的声音吵醒了。

他非常虔诚地祈求上帝,但是,上帝显然并没有听到他的祷告。就在他带着圣水匆匆来到墓地,想要为每座坟墓撒上圣水的时候,他听见了长眠者们的窃窃私语。

"嘿!让·马里,你听见了吗?这个声音一定是上帝的召唤,我们得准备着。"

"不不不,你听错了,这不是上帝召唤的声音。"另外一个声音略显低沉,"弗郎索瓦,这个声音太嘈杂刺耳了,就像是狂暴的台风在大海上嘶吼一样,一定不是上帝的声音。话说回来,我们感激上帝能够让我们宁静地死去,死之前还有子孙的陪伴,而博伊斯·德阿穆尔也没有经历什么大的风浪。你看看那些常年出海打鱼的人,他们每天都要出海,所以成了短命鬼。弗郎索瓦,你记得吗?伊格纳茨在海上遇到了风暴,那些风暴像是魔鬼一样缠着他,他就这样永远地消失了。那天,我们俩还以为自己也要和伊格纳茨一样被刮走了,幸亏最后抓住了彼此,才一起活下来。我们活得很平静,最后死得也很幸福,这可真是上帝的恩赐。"

"是的。你说得对极了。可是现在说这些事情没有什么用呀,这对我们并不重要。"

"我倒是觉得还好。我总觉得伊格纳茨死去的时候我也死掉了……那么,在垂死的时候,你又在想什么?"

"啊,那个时候,我在想,我还欠着多米尼克钱呢。我想告诉我的儿子把钱还给他,但是,还没来得及说我就死了。唉,因为这个,我估计在圣怡莱村,我现在应该已经是个名声很坏的人了吧。"

这个时候,又有另外一个声音说:"算了,人们的记性总是不太好,他们不会记得这件事情的。不过,我比你晚死了四十年,我记得你儿子帮你把钱还给了多米尼克,我和你儿子是朋友。"

"那我儿子现在怎么样了?他也在这个地方吗?"

"那倒没有,我想,他应该长眠在海底深处了。他一共出过两次海。第一次出海的时候,他捞了一大笔钱。他把钱留给了妻子,很快再一次出海,但是,很不幸,他再也没有回来。而他可怜的妻子没了他,只好每天以洗衣服为生,她的主顾就是克鲁瓦克伯爵的夫人。后来,她也去世了。我曾经向她求婚,但她拒绝了我,说不想再承受一次失去丈夫的痛苦,于是我就娶了另外一个女人,不过,在痛苦的生活中,她也很快变得苍老了。"

"那么,你是什么时候去世的呢?"

"在我六十岁的时候,我比我妻子活得要久,我的妻子应该也在这里。让娜,你在吗?"

"丈夫,是我的丈夫吗?我竟然听见了你的声音,我还以为那个刺耳的声音是上帝召唤我们呢,我还以为上帝就要把我们带走了呢。"

"不是的,让娜,我们还是在坟墓里,没有变出翅膀和光环,所以暂时也不能飞去天国，不是上帝在召唤我们。你还好吗，让娜？"

"既然我们不是要上天堂，难道我们要下地狱了吗？天哪！难道我们已经到地狱里了？"

"这些大约只有上帝知道，我什么都不知道。让娜，你害怕吗？要是我们俩埋葬在一起，你肯定就不会害怕了。"

"亲爱的丈夫，虽然我很害怕，但是，听见你的声音之后，我感觉好多了。声音穿过这土地的声音真是奇怪，我感激上帝让我能够幸福地死去，手里还能够捧一枝玫瑰花。"

这个时候，弗郎索瓦突然大声喊道："上帝并不是那样万能的！要是他真的是万能的，谁能够告诉我，为什么我们会醒过来？而那个刺耳的声音又是什么？难道上帝已经被魔鬼打败了吗？"

"你这样说是亵渎上帝，上帝是无法被打败的。我们现在被吵醒，应该是上帝对我们降下的惩罚！"

"我也觉得是这个样子的，以前活着的时候，我们因为遭受了无数的磨难，总是渴望解脱，却又害怕死亡，现在，我真的死了，却又非常渴望能够活过来。真的，对我来说，哪怕遭受苦难，也比待在这里要幸福。这里真是又黑又冷。不过，我们大约要一直在这里待下去吧……我真想诅咒那个吵醒我们的家伙！"

"请不要诅咒，可怜的孩子。"一个温和的声音响起，那是前任神甫，他已经逝去很多年了。

他站了起来，向上帝祈祷着。

"孩子们，我也不知道这些吵醒我们的怪物究竟是什么，而且，我也讨厌待在这个棺材里面的感觉，我觉得自己要被压扁了，但是，我相信这一切都是有道理的。"

这时候，一个孩子轻声哭了起来，在一旁的母亲感觉到很难过。她想要安慰自己的孩子，却没有什么办法。

那个母亲无助地哭道："我的上帝啊，我还以为这是您的召唤，我真想带着我的孩子去找我那可怜的丈夫，我的丈夫伊格纳茨还沉睡在海底，我想要去找他啊！上帝！神甫，你知道我们什么时候才能够出去吗？躺在这个地方，既不能安静地长眠又不能够出去，真的是难受啊。"

"我们总会出去的，请不要着急。"老神甫安慰她说。

"虽然这样子，但是神甫，我的孩子正在他的小棺材里面哭，我却不能够去找他，而且我的母亲还夹在我们俩中间。"

"你们应该虔诚地祈祷。"神父告诉他们，"你们所有人，现在都开始祷告吧。"

老神甫说完之后，整个墓地里便不再吵吵嚷嚷的，大家都开始了祈祷，除了那个哭泣的孩子。老神甫悄悄离开了墓地，他知道，大家今晚应该不会再吵闹了。

但是，他还是很担忧。

天慢慢变亮了，又是一个美好的晴天。刺耳的火车轰鸣声又开始了。

老神甫连忙跑到墓地，虔诚地撒下圣水，他今天已经洒了两遍，但是好像并没有什么用，因为，当他趴在地上，聆听底下的动静时，发现他们并没有安静下来。

"那个魔鬼又来了。"让·马里说，"但是，这次他来的时候，我觉得上帝好像在爱抚我，上帝他保佑了我。"

"我也是！"

"我也感受到了！"

逝去的神甫以及墓地里的其他人都喊了起来。

老神甫松了一口气，幸好圣水还有用，能够让这些死者安静下来。

因为担心他们，他一夜没有能够入睡，现在，他离开了墓地，决定去克鲁瓦克伯爵的城堡里找伯爵。这不仅是因为伯爵也参与了这条铁路的建造，更是因为，他觉得伯爵应该会认真聆听他的诉求。

不过，等到了克鲁瓦克伯爵的城堡里他才知道，就在昨夜，伯爵夫人去世了，大主教也在昨夜来过克鲁瓦克伯爵的城堡，亲自为伯爵夫人主持了丧仪。

老神甫知道大主教来了，十分激动，他请求见大主教。他在城堡的小厨房里面等了很久，终于得到大主教的传召。他随着仆人一起来到大主教的房间。大主教正躺在高高的、豪华的大床上。他的脸被床帘遮挡住了，显得苍白而凝重。矮小的老神甫站在那张高高的大床前面，虔诚地朝大主教行礼，显得十分卑微。

"有什么事情吗，我的孩子？是很重要的事情吗？你知道，我现在很疲惫。"大主教的声音疲倦而低沉。

于是老神甫开始说昨天夜里发生的事情，他绞尽脑汁筹措词汇，企图让自己说的事情听起来没有那么荒诞。他努力地描绘那些可怜的灵魂所受到的折磨，试图能够得到大主教的同情和信任。他希望大主教能够相信他说的话，虽然他的语言是如此苍白。

在叙述的整个过程中，老神甫十分紧张，他的眼神在房间的各个角落和器具上飘来飘去，直到他看见了那张大床以及大床上的大主教，才猛然停下了自己的话。

大主教已经被气得快要发疯了，他在床上直起了身子，对老神甫大吼："你是疯了吗！满口胡言！我竟然为了听你编的这些蹩脚的谎话而放弃了休息。我对你真是失望，你这样的疯子竟然能够当上神甫！你给我滚出去——"

老神甫一溜烟儿地从大主教的房间里逃了出来，由于十分慌张，他在门外撞上了克鲁瓦克伯爵。于是，克鲁瓦克伯爵带着老神甫去看已经离开人世的伯爵夫人。伯爵夫人逝世的时候还十分年轻，她躺在床上，淡淡的光芒从暗淡的金色烛台上面倾泻下来，照在已经严重褪色的窗帘上，整个城堡显得古老而陈旧。

这个旧城堡的主人克鲁瓦克伯爵不禁悲伤地想起自己把这个青春靓丽的生命带进这个城堡里的那天。他把她带了进来，却让她在城堡里日复一日地枯萎，直到凋落……伯爵悔恨无比。他现在觉得，这一切的开始就是一个错误。

他对老神甫说："她请求我让你把她埋葬在火车旁边的墓地里，这是她最后的愿望。"

说完，伯爵就离开了这个房间。

老神甫留在房间里，虔诚地为伯爵夫人祈祷。他看着伯爵夫人房间里的那一扇小窗子，可以想象，伯爵夫人在活着的时候，能够从那扇窗子看见什么。她可以看见每天出海打鱼的渔夫们，可以看见渔夫的妻子和母亲，他们正在海边告别。

虽然老神甫很久都没有吃饭了，他的头脑却很清醒。他想，伯爵夫人的灵魂是否也在这个地方？老神甫想知道伯爵夫人逝去之前的表情是什么样子的，是安宁，抑或是痛恨？虽然这样对死者不敬，但他还是想要知道。

于是，他在祈祷完之后，慢慢地走过去，想看看伯爵夫人的脸。

伯爵夫人最后的神情是那么悲痛，那是对生命的留恋，毕竟她还那么年轻，并不想进坟墓。她的鼻子很僵硬，双唇张开，在逝世前，似乎还在诅咒些什么。虽然她的面容早已经失去光彩，却依然能够从中看出她曾经的美貌。

"真是可怜啊。"老神甫感叹,"伯爵夫人应该不愿意就这样子沉睡了吧,她曾经说过要感受一下那热闹的火车。真没想到,居然还会有人喜欢那个声音。"

随后,老神甫继续虔诚地为伯爵夫人祈祷,最终倒了下去。

过了很久,直到下人进来的时候,才发现老神甫已经晕倒了。

等到老神甫醒来的时候,已经回到自己的家里面了。不过,他一度虚弱得不能起床,直到过了四天之后,才能够下床去处理一些轻松的事情。

那些日子,整个村落都笼罩在烟雨当中,一切风景都显得朦胧,墓地也被雨水浸透了,显得湿漉漉的。当火车从墓地旁边开过的时候,老神甫会像往常一样拿着圣水,跑出来为每一个坟墓撒上圣水。

当然,伯爵夫人的坟墓除外。

老神甫趴在地上,想要知道底下灵魂的情况。要知道,他上次近距离地聆听死者,已经是他晕倒之前的事情了。

他听见墓地里充满了痛苦的号叫和恶毒的诅咒,他听见那个孩子恐惧地哭泣,听见快要发疯的母亲的哀鸣,唯一的祈祷来自前任神甫,他在祈求上帝。

让·马里痛苦地说:"这地狱里的场景没有神甫会知道的,而我们活着的时候也不会知道。以前别人说,我们死后会因为自己生前的罪过而被折磨,却从来没有人告诉我们竟然是这样子的折磨。我们活着的时候,已经遭受了这个世界上所有的苦难啊,却没有想到,在我们死亡之后,也要一次又一次地遭受这样可怕的折磨。我们该怎么办?我们什么时候才能够逃脱啊?"

老神甫觉得自己得把这些死者的坟墓迁走,迁到一个安静的山上。

他明天就要这样干。

老神甫企图在这些诅咒和哭号的声音里找到一点不同的声音，于是，他想到了伯爵夫人。他跑到伯爵夫人的坟墓旁边，屏气凝神地听着，却只听到了一声又一声的沉吟。

老神甫在心里想：伯爵夫人一定是在为谁叹息，难道是其他死者的样子吓到了她？伯爵夫人为什么不和他们聊天呢？哪怕是说说外面的情况也好啊。

过了一会儿，老神甫听见了来自伯爵夫人的尖叫声，还有痛苦的喘息声。她竟然和墓地里面埋葬的其他人一样狂乱。

老神甫痛苦地站起来，泪流满面。

他难过地想，她现在肯定十分后悔，她要是早知道这个样子就不会选择埋葬在这里，而应该埋葬在城堡里面，在那里享受永恒的安宁。但是现在她却在这里经受着折磨，经受噪音和其他死者的骚扰。

老神甫觉得他不能够让可怜的伯爵夫人继续待在这里了。

他已经知道自己该干什么了。

老神甫立马跑了出去，虽然现在他的两条风湿腿正在经受这阴雨天气的折磨，但是他还是决定以最快的速度赶去伯爵的城堡。

在河边，他看见了一位渔夫。他请求渔夫把他带上船，渡他去克鲁瓦克伯爵的城堡。渔夫很快就把老神甫弄上了船，快速地向克鲁瓦克伯爵的城堡划去。

老神甫上岸后，渔夫对老神甫说："神甫，你待会儿到城堡的厨房来找我，我把你带回去。"老神甫向他表达了感谢后，连忙跑进了城堡。

继上一次在厨房里等待大主教的传召后，他又在这个大厨房里忐忑地坐着，等待伯爵同意和他见面。

厨房的瓦是蓝色的,是很好的琉璃瓦,厨房里面摆放的餐具也是亮晶晶,这些都宣示着克鲁瓦克家族曾经的辉煌和显赫。那个时候,这个厨房里经常准备着招待王公贵族的晚宴。

老神甫在炉火边忐忑地等待着,不一会儿,下人就过来告诉老神甫,伯爵正在书房等他。

书房显得厚重而封闭,那些陈年的牛皮纸发散着一股陈旧的味道,而伯爵就在那里等待着他。壁炉里燃着熊熊的柴火,在书房的那张大桌子前面,放着一些书籍和杂志,曾经鲜艳的鸢尾花装饰早已经失去了它应该有的光泽,在这沉闷的书房陪书籍一起老去。

平日里,除了打猎,伯爵都会待在书房。有时候,他也会去巴黎,在那里,他就像一个单身贵族一样。他觉得女人们都爱慕虚荣且喋喋不休,因此,他不愿意让他的妻子和其他夫人一起在城堡里聚会。毫无疑问,他最初是非常喜爱这个女孩儿的,但是,她的牢骚和抱怨让他不愿再面对自己的妻子。后来,她醒悟过来,希望主来拯救她的生活,只是,伯爵认为自己永远也满足不了这个富有野心的女孩儿。

老神甫进来的时候,伯爵对他表现得很恭敬。老神甫想起自己要说的事情以及那天大主教听了他的这些事情之后的反应,显得有些不安。于是,他对伯爵说:"你也许也觉得我疯了,也许会像大主教那样暴怒不已,但是,我还是要说这件事情。"

听到这里,伯爵想起那天大主教对他说的话,大主教觉得这个老神甫已经老糊涂了。不过,伯爵还是想要知道老神甫要说什么,于是就安慰他说:"您不要担心,想说什么就说什么。"

老神甫满怀希望地对伯爵说:"您知道,每天火车早晚来去会发出巨大的声响,就像一个魔鬼一样,轰隆轰隆的,把老墓地里的灵魂都给弄醒了。我只能够每天用圣水安抚他们，让他们能够安睡。那天我没有在墓地里，尖叫的火车把他们都弄醒了。对，那天我是在这里陪着伯爵夫人。那些醒过来的灵魂以为是上帝在召唤他们去天堂，但是并没有。他们还在冰冷漆黑的坟墓当中，他们的安宁被打扰了，没有办法再继续安睡了。他们在那里吵闹、诅咒，就像疯了一样，觉得自己是在地狱里面。当然，他们现在和在地狱里面差不多了。唉，伯爵，我来是想要请求您，能不能帮忙把他们的坟墓弄到山上去，这样，他们才能够安息啊。您想想他们生前忍受着苦难，死后还要遭受这样的折磨，真是让人不忍心。"

当伯爵的脸色变得冰冷而阴沉的时候，老神甫停止了说话。他知道伯爵现在一定以为自己面对着一个神经病。

而事实也是这样，伯爵已经忍不住要摇铃叫仆人上来把老神甫弄走了。

老神甫浑身冒着汗，连忙摆手，对伯爵说："千万不要这样啊，先生。其实我是为了伯爵夫人来的，真的先生。曾经，伯爵夫人对我说，她想要被埋葬在老墓地，这样就可以听火车的声音。我为了满足她的愿望就没有为她的坟墓洒圣水。可是，现在，可怜的伯爵夫人已经被火车的声音吓得不行了，她现在十分痛苦。我就算隔着棺材，都能够听见她痛苦的呻吟。先生，我敢向上帝保证，我绝对没有骗您。真的，您要相信我，而且，您迟早会知道我说的都是真的。"

伯爵的脸色十分难看，就像伯爵夫人死去的那天的可怕脸色一样。他瞪着眼睛，紧紧地盯着老神甫，神情很奇怪，就像是看见了伯爵夫人的灵魂一样。

"在那里你听到了？"

"对啊，先生，可怜的伯爵夫人不断地在坟墓里号叫和呻吟，真的是太可怕了，好像是有什么人把她的喉咙掐住了一样。"

老神甫把自己要说的话都说出来了。

伯爵猛地站起来，跑了出去。

老神甫在房间里无声地倒下了。

老神甫想，我说的都是真的，也许，到了明天，这些问题就都会被解决，那些可怜的死者也就会得救了。

最后，老神甫和那些旧墓地的死者都长眠在了山顶的新墓地里，在那里，再也没有火车来打扰他们。跟他们在一起，对于一个也许会重生，并且永远也不用被埋葬的人来说，真是十分美好。

# 凶 宅

[美] 玛丽·E.威尔金斯 著

午后,约翰·埃默森夫人在窗户旁边坐着,头上还戴着一顶黑色的羽毛帽子。此时此刻的她一边做着手里面的针线活计,一边时不时地向外面张望。

这时候,一个熟人出现在她的视线里面,那就是罗达·梅瑟夫夫人。自从罗达·梅瑟夫夫人和她的丈夫西蒙·梅瑟夫搬到这儿来之后,两个人就成了朋友。梅瑟夫夫人有点喜欢八卦,也总是愿意第一时间把自己知道的八卦告诉给约翰·埃默森夫人。从现在梅瑟夫夫人那匆忙走路摇晃肩膀并向前探着脖子的动作来看,她应该是又掌握什么一手新鲜资讯了。

不得不说,梅瑟夫夫人长得非常漂亮,而且一颦一笑也非常有韵味。而此刻神色略显紧张的梅瑟夫夫人,在约翰·埃默森夫人看来也是那么风情万种,甚至那轮廓分明的清秀脸蛋上还闪烁着光芒。

事实上,约翰·埃默森夫人是非常欢迎这位老朋友的到来的。见梅瑟夫夫人快到了,她忙不迭地把自家最好的摇椅摆在对面的窗户旁边,然后便跑到门口去迎接自己的好闺蜜。

"我本来今天想去你家里的,可是我还要给我新的黑色裙子打褶,我总不能把裙子和针线带到你家去开工。这会儿你来了,我真开心。"见到梅瑟夫夫人,约翰·埃默森夫人连忙说道。

"我手里也有编织的活计,正好带到你家做了。"梅瑟夫夫人笑着说。

"你这样做,我很高兴。"埃默森夫人连忙说,"还愣着干什么,快坐吧。"她指着自己为梅瑟夫夫人准备好的摇椅说。

梅瑟夫夫人坐下后,埃默森夫人把她脱下的披肩和帽子都拿到了自己的卧室放下。而这时,梅瑟夫夫人已经开始编织起自己蓝色的毛衣了。

"真漂亮的毛线,是打算用在教会的集市上的吗?"埃默森夫人问道。

"是啊,不过我觉得,就算我把它做好,它可能都还不够换回毛线的。"

"去年你制作的那个东西在集市上换了多少钱啊?"

"你能想象吗?去年我花费了一周工夫做的东西只换了25分。不过我会这样想,我是在为上帝制作,但看样子,上帝好像也没能从其中得到什么。"梅瑟夫夫人感叹说。

寒暄了一阵子之后,两个人就开始坐下来静静地干活了。谁也没有提出新的话题,其实她们都是在等着对方开口呢。埃默森夫人等着梅瑟夫夫人说出那个新鲜的资讯,而梅瑟夫夫人则等着埃默森夫人提问,因为她需要让自己的大新闻有个恰如其分的出场白。

最终,还是埃默森夫人按捺不住自己的好奇心,首先打开了话匣子:"最近是不是有什么不得了的新闻发生啊?"

"其实也不是什么特别的事情,不过,你是怎么知道我知道了些新鲜事的呢?"梅瑟夫夫人笑着问道。

"当然是从你的行为举止看出来的,你不每次都是这个样子嘛!"埃默森夫人撇了撇嘴道。

"好吧，那我现在就给你讲讲，满足一下你的好奇心好了。事实上，是我老公西蒙今天回家的时候告诉我的一件事，他也是在南代顿听来的。"

"到底是什么事情啊？你快说。"埃默森夫人的好奇心变得更强了。

"老萨金特的房子租出去了。"梅瑟夫夫人假装云淡风轻地说道。

"怎么可能？"埃默森夫人大为吃惊，"说起来，到底租给谁了啊？"

"是这样的，去年的时候，有一对夫妇以及女主人未婚的妹妹新搬到了南代顿，对了，是从波士顿那边搬过来的。他们貌似对自己的房子不怎么满意，觉得有点小。你应该知道，老萨金特的房子看上去可是真的不错。"

"你说得没错，他的房子在镇上也算是数一数二的漂亮了。可是，你也应该知道那件事吧。"埃默森夫人若有所思地说道。

"他们已经知道那件事了，是西蒙告诉他们的，但他们似乎并不介意呢。还说，宁愿见到鬼，也不想住在窄小又没有阳光的破房子里面。"

"哎，真是的，还真是够胆大，不过话说回来，说不定那些事情根本就是子虚乌有的。"

"我可不这样想。"梅瑟夫夫人突然严肃地说，"对我来说，那样的房子我这辈子都是不会踏进半步的，因为我已经再也不想见到闹鬼的房子了。"

听完梅瑟夫夫人的话，埃默森夫人的好奇心又增强了几分。

"喂，亲爱的，你说你再也不想看见闹鬼的房子是什么意思？"

"字面意思。我以前就经历过这样的事情，那时候我还没结婚。"梅瑟夫夫人回答道。

"到底是个什么情况？你是看到了鬼怪了吗？它们伤害你了没有？"埃默森夫人又问。

这时候，梅瑟夫夫人的表情开始变得严肃起来。

"事实上，我并没有看到什么伤害我的东西，但这个东西对人是没有好处的。"

"如果你不想说就不要说了，不过，如果它一直让你烦恼的话，我觉得你说出来更好一点，我或许可以开导开导你。"

"好吧，我现在决定告诉你。要知道，除了我老公以外，这件事我没有告诉过任何人。我老公曾经对我说，不要把这件事说出去，因为很多人可能听了之后会认为我的大脑不正常，而不是从正面去看待、分析这件事情。"

"放心吧，我不会那样想你的。并且，如果你希望我为你保密的话，我也一定会做到。"埃默森夫人认真地说。

"那好，我告诉你之后，你不要再和任何人提起。"

"放心吧，我发誓对我的丈夫我都不会提起半个字。"

听了埃默森夫人的保证之后，她开始缓缓地叙述了起来。

"在我结婚之前，我住在东威尔敏顿。那时候，是我在那儿生活的第一个年头。你应该知道，那时候，也就是五年之前，我的朋友都死于那件事。"

埃默森夫人什么也没说，只是认真地点了点头。

"那时候我还在当老师，和艾米莉·丹尼森女士以及她妹妹艾比·伯德一起合住。艾比·伯德女士是一名寡妇，孤身一人并无子女。她在东威尔敏顿买了一座房子，就是我当时一起合住的那个。她们那时候经济情况有点紧张。艾比·伯德手头本来还算宽裕，但是后来钱都花在翻修房子上面了。她们为了省点钱，于是就和我一起合住了。"

"不过话说回来，不管怎么说，我能住在那儿是非常开心的。那间房子真的是非常漂亮，采光也非常好。此外，丹尼森女士的厨艺也棒极了，可以不夸张地说，自从我失去了家人之后，再也没住过这么棒的地方了。但是，在我在那儿生活了二十来天之后，一件事情发生了。"

"到底是什么事情啊？"埃默森夫人问道。

"你听我慢慢说，在我住进去二十多天之后，我发现了'它'，那个非常不寻常的它。当然，后来我意识到，其实丹尼森姐妹搬过来之后它就一直都存在，想一想大概已经有四个月的时间了，但她们从来都没有和我提起过它，自然我也没有问过。"

"9月份的头一个星期一，我开始去学校给学生们上课了。那年秋天非常非常冷，那时候我甚至已经穿上了冬天才会穿的衣服。有一天晚上我下班回家，在楼下脱下了大衣，并把它顺手放到了旁边的桌子上。那件大衣我买了一年，是一件黑色带着毛绒的漂亮呢子大衣。然后，就在我打算回房间的时候，伯德女士突然叫住我，让我最好别把衣服放在门口，因为有可能会被不怀好意的人拿走。当时我没怎么在意，觉得应该不会有小偷光顾这里。

"那时候的寒冷天气真的是令我印象深刻，当时我的房间是面向西边的，正好可以看到窗外的夕阳。当时太阳快要下山了，丹尼森女士为了防止前院的花朵被冻死，已经把它们盖起来了。那时候我透过窗子，刚好看到她那漂亮的绿格子呢披肩在马鞭草丛中轻轻飘动。

"而此时屋子里面的我正享受着小火炉里一堆火带来的温暖，那应该是伯德女士点起来的，她一向很会照顾人。并且，当她帮助别人的时候，她会比被帮助的人更加快乐。伯德的姐姐丹尼森曾经对我说，她妹妹一直都是这样，她要是有孩子的话，一定会把他们宠坏。

"那天的我感觉特别温暖，不仅仅是因为炉火，也是因为她们姐妹给予我的关怀和照顾。而就在这个时候，我突然听到我的门上响起了一种非常非常奇怪的声音。我可以确定那个声音并不是在敲门，而且很轻很轻的，好像是有人正在摸索什么。刚开始我以为是老鼠，但后来那个声音在消失了一会儿之后又出现了，于是我断定外面应该是有人的，我便随口说了句'进来'。

"但是当时并没有人进来，也没有人回应我，我就觉得这事情有些蹊跷了，感到有点害怕。我犹豫了一下，但还是走过去打开了房门。外面特别冷，而且空气中还有一股奇怪的味道。对了，那种味道很像是关了很久很久的地窖独有的腐朽味，闻起来非常不舒服。然后，你猜我看到了什么？我竟然看到了我放在外面的大衣——一个小女孩正举着它。

"那个小女孩的脸非常白，是那种没有血色的惨白。她的眼神也非常奇怪，有些惊慌，但似乎又夹杂着某种期待。

"当时，她用一种奇怪的声音对我说：'我找不到妈妈了。'我当时没太明白她的用意，于是问了一句：'你是谁？'但她并没有回答我，只是继续重复着'我找不到我的妈妈了'这句话。

"然后我想了想，接过了她手中拿着的那件大衣。这时候，我更加清楚地看到了这个奇怪的小姑娘。她只穿了一件白色的睡袍，身上的皮肤冻得发紫，而且她的头发是黑色的，但我猜想她本身的发色应该是浅一些的，现在看上去黑是因为头发都是湿的。不可否认，虽然她看上去奇怪又令人感到恐惧，但真的长得很漂亮。

"'小妹妹，你到底是谁？'当时，我又问了她一次。但她依旧没有回答我，只是用一种带有恳求的目光静静地注视着我。

"'你是谁？'当时，我忍不住又问了一遍。这一次，她不但什么都没说，而且飞快地离开了。她并不是快步走掉或者跑掉的，确切地说，她是飘走的，就仿佛自己没有什么体重一样，轻飘飘地飘走了。当她在楼梯尽头消失之前，她又回头对我说了一遍：'我找不到我的妈妈了。'我发誓，我以前从来都没有听过那么奇怪的声音。我想问她她的妈妈到底是谁，但是她已经消失不见了。我非常害怕，大声呼喊，叫来了丹尼森姐妹俩。那个时候，如果我继续独自一人的话，我想我一定会疯掉的。

"她们俩很快就赶到了，而且，从她们的表情我可以看出来，她们很可能已经猜到发生了什么。说实话，这个情况让我感到非常意外和吃惊。

"'亲爱的，发生什么事情了？'当时伯德这样问我。我看到她和她姐姐默默交换了一个眼神。

"'看在上帝的份上，是谁把我的衣服拿上来给我的？'我有些抓狂地问道。

"'有人把你的大衣拿上来了？是什么样的人？你记住他的长相了吗？'丹尼森女士问我。

"'是一个我以前从来没有见过的小女孩，当然，也许只是一个看上去像小女孩的未知物种。'我说，'她的样子真的非常非常吓人，她只穿了一件白色的睡袍，她一直跟我说她找不到妈妈了。'

"沉默了片刻之后，我发现伯德女士抓住了她姐姐的手，并在她姐姐的耳边用极低的声音说了几句什么。当然，我一点也没有听清楚。此刻丹尼森女士的状态并不是特别好，仿佛要晕倒的样子，于是我下楼去给她拿水了。要知道，那时候的我在那种状况下独自下楼是需要非常大的勇气的。那时候，我一去一回的速度非常快，就好像房子着火了我要赶快逃跑一样，迅速下楼又迅速上楼。当时我从楼下随手拿了一个杯子打算用它装水，那个玻璃杯子其实已经被丹尼森女士当花瓶使用了，我记得那是她的周日学校送给她的。

"我用这个上漆的杯子装满水，然后拿给丹尼森女士。她喝了一口水，然后便开始死死地盯着那个杯子，眼睛一眨也不眨。

"'记住，不要弄湿杯子上那些油彩花朵图案，否则它们会被冲掉的。'丹尼森女士突然有气无力地说了这样一番话。然后自己站了起来。

"'我以后一定会注意的。'我对她说。

"'我没事了。'丹尼森女士对我说，但是在我看来，她的情况依旧很糟糕，尤其是她的脸，看上去一点血色都没有，非常苍白，而她的妹妹伯德女士也没好到哪里去。

"'我觉得，有些事情现在我们有必要告诉阿姆斯小姐了，她有权利知道这些事情。'丹尼森女士突然坚定地对她的妹妹伯德说道。此时，她看上去依旧是非常虚弱。

"'其实，我本以为你第一次来这儿的时候就已经察觉到一些事情了。当然，我们知道的也不多。'伯德女士对我说道，'其实，即使是抛开钱的问题，我们也非常乐意你住在这儿，我们都非常喜欢你，亲爱的。'当时，丹尼森女士也连忙说：'我们真的特别喜欢你，真的。'

"当时我觉得，她们两个说的应该都是真心话。这段时间以来，她们一直都对我很好，在我看来她们一直都是善良美丽的女士，我当时根本没有因为她们隐瞒了我什么而责怪她们。后来，她们开始给我讲述起发生在这幢房子里面的怪事来。伯德女士告诉我，其实她们两个刚搬进来不久的时候就已经听到一些流言了。后来有一天夜晚，她们在客厅第一次听到了那个奇怪的声音。那时候，丹尼森女士正在编织漂亮的缎带，而伯德女士正在看一本名为《传教的使者》的传教书籍。突然，一些奇怪的动静响了起来，是伯德女士先听到的。起先，她们以为是猫弄出来的声响，但是后来，丹尼森女士很快就否定了这个猜测。

"据伯德女士说，当时她为了让自己的姐姐不那么紧张害怕，一个劲儿地安慰姐姐并告诉她就是一只猫咪而已，并且她还打开了门开始呼唤起猫咪来。事实上，当她们姐妹俩搬来东威尔敏顿居住后就开始养猫了，那是一只雄性的山猫，英俊且可爱。她们喜欢用篮子把它装起来并随身带着。

"后来，伯德女士打开门，猫咪进来了，而且还打了一个哈欠，仿佛是很困倦的样子，但是此时它发出的声音明显和刚刚那个奇怪的声音不一样。

"而此时的丹尼森夫人看了一眼这只小山猫之后，突然发出了一声惊恐的尖叫。

"'姐姐，到底发生了什么事？'伯德连忙问道。其实她此时为了让姐姐不那么害怕，也是在非常努力地克制自己的情绪。

"'你快看啊，猫爪子上的是什么东西啊？'此时的丹尼森其实都有些歇斯底里了。'姐姐你一定是眼花了吧，那里什么都没有啊。'伯德女士继续假装平静地回答道。而事实上，她刚刚也看到了一只很小的人手，并且，伴随着这个画面，还有一个小女孩诡异的笑声。而且，伯德已然在心里确认，那是她从小到大听到过的最可怕的声音了。

"而后，一个漂亮的小女孩就这样出现在她们姐妹俩的面前，虽然她年纪不大，五官清秀，但是看上去却是那么阴森诡异，让人不寒而栗。起初，伯德女士并没有想那么多，只是单纯地认为那是某个邻居家的小姑娘跑过来逗她们养的小山猫而已。于是，她对那个小女孩说：'孩子，不要去抓小猫的爪子，它如果生气或者不开心的话，可能会挠你的。我们不希望你被它弄伤。'

"听了伯德女士的一番话之后，小女孩不再去拉扯那只小山猫的爪子了，而是开始非常温柔地抚摸起它来，而猫咪则是一副非常享受的样子。

要知道，那个不安分的小家伙平时可是很凶的，丹尼森姐妹抚摸它的时候，它可从来都没有这样老实过。所以，这个场景在丹尼森姐妹眼中，却是无比诡异。伯德女士甚至已经联想到了一个传言——动物在通常的情况下都是害怕灵魂的，而这个小女孩，很可能就不是人！

"'小姑娘，你叫什么名字啊？是住在附近吗？半夜不回家睡觉在这里做什么啊？'这时候，脸色一直苍白得没有血色的丹尼森女士终于开口说话了。那个小姑娘听完丹尼森的问话，并没有回答其中的任何一个问题，而是轻轻地抬起头，并把那只小山猫放在一边，然后缓缓开口道：'我找不到我的妈妈了。''那你的妈妈是谁啊？我们可以帮你找。'听完小女孩的话，伯德女士连忙说。'我找不到我的妈妈了。'小女孩并不理会她的问话，依旧重复着这样的话。而后，不管丹尼森两姐妹问她什么问题，她都不会回答，只是不断地重复着同样的话：'我找不到我的妈妈了。'

"想着这样一直下去也不是个办法，伯德女士最后决定拉着小女孩去找邻居们问问，看看她到底是谁家的小孩。可是，就在她刚刚伸出手还没有碰到小女孩的时候，小女孩却突然消失不见了，消失之前，她仍旧呢喃着那样的一句话：'我找不到我的妈妈了。'

"随后的一些日子，类似的事件一直都在上演。比如有一次伯德女士正在整理房间的时候，那个小女孩就突然出现在她的旁边了，真的是一点征兆都没有。还有一次，姐妹俩正在制作蛋糕的时候，发现本来分好的葡萄干又被弄到了一起。没错，又是那个小姑娘干的。这样的事情还有很多。每次，那个小女孩都会不停地说'我找不到我的妈妈了'，除了这一句，并不会说其他任何多余的话。而丹尼森两姐妹一直都没有放弃和她沟通，向她提一些问题。但是，根本就得不到任何的回应。

"在她们姐妹把这些诡异的事情讲给我听之后，还给我顺便讲了房子的上一任主人遇到的事情。大意就是这个房子在她们购买之前曾经发生了一些非常可怕的事情，但是可恶的土地代理商对她们姐妹却只字未提。她们如果起先就知道这些事情的话，就算房子再便宜，也不会动心的。讲完了这些之后，两姐妹还无比真诚地告诉我，如果我觉得困扰，随时都可以搬出去。但最后我还是选择留下来继续和她们合住了，毕竟，在我看来，她们都是非常善良美好的人。"

"那么，在丹尼森姐妹搬进来之前，房子里面到底发生过什么可怕的事情呢？"埃默森夫人不禁好奇地问道。

"那是一件相当恐怖的事件，事情还要从两年前说起。当时，房子里面住着一个富足的三口之家，一对夫妇带着一个可爱的小女孩。男主人是一家大型的皮草行的推销员，女主人是家庭主妇。然而，这个女人的心却如同蛇蝎一般狠毒。据说，她总是喜欢把自己打扮得花枝招展，在外人面前说些得体的场面话，但是她从来不照顾那个小女孩，甚至还虐待她。

"由于这个女人实在太过尖酸刻薄，所以很难有佣人愿意在她家干活。到最后，仆人们都离开了。而这个阴狠的女人竟然让那个当时只有五岁的小女孩去包揽全部的家务活。据说，当时有人看到那个女孩经常会站在椅子上艰难地洗盘子，或者搬运个头和她不相上下的木柴进进出出。然而，就算是这样，女主人还经常无缘无故地责骂那个小女孩。她骂人的时候，声音特别刺耳，就像是一只歇斯底里的猫头鹰。

"这个家庭的男主人大部分的时间都不在家里，而这个女主人不但人品不好，在生活作风上也有问题。据说不止一个人看到，她跟一个已婚男人不清不楚，但大家都不敢去告诉男主人——那个可怜的推销员，因为这个插足者在当地是个很有势力的人，惹了他的话通常不会有什么好果子吃。

"然而，又过了一阵子，一件非常诡异的事情发生了。这个家庭的男主人突然毫无征兆地失踪了。他最后一次出现的时候,告诉女主人他要去纽约出差一阵子,让她不要惦记,之后便杳无音信。后来,大家通过男人的同事知道,那个男人在消失之前还卷走了一大笔公司的钱。看来,他是丢下自己的妻子孩子独自跑路了。

"自从那个男人失踪之后,家里的女主人也开始变得神经兮兮起来。后来,她主动告诉她的邻居说自己要带着孩子回波士顿的老家住上一阵子,然后也便没了踪影。而后很长的一段时间里,他们家的房子一直都是大门紧锁的状态。

"又过了一段时间之后,诡异的事情开始发生了,就是这家人的邻居在半夜的时候总会听到一个小女孩的哭泣声。而且,这个声音和那家的小女孩的声音像极了,或者可以说简直就是一模一样。

"人们越发觉得不对劲。终于有一天,他们决定结伴打开那家的房子,看看里面到底是什么情况。这一看不要紧,所有人当时都惊呆了!原来,那个小女孩竟然已经死在房子里多时了,尸体早已经僵硬。看来,她是被活活饿死的,因为人们发现她的尸体的时候,她已经瘦得像一具皮包骨了。

"后来,丹尼森女士表示她实在无法相信,一个母亲会抛下自己的骨肉并让她活活饿死,然而,事实看来就是这样。当然,这件事发展到这里远远还没有结束,后来,这家的男主人回来了,得知了事情的来龙去脉之后,他发疯似的找到了自己的妻子,并毫不留情地开枪打死了她。随后,他又一次失踪了,并且,再也没有出现在人们的视线里。当时,这个新闻在当地可以说是轰动一时。"

"我竟然从来都没有听过这件事。"埃默森夫人耸了耸肩,对梅瑟夫夫人说道。

"我就知道你会这样说。"梅瑟夫夫人说道,"现在,你想知道我为何在听说了一栋房子有不寻常的问题之后再也不会轻易下结论的原因了吧？"

"说真的，听你说完这些之后，我竟然不想知道了。"埃默森夫人回道。

"其实，后来我还不止一次看过那个小女孩，但我竟然一点也不怕她了。说实话，我觉得那个孩子真的非常可怜，而且，我甚至不希望她找到她的妈妈。伯德女士的想法和我的一模一样，她一直都非常同情那个小女孩。再后来，我离开了那里，说实话，到现在我还很想念丹尼森姐妹，因为她们两个对我真的不错。有时候我甚至会想，什么时候我还会再见丹尼森女士一面。"

"等等，为什么是丹尼森女士一个人，而不是丹尼森女士和伯德女士姐妹俩？"听到这里，埃默森夫人不由得插嘴问。

"现在我要说的，就是最奇怪的部分了，后来，伯德女士去世了。"

"什么，她竟然去世了？"埃默森夫人不可置信地瞪大了眼睛。

"没错，她死得非常非常突然。我记得那是一个星期六的早上。我下楼吃饭的时候一直都没有看到伯德女士的人影，当时我问丹尼森女士，伯德女士去哪儿了，丹尼森女士告诉我她妹妹有点不舒服，头痛，还有一些感冒，现在正在床上躺着呢。要知道，勤快的伯德女士是那种不愿意在床上多待上一分钟的人，她如果卧床不起了，一定是非常不舒服。

"后来，我和丹尼森女士就开始吃早餐，突然之间，我们同时看到了一个影子从房间的墙上一闪而过，看上去就好像是窗外面有人经过的时候在墙上留下的影子一样。我们都顺着影子往外看，这时候，我们不约而同地惊呆了。你猜我们看到了什么，我们看到伯德女士正牵着那个小女孩的手在外面的雪地里面散步。那个小女孩一直紧紧地拉着伯德女士的手，她们就像一对亲昵的母女一样。

"后来，我们俩疯狂地跑上楼，发现伯德女士已经在她的房间里面咽了气。但是，她的脸上却还挂着幸福的微笑，好像正在做着一个非常美的梦，而她的一只胳膊还是伸展开的，仿佛被什么东西牵着一样。即使在后来的葬礼上，我们也没有把那只胳膊放平，它就那么伸在棺材的外面。"

"那后来，那个小女孩又出现了没有？"埃默森夫人此时已经惊得下巴都快掉下来了，眼神里充满了恐惧。

"从那以后，再也没有人看见过她，也许，她和伯德女士已经去了一个遥远的地方，去过幸福的生活了。"梅瑟夫夫人回答，眼神复杂而忧伤。

# 人鱼眼泪

[日] 横沟正史　著

## 一

夜黑得像是一块墨一样，而阴沉沉的云则像是一个黑洞，把一切光芒全部都吸走了，让阴云下面的世界显得如此可怕，仿佛黑暗里藏着一些别的怪物。

上野公园里没有一个人，只有肆无忌惮的黑暗，气氛很可怕，似乎马上就要出现一些什么惊悚案件一样。

时间已经到了3月份，天气还不算暖和，因此，在上野公园里能够看得到的风景只是高大的松树——它们一年四季都郁郁葱葱，背倚着一座古塔。实际上，要是在阳光明媚的日子里看见上野公园的松树古塔，心中会感到一阵悠然和宁静。然而，现在已经是夜里9点了，在黑夜里，这青松古塔只有一个阴沉沉的轮廓，让人感觉格外压抑。胆子小的人看到它们，甚至还会忍不住想：这里面会不会有什么怪物？

上野公园这块的治安一直不是很好，所以天一黑，根本不会有什么人在这里。

不过凡事都有例外，高中生御子柴进才去探望一位学长，因为二人意趣相投，相谈甚欢，不知不觉就忘记了天色已晚的事儿。等到御子柴进想要离开的时候，已经是快要9点了。学长见天已经黑了，本来打算让他在自己家待一夜，第二天天亮后再回去，但是，天生胆大的御子柴进拒绝了学长的好意，拍着胸脯说，自己根本不怕什么怪物。

也许御子柴进真的胆子很大，当走到上野公园的时候，他还在回想刚刚和学长的谈话。他整个人显得很兴奋，一边走一边哼着小曲，一点都没有害怕的意思。

虽然御子柴进不害怕鬼怪，但是鬼怪的出现却不是他能够控制的。正当他走在漆黑的路上的时候，忽然听见了一阵暴躁的狗叫声，然后又听见了一声女子的惨叫声。两个声音交织在一起，在寂静的夜里显得格外可怕。即使他再大胆，也忍不住心里一慌，脊背感觉到一阵刺骨的寒凉，立马打了个冷战。

不过，御子柴进很快就压抑住了自己的害怕。他迅速地转过头，向周围环视了一圈，想要看看到底是怎么回事。

很快，一个人影从树林里面跌跌撞撞地冲了出来。

刚才应该就是这个女的。御子柴进默默地想。

狗叫声越来越近，女子的身后有一团绿色的光芒，正在不依不饶地追赶她。

看见这个场景，御子柴进立马就躲在了松树后面。

那个女人一边尖叫一边跑了过来，整个人显得十分慌乱。御子柴进在松树后面听见狗叫声在往这边过来，而且越来越近，心跳也不禁加快起来。

就在那个女人马上就要靠近他的时候，忽然，脚步声消失了。

御子柴进好奇地往外面看了一眼，这一看，吓得他忍不住叫出了声。

一个全身发光的鬼怪朝那个女子跑过去，那个鬼怪张着血盆大口，牙齿无比尖利，那绿色的光芒在森森的夜里显得十分可怕。

自然而然地，御子柴进想到了近来流传的一个怪闻：夜光怪人和夜光怪狗。据说，夜光怪人平日里穿着一套会发光的衣服，养着一只凶狠的大狗，那狗也是浑身发光，连目光都十分骇人。

御子柴进看那只狗马上就要跑到摔倒的女子那里，一颗心忍不住揪紧，幸好那女子很快从地上爬起来继续逃跑。但是，那个会发光的凶狠大狗依然穷追不舍，张着一张血盆大口，拼命地伸着脖子，想要咬住那个女子。

形势危在旦夕，眼看那个女子要被抓住了，御子柴进急中生智，迅速爬到了一棵松树上，想等着那个女子从这里跑过去的时候，伸手把她拉上来。

很快，女子就跑了过来，御子柴进伸出手，递到女子面前："快！上来！"

女子早已经被那只狗吓得面无人色，看见御子柴进突然出现在她的面前，免不了又被吓得一愣，反应有些迟疑。但是，她一回头，就看见了那只会发光的狗。

狗越来越近了，女子没有办法，只好拉住御子柴进的手，奋力跳到树上。两个人屏住呼吸，静悄悄地站在粗壮的树枝上，大气都不敢喘一口。

繁茂的树叶挡住了两人的身影。那只狗大叫着从树枝下面冲了过去。御子柴进见狗走了，才长长地松了口气，刚想对女子说些什么，可是，就在这时，女子竟然晕倒了。

御子柴进连忙用手臂把她揽住。

这个时候，厚厚的云彩已经被风吹开，明亮的月光透了下来。借着微弱的月光，御子柴进看清了女子的相貌。不一会儿，他就看呆了——他几乎没有见过这么好看的女子。

正当他想要把女子叫醒的时候，听见了一声口哨声。

这个声音很明显是人发出来的——难道是夜光怪人来了？

想到这里，御子柴进也忍不住有些害怕。

那个口哨声从刚刚女子出现的方向过来，并且离他们越来越近，越来越近。御子柴进忍不住抱紧晕倒的女子，钻回到树枝里，让树枝把两个人隐藏得更加严实。

很快，那个人来到这棵松树下面。御子柴进看清了这个人的样子：全身穿着发光的衣服，带着发光的大帽子，脸色白得像鬼一样，整个人笼罩在幽幽的绿光中，好像是从地狱里面走出来的一样。

御子柴进小心翼翼地观察着这个人，那个人也站在树下向四周环视，口里还不停地念叨："罗罗，罗罗，你跑去哪儿了？"

他阴森的表情配上那身可怕的装扮，在夜里让人感觉十分可怕。

"罗罗，罗罗。"夜光怪人在寂静的黑夜里不停地召唤自己的狗，这嘶哑阴森的声音就像是在招魂一样。

"哼！只怕藤子这个小女孩已经吓破了胆子吧！呵呵！"夜光怪人狰狞地笑着，"这是她咎由自取的。她要是老老实实地把宝库的事情说出来，也就不会落到这个下场了。"

御子柴进听见夜光怪人的话，心里忍不住想：这人打算干什么？这个女孩子跟宝库有什么联系呢？

不一会儿，他又听见夜光怪人说："有其父必有其女，都是一样不识时务！不过这根本没有用，哈哈哈……"过一会儿，他又开始喊自己的狗：

"罗罗！罗罗！"

远处那只可怕的狗回应似的叫了两声。听见狗叫，夜光怪人开始激动起来："你找到了吗？罗罗！"

说着，夜光怪人伸出他苍白的手，用力地交握着，慢慢地向狗叫声传来的地方走过去。

一直等到夜光怪人走远了，御子柴进才把这个美丽的女孩子从昏迷中唤醒。

女孩子迷迷糊糊地醒过来了，虚弱地说："别，别追我。"

御子柴进见状，连忙安慰她："别怕，他们不会伤害你了，他们已经走了。"

女孩子好半天才清醒过来，御子柴进身手敏捷地从树上下来，伸出手，接住女孩子，两人一起站在树下。

御子柴进四处找自己刚刚丢掉的书本。他在书本旁边瞧见了一张纸片，正要看纸片上写了什么，忽然看见女孩子转身看自己，立马把纸片收到了书里面。

女孩子往公园门口方向走去，御子柴进跟着她，一路上问她问题，她也不回答，只是闷着头往前面走。

直到两个人到公园门口的时候，女孩子才开口冲前面的一辆汽车说："爸爸！"

御子柴进抬头看，看见了一辆车，女孩子打开车门就上去了。还没有等御子柴进说什么，车子就已经开走了，只留下他一个人在原地，感觉莫名其妙的。

## 二

事实上，这并不是夜光怪人第一次出现。早在这之前，就已经有人遭遇过这可怕的怪人。

那时还是2月份，在一个月黑风高的夜里，有一艘运煤的船在路过隅田川的时候，遇到了一艘马达船，船上站着一位白衣女子。

虽然夜已经很深了，快到凌晨了，天也有点凉，但是对于这个突然出现的奇怪的女子，船上的人也没有想太多——直到另一艘船的出现。

另一艘马达船像是一阵风一样从水面上开过，追赶着前面的女子，虽然天很黑，但是船上所有的人还是看清楚了第二艘马达船上面的人，因为他浑身发着光。那个怪人穿着一件发光的斗篷，戴着一顶大帽子，幽绿的光芒衬着他苍白的面孔，整个人看上去像是地狱爬出来的怪物。

很快，两艘船消失在水面上，而运煤船上的人却早已经被吓呆了。

船家被这个诡异的事件吓坏了之后，等到天亮靠岸，就把这个事件说给岸上的人听。岸上的人听了也觉得很诡异，又讲给自己的家人朋友听……

就这样，夜光怪人的事情流传到了各个角落。

但是，也有人想不通，要是真的有人被那个夜光怪人追杀，为什么没人报警呢？更多的人在猜测，那个女子是不是已经被夜光怪人杀害了？

后来到了3月初的时候，这样子的事情又出了一遭。那个时候，虽然天气已经回暖了，但是还是能够感觉到春寒料峭。一个才二十多岁的小职员和同事一起去喝了几杯，整个人迷迷糊糊地走在路上，听见附近树林里传出了猫头鹰的叫声，不免有点害怕。不过，酒壮怂人胆，他鼓起勇气对着树林大喊一声："我可是喝了酒的人，我才不怕你！"

等走到了拐弯的地方，忽然，一辆白色的车子从他面前飞奔而过，差点把他撞倒了，小职员吓了一跳，而车子上的女子也发出了尖叫声："啊！"

最后还是有惊无险，车子也并没有因为差点撞到人而停下，迷迷糊糊的小职员透过窗子看见了车里的女子。那个女子长得十分漂亮，但是整张脸却没有什么血色，杏眼圆睁，看上去倒像是一个女鬼一样。

小职员毕竟是醉了，不但没有害怕，还想上去理论一下，但是，很快，女子的车消失在他的眼前，另外一辆车也从他的面前飞奔而过。

看见那辆车里的人，小职员浑身打了个寒战，酒也醒了，哆嗦着嘴唇喊道："那……那……那……是夜光怪人！"

夜光怪人再一次出现了，而且也在追逐一个美貌的少女，人们的猜想变得更加可怕——难道夜光怪人是专门吸食少女鲜血的鬼怪？

自从在上野公园的事情发生之后，御子柴进独自在房间里面思索。他心里一面充满了对夜光怪人的恐惧，一面又觉得十分疑惑，种种情绪在他心里，让他不能够入眠。

他打开书，拿出纸片，那张纸片上面写着一则新闻：

小田切准造先生设计的珍珠项链将于5月份在银座百货公司八楼展出，其中包括最著名的"人鱼眼泪"项链。这串项链设计别致，在七颗北斗七星状的大珍珠周围装饰了一百多颗小珍珠，使整条项链看起来光彩夺目，耀眼非常。

御子柴进把这张纸片翻来覆去地看，但是，什么奇怪的地方也没有。

之后，又过了两个月的时间，没有再出现有关于夜光怪人的消息了。御子柴进慢慢也把这件事情放下了，直到那天事情的发生……

5月初，新日报社举办了一场"防盗展览会"，目的是教育民众如何防止盗窃以及诈骗，地点就在银座百货公司。

御子柴进和报社记者三津木俊助有一些交情，于是，托三津木俊助的福,他也能够来参加这个展览会。

到达了现场,他首先找到了三津木俊助表达了自己的感谢。三津木俊助对御子柴进说:"不用谢,要不是你,我还想不到这个好主意呢。"

"什么好主意?"

"是关于展览会的,你跟我一起去看看吧。"

说着,三津木俊助把御子柴进带到了一个展区。这个展区的人特别多,而展品正是夜光怪人和他的狗。

整个场景设置的是一个黑夜的背景,栩栩如生的夜光怪人和他的狗在阴森森的树林里面站着,看上去十分逼真,特别是那双可怕的眼睛。

御子柴进看到那双眼睛的时候被吓了一跳。

"怎么样?是不是很像?"

三津木俊助突然出声,让陷入回忆的御子柴进猛地弹了一下。

"真是太像了,看上去好可怕。"

看见御子柴进害怕的样子,三津木俊助忍不住哈哈大笑。御子柴进被笑得有点不好意思。正在这个时候,他看见了一个人,就是那天在上野公园被追赶的那个女子。

似乎感觉到了有人在看自己,那个女孩子也猛然回头,看见了御子柴进。他以为女孩子会来和自己打招呼,但是,令他没有想到的是,女孩子看见他之后,非但没有走过来,反而立马离开了那个地方,准备离开展览会。

"嘿!"御子柴进准备去找她。

"发生了什么事情?"三津木俊助对他说。

"我看见了那天被夜光怪人追赶的那个女孩子。"说完,御子柴进就跑过去追那个女孩子。一听到是和夜光怪人有关,三津木俊助立马也跟过去了。

但是,很快,女孩子在大厅里面消失了。二人跑去问工作人员,工作人员也没有看见他们所说的女孩子。

正当二人不知道怎么办的时候，忽然有个工作人员过来对他们说："有个女孩子让我把这个东西交给你。"

御子柴进问："那个女孩子在哪里？"

工作人员说："不知道。"说着，就把一封信给了御子柴进。

御子柴进打开信，信上面只有两句话：人鱼的眼泪啊，夜光怪人。

## 三

夜光怪人再次出现。

御子柴进想起来自己在上野公园看到的那张纸片。

"这么说，夜光怪人早就在打人鱼眼泪的主意？"御子柴进把这件事的前因后果告诉了三津木俊助。

三津木俊助问："这个女孩子到底是谁？她在向我们暗示着什么吗？"

御子柴进没有办法回答他，因为他自己也想不明白这些事情。

过了一会儿，三津木俊助对御子柴进说："既然这样，那我们就去看看人鱼眼泪吧，说不定会有什么发现。"

人鱼眼泪就在银座百货公司的八楼展览，他们过去之后，发现这里的人也很多，而且看打扮都是上流人士。

二人都不是什么有钱人，自然没有心情去细看这些名贵珠宝。他们径直往人鱼眼泪的那个地方走过去，那里围着很多人，都在观赏这美丽的珠宝。

为了衬托人鱼眼泪的美丽，展览方特意给这个珠宝制造了一个美丽的场景：在美丽的大海边，美丽的女神手捧着漂亮的珠宝，小天使在旁边飞来飞去。

"简直就像是童话里面走出来的宝物啊。"

"这真是太漂亮了。"

旁边的人纷纷表达着对这串美丽珍珠的赞美。

只不过，这串珍珠被大大的铁笼保护着，使人只能够远观，不能够亵玩。

"这真是固若金汤啊。"御子柴进看见这严密的保护措施不由得感叹道。

"的确，恐怕没有什么罪犯能够从这里带走人鱼眼泪……"三津木俊助也很惊讶这严密的防护。

正在这时，有两个人在工作人员的护送下，正往这个方向走过来，而站在人鱼眼泪前面观看的人们看见那两个人，一下子就躁动起来。

"是小田切准造！"

两人看过去，发现的确是小田切准造和他的保镖。

由于三津木俊助是十分有名的记者，自然和小田切准造认识，两人一见面就互相打招呼。三津木俊助对小田切准造说，可能有人要对人鱼眼泪下手。

小田切准造镇静地说："我知道什么事情都是有可能发生的，不过，对此我早有防备，并且我觉得我的防护措施十分严密，不会有什么人能够带走我的人鱼眼泪。"

"防护措施？"三津木俊助有点不确定小田切准造说的是什么意思。

"对于这个，我没有办法对你说更多。"很快，小田切准造就转移了话题，"这位是黑木一平先生，他是一位很厉害的私家侦探。"

看样子，小田切准造对于这位叫黑木一平的私家侦探很是推崇。

"久仰久仰，黑木先生你现在在调查什么案子？你对夜光怪人也很感兴趣吗？"三津木俊助对黑木一平说，但是，热情的三津木俊助并没有得到同样热情的回复，黑木一平显得很冷淡。

"没有，我只是前来保护珠宝而已。"

御子柴进看着面前这个中年侦探，他的身材很高大，脸部线条很硬朗，手里握着一根精致的手杖。他和小田切准造看上去是两种完全不一样的气质，一个显得很儒雅正派，一个显得很阴沉。

"黑木先生是很厉害的人，我的人鱼眼泪就是交给他来保护，所以，对此我很放心。"小田切准造对他们说，语气确实十分放心。

御子柴进却觉得好像有一点不对劲，他看着黑木一平的眼睛，总觉得好像在哪里看到过这双散发着冷光的眼睛。

那双眼睛很深沉，没有人知道里面蕴含着什么。

因为展览马上要收场了，而且小田切准造晚上还有其他的活动，于是，没聊几句，他就准备和三津木俊助他们两人告别。但是，等到他们两人要离开的时候，黑木一平忽然对他们两个说："我希望二位能够留下来帮我一个忙。"

就在这个时候，已经空无一人的防盗展览会场发生了另外一件可怕的事情。

由于展览时间已经结束，所有的观众都已经离开，会场的照明设施已经被关掉了，除了一些场景里的装饰灯。

空空荡荡的会场顿时显得十分阴森，一个凶杀场景的大箱子忽然裂开了一条缝，缝里面不仅传来了可怕的笑声，还伸出了一只手。

那只手纤细苍白，明显是一只女人的手，紧接着，一个长发女子从里面爬了出来，而她另外一只手上面拖着一件发光的东西——那是夜光怪人的外皮。

## 四

　　黑木一平让御子柴进和三津木俊助两个人同他一起蹲守在会场的周围，他认为夜光怪人很有可能会来。

　　于是，两人就和黑木一平潜伏在那里，静静地等待夜光怪人的出现。

　　他们坐在咖啡馆里面，目不转睛地盯着人鱼眼泪，时间一分一秒地过去了，三个人的心也越来越紧张了。

　　正在三个人紧张地盯着人鱼眼泪的时候，忽然，一阵脚步声传了过来，他们三个人心中警铃大作：是夜光怪人来了吗？

　　很快，一阵幽绿的光从他们面前闪过，揭示了来人的身份——夜光怪人！

　　御子柴进看着他走进了空无一人的会场，慢慢走向那个保护人鱼眼泪的铁笼子，夜光怪人竟然拿出了钥匙！

　　夜光怪人打开了那个沉重的铁笼子，然后将邪恶的手伸向了人鱼眼泪。

　　御子柴进蓄势待发，正准备冲上去，但是，忽然，他听见一声惨叫！那个背景装饰的女神忽然伸出了手，死死地抓住夜光怪人的脖子，慢慢用力，最后竟然把他提了起来！

　　夜光怪人痛苦地挣扎着，但是却没有用，那个女神慢慢握紧了他的脖子，最后把夜光怪人掐昏了。

　　他们跑了过去，黑木一平利落地掏出手铐，把夜光怪人铐了起来。

　　"这么容易就抓住了？"御子柴进心里不禁有点怀疑。

　　场馆的灯已经被打开了，夜光服在光亮下失去了瘆人的光芒，夜光怪人躺在那里一动不动。

　　正当三津木俊助在一边洋洋得意的时候，御子柴进忽然觉得好像有地方不对劲。他看着夜光怪人的脸，伸手掀掉了他的帽子，连夜光怪人脸上的面具也掉了。

面具下，是一张年轻女孩子的脸。

"竟然是她？"

"你见过？"黑木一平问御子柴进。

"曾经见过。人鱼眼泪哪儿去了？"御子柴进问。

几个人在女孩子身上寻找了一番，发现东西不在她的身上。

过了一会儿，御子柴进说："在笼子外面。"

其他两个人一抬头，发现人鱼眼泪掉在了笼子外面的地上。

御子柴进正要去把它捡回来，没想到笼子竟然已经被锁上了。

"谁锁上的？"

"钥匙是不是在女孩子的身上？"

正当三个人到处找钥匙的时候，忽然，他们看见真正的夜光怪人站在了笼子外面。夜光怪人对他们鞠了一躬，但是，这动作对于他们来说，简直是赤裸裸的嘲讽。

很快，夜光怪人消失在他们面前，三个人在笼子里面，顿时都尴尬地沉默着。

"钥匙在哪儿？快！"黑木一平很快反应过来，催促两人的动作。他们找到了钥匙，把门打开，立马冲了出去，希望能够追上夜光怪人。

警卫们知道了这件事情之后，也连忙四处搜寻。

黑木一平对他们说："不要开灯，黑夜里更容易发现夜光怪人。"大家觉得很有道理，于是所有人打着手电筒，在黑暗里搜寻夜光怪人。

"他跑到了防盗展览会场！"一个警卫看到了夜光怪人的踪迹。于是，所有人都冲向了防盗展览会场。

御子柴进的手电筒照在防盗展厅的一些虚拟犯罪场景里，那些逼真的尸体和血迹让御子柴进忍不住一阵恶心恐惧。

　　"你们看！"御子柴进忽然叫道。

　　"怎么了？"三津木俊助跑过来问。御子柴进指着夜光怪人模拟场景里的夜光怪人，那个人偶身上的衣服被人拿走了，只剩下一个畸形的躯体。

　　难道那个女孩子是在这里偷了夜光怪人的衣服，然后再去楼上偷人鱼眼泪？御子柴进和三津木俊助不禁停住了脚步，站在那里静静地思考着。

　　他们并没有发现——黑木一平已经不见了。

　　"警卫竟然没有发现她？她是把自己藏到了哪里呢？"御子柴进心里一边想，一边继续在展览会场里面转。他看见了一个木箱子，箱子上面有血迹，而且还在往外面涌。

　　这是假的血吗？御子柴进慢慢走过去，忽然，黑木一平的声音出现了："你来。"

　　看样子，黑木一平也发现了这血迹，御子柴进忽略了刚刚黑木一平的消失，走过去，而三津木俊助看见他们这里有发现，也过来了。

　　黑木一平示意御子柴进打开箱子，当箱子打开后，他们看见了一团夜光——又一个夜光怪人，他的胸口插着一把刀。

　　御子柴进揭开他的面具，一张扭曲的面孔出现了，然而已经没有了生气。

　　三津木俊助和御子柴进满脸惊愕，只有黑木一平继续在这个死者身上寻找人鱼眼泪。

　　但是并没有找到。

　　"恐怕这个死亡的老人和刚刚那个小女孩都是替罪羔羊，人鱼眼泪的那个女神机关他肯定早就知道了，于是让小女孩去偷，然后等到我们注意那个小女孩的时候，他再让这个老人去把人鱼眼泪带出来，最后在这里，他拿走了人鱼眼泪，并将老人杀人灭口。"

"这真是……"御子柴进一时间不知道说什么好，心里早已经充满了对夜光怪人的恨意。

看着死者，他忽然觉得有些面熟，看了半天才想起来，这不就是那天开车来接女孩子的那个人吗？这是女孩子的爸爸？但是，他们不是夜光怪人的仇人吗？怎么反而会帮夜光怪人呢？

御子柴进把他知道的这些告诉了黑木一平和三津木俊助，两人也一起沉默了。

次日，各大媒体纷纷爆料这件事情，夜光怪人偷走人鱼眼泪并且杀害老人的消息一下子就被人们议论纷纷了。

然而作为直接接触过夜光怪人的人，御子柴进却一直都在苦苦思考着一些事情：那个老人和女孩子真的是父女吗？她既然被夜光怪人追赶，为什么不报警？老人是为了让女孩子逃脱才用自己把大家引开的吗？他们会和夜光怪人是同党吗？

御子柴进觉得这件事情越来越诡异了。

## 五

然而，这却不是最后一桩迷案。

6月份的时候，古宫家族的主人总会在他的城堡里面举行化装舞会，邀请一些人来城堡进行彻夜的狂欢。

这座坐落在悬崖边上的古堡是古宫家族的主人古宫春彦建造的，他对欧洲文化十分着迷，每年都会邀请人来城堡里参加舞会。往年，三津木俊助从来都没有受到过邀请，而今年，不知为何，古宫春彦却给他发了请帖。

想到古宫春彦醉翁之意不在酒，说不定有其他的什么事情，于是，三津木俊助把黑木一平和御子柴进一起叫上了。

对于多出来的两位客人，古宫春彦并没有见怪。他对三津木俊助说："我请您来，其实是有别的事情需要您帮忙。"

说完，他拿出一张和上次他们在展览会收到的外表一模一样的纸条，上面写着：钻石项链，夜光怪人。

"您想让我们帮您保护项链？"黑木一平冷冷地问。

"正是这个样子，听说前一阵你们也碰上了夜光怪人，所以，我觉得这一次你们不会再让他逃脱了。"

"既然这样，我们愿意帮您这个忙。"

得到他们肯定的答复之后，古宫春彦很高兴，他说："这条项链是我们古宫家的传家之宝，是我父亲当年从欧洲带回来的，它以前属于我妻子，我妻子过世之后，它就属于我女儿了。我们家有一个不成文的规定，就是每年开化装舞会的时候，女主人都要佩戴这串项链。今天的化装舞会，我女儿珠子必须带着它出场。"

既然是这个样子，黑木一平对古宫春彦说："那我们可以狸猫换太子。"

"哦？"古宫春彦笑着问。

"找个和你女儿差不多大的女孩子，去戴着假项链扮演你女儿，而你女儿戴着真项链装作侍女躲在一旁。"

古宫春彦听完黑木一平的话，哈哈大笑："你跟我想的是一样的，刚好我们家有个新来的叫藤子的侍女，可以扮演我女儿……"

等到化装舞会开始了，装扮成各种人物和鬼怪的客人们纷纷到场。古宫春彦作为主人，原本是想装扮成印度国王的，但是，后来当他得知夜光怪人要来偷项链的时候，他就把自己装扮成了夜光怪人的模样，在他的身边，站着两位美女，一个是公主，一个是女仆，都戴着紫色的面具。

而三津木俊助、御子柴进、黑木一平三个人也分别装扮成了赤鬼、西洋小鬼和青鬼。三个人警惕地在人群中间游荡着，观察着，但是，很快，黑木一平和他们两人走散了。

三津木俊助走了一会儿，就找了个地方坐下来，随手拿了杯红酒，悠闲地看着舞池里面翩翩起舞的人们。

忽然，御子柴进在他背后拍了一下，三津木俊助回头一看，刚想说话，就被御子柴进拉走了。

"干吗去呀？"三津木俊助问。

"地下室。"御子柴进一边拉着三津木俊助，一边往外面跑。

"夜光怪人"看着他们两个飞快走出了大厅。

珠子坐在公主和扮作夜光怪人的父亲两人中间休息，没有发现旁边的"公主"在看自己，她眼里只有那些在舞池里旋转的裙子。

忽然，夜光怪人的手伸向了珠子身上的项链。

"父亲，你在干什么？"

珠子忽然发声，打断了夜光怪人的动作。

"啊……没什么，我只是想看看项链怎么样了。"

"父亲，您要知道这个项链可是假的呢，真的在藤子那里。"

"我当然知道。"夜光怪人哈哈一笑，然后说，"珠子，我有件事情要跟你讲一下，你跟我来。"

然后珠子就跟着父亲走进了一个房间。等珠子进去了，父亲忽然把门反锁了。

"父亲，为什么要锁门？"珠子疑惑地问扮作夜光怪人的父亲。

"闭嘴！"忽然夜光怪人的声音变了，不再是他父亲柔和的声音了，而是一个阴森可怕的声音。

"你是谁？你把我父亲弄到哪儿去了？"

"我就是夜光怪人，真正的夜光怪人。"

说完，夜光怪人慢慢逼近珠子，然后从身上拿出了一瓶迷药和一个手绢。他把迷药倒在手绢上，然后扑上去，卡住早已经被吓呆了的珠子的脖子，把她迷晕了。

另一边，御子柴进拖着三津木俊助来到了地下室。

"在这里，你看。"御子柴进率先跑进地下室。三津木俊助跟着跑进来，只看见昏暗的地下室里面放着乱七八糟的东西，这一堆乱七八糟的东西下面露出了一双脚。

御子柴进让三津木俊助帮忙打着手电筒，自己去把杂物推开，令人大吃一惊的是，这个人竟然是古宫春彦！

"天啊！这……我刚刚还看见他在那里跳舞呢，为什么会是这个样子？"

御子柴进说："我觉得是有人先把他弄晕了，然后装作他的样子进入了舞会现场。"

"你是怎么发现他的？"

"我之前看见古宫春彦一个人偷偷摸摸地往这边过来，我就悄悄地跟着他，打算过来看看。他进了地下室之后，半天没有出来，过了一会儿，我看见他出来了，还是一副偷偷摸摸的样子，我就想进来看看，没想到竟然看见他已经躺在这里了。"

"既然这样，夜光怪人肯定已经去舞会现场了，恐怕他要对珠子小姐下手，我们得赶紧回去。"

御子柴进看了看躺在地上的古宫春彦："这个怎么办？"

"他不会有生命危险的,我们得马上回去。"说完,他就离开了地下室。御子柴进见状,也跟着一起快速跑向会场。

等他们回到了舞会现场,发现珠子小姐和夜光怪人都不见了,只有侍女藤子还在那里。

"珠子小姐呢?"三津木俊助问藤子。

藤子把脸别过去,说:"她和老爷好像一起去了一个房间。"

很快,他们几个一起来到了房间门口,门已经被反锁了。他们使劲敲门,然而里面没有任何回应他们的声音。

珠子小姐难道已经遇害了?御子柴进忍不住想。

"你看着他们进去的吗?"三津木俊助问藤子。

藤子还是把脸别过去,不让他们看到她,然后说:"老爷是这样子对小姐说的。"

御子柴进和三津木俊助觉得这个藤子很奇怪,但是暂时也没有时间去想这些。他们找了几个人,一起使劲儿把门给撞开了,同时吩咐人去地下室找古宫春彦。

巨大的声响让底下的客人都惊慌不已,很快,发生了什么事情客人都知道了。

当他们打开门的那一瞬间,发现屋内空无一人,不仅没有夜光怪人,连珠子小姐也不见了。

"为什么没有人?"三津木俊助看着藤子,而藤子也一脸惊讶地看着这个房间,似乎也在疑惑为什么一个人都没有。

他们在房间里面四处查看,窗子外面是深深的悬崖,就算自己是夜光怪人,想要从这里出去也不太可能,更何况还要带着一个珠子小姐。

怎么会就这样消失了呢?

正在御子柴进细心查看房间的时候，忽然听见了一个奇怪的声音，好像是人发出来的声音。他朝那个声音发出来的方向看过去，是一些成套的盔甲摆放在那里。

御子柴进心里有一点害怕，他对三津木俊助说："那个盔甲里面有声音。"

三津木俊助走过去，用手轻轻敲了一下，那具盔甲立刻"乓乓乓乓"地散落一地，里面竟然真的有一个人！

突然出现的人把其他人都吓了一跳。三津木俊助走过去，发现是黑木一平。他过去仔细查看，发现黑木一平也被弄晕了，怎么叫都叫不醒。

看见黑木一平被藏在盔甲里面，其他人也开始到处寻找，看看其他的盔甲柜子里面有没有藏着珠子小姐。然而，当他们把房间搜了个遍之后，依然没有发现珠子小姐。

正在大家百思不得其解的时候，忽然，外面又有新的骚动传来，很快就有人跑进来说："夜光怪人在外面！他在外面！"

三津木俊助和御子柴进互相看了一眼，马上冲出去了，果然，他们看见大厅的水晶大吊灯上挂了一个人，正是夜光怪人。

夜光怪人倒挂在水晶大吊灯上，发出哈哈大笑的声音，听起来十分狰狞刺耳，让人感觉头皮发麻。

夜光怪人在灯上不停晃悠，弄得整个大吊灯摇来摆去的，上面装饰的水晶玻璃珠子纷纷往下面掉落。舞厅里的宾客纷纷尖叫着，四散跑开了，场面一时混乱不堪。

"女士们，先生们，大家不要错过这华丽的表演啊，哈哈哈……哈哈哈……"

说完，夜光怪人借着大吊灯摇摆的惯性，像是一只燕子一样一跃而起，从空中灵巧地划过，稳稳地落在了大厅的窗子上面。就像那日在展览会场一样，他朝所有的人鞠躬，然后迅速跳向窗外，在大家的面前逃走了。

就在所有人纷纷涌向窗子，想要去看夜光怪人跑去哪里的时候，忽然听见有一个女孩子大喊："让开！"

所有人回头看，发现是藤子，她戴着紫色的面具，手里拿着一杆猎枪。她走到窗前，端起枪，瞄准黑夜中的夜光怪人，"砰"的一声开了枪。

"你杀了他？"

"没有，他只是受伤了。"藤子狠狠地看着那个身影，一直到他消失在夜色中。

听了她的话，御子柴进忙转头往外看去。远处，那团荧光在黑暗中停了下来，大约一分钟之后，又摇摇晃晃地站了起来，看上去很艰难地、磕磕绊绊地往前走。

他之所以这样，很明显是中了刚刚藤子的那一枪。

见此，大家不禁对藤子的枪法大为赞叹，没有人去关心中枪之后的夜光怪人正在逃跑。一番感叹之后，三津木俊助才反应过来，再往夜光怪人逃跑的方向看去，那团荧光正向着比夜空更加黑暗幽深的大海坠去。

"真是狡猾！"三津木俊助也注意到了这边的情况，对着御子柴进说，"我们一起过去看看吧。"

三津木俊助、御子柴进和藤子三人来到夜光怪人掉下去的那个悬崖边上，往下一看，正见夜光怪人被人放上了马达船。

"不准动，否则就开枪了。"刚刚露过一手的藤子已经将枪口对准了马达船的驾驶者，明显是他救了夜光怪人。

那人明显愣了一下，之后就从船尾抱过来一样东西，然后对着悬崖上的藤子道："开枪吧，最好看清楚了……"

这时候，人们才去关注他手上抱的到底是什么东西。借着探照灯的强光，大家才看清楚马达船驾驶者手上抱的居然是珠子小姐。

她昏迷不醒，好像是被麻醉了。

看清这一切，藤子拿着枪的手就无法再对准那人了，她一下子瘫坐在悬崖边上，双手捂住脸。她身后的众人只能眼看着猖狂得意的驾驶者带着珠子小姐向大海深处驶去。

## 六

无奈的众人只能打道回府。等大家到城堡的时候，古宫春彦和黑木一平两个人已经苏醒过来了。古宫春彦先生开始回忆之前的经历：那个时候他正在化装舞会上，忽然有个人给了他一张纸条，那张纸条是夜光怪人传递给他的，上面要求古宫春彦先生一个人去地下室。古宫春彦看完纸条之后，想要告诉三津木俊助他们，可是找不到人，他又不愿意放过近距离接触夜光怪人的机会，于是就决定冒险一人前往。

结果显而易见，这是夜光怪人的阴谋。

而另一位昏迷者——黑木一平本来负责防范夜光怪人偷袭，一直在古堡各处搜寻。当他听到古宫春彦先生起居室有可疑的声响时，想要进去检查，这时，突然有人出现在他身后，将他麻晕。

古宫春彦和黑木一平都因自己的失误而感到抱歉，并表示以后将更加谨慎小心。黑木一平因为珠子小姐被掳走而自责，竟然流下了悔恨的眼泪。

大家的情绪都十分低落，气氛凝重，藤子不知道什么时候已经离开房间了。三津木俊助看着沉默的众人，脑海里忽然想起了别的事情，他问古宫春彦："你家不是新来了一个侍女吗？你了解她的情况吗？"

古宫春彦被他问得一愣，想了想，低沉地回答道："关于这个侍女的事情，其实并没有什么好隐瞒的，要说起来，我必须提到她的父亲。他父亲是个有名的考古学家，名叫一柳，我们常常把他称为'一柳博士'。一柳博士热衷于研究古代海盗宝藏，并且他在这一领域有很多了不起的发现。"

御子柴进听到海盗宝藏，就想起之前初遇夜光怪人，在那个时候夜光怪人好像提起过什么宝藏之类的东西。

"一柳博士的研究中，最有名气的是'八幡船'的宝藏。根据他的研究，他已经确定了八幡船的首领在临死之前留下了数额庞大的财宝，并且这大量的财富都被埋藏在一个地方。最令人惊奇的是，一柳博士通过考古研究，最后还找到了藏宝地……"

对寻宝故事很感兴趣的御子柴进和三津木俊助一听这个，十分激动，忙问古宫春彦："博士岂不是发大财了？"

"没有。"古宫春彦摇了摇头，继续说道，"如果能这样顺利就好了，他们最后的研究还没来得及找出宝藏，却因为经费不足而搁浅了。在博士一筹莫展、打算放弃的时候，一个叫大江兰堂的有钱人找到了一柳博士。大江兰堂告诉一柳博士说，他很佩服一柳博士的研究精神，为项目的半途而废感到遗憾。最后，他告诉一柳博士，他愿意掏腰包来支持这个未完的研究，直到找出宝藏。一柳博士是个醉心于研究的学者，他正直善良、心无城府，天真地以为大江兰堂是一个热心的资助者，于是欣然接受了他的帮助。为了回报他的资助，一柳博士全心全意地投身于宝藏研究，还让藤子的弟弟，他的儿子——龙夫住在大江兰堂家中。"

"一柳博士真是要钱不要命啊！"三津木俊助说这话的时候带着一股轻视劲儿，因为他一直很讨厌贪财的人。

听到三津木俊助的感叹，了解情况的古宫春彦很不赞同，他有点严肃地对三津木俊助说："请不要这样说一柳博士，他不是那种贪慕钱财的人。他全力以赴寻找宝藏也不是为了自己享受，他打算等找到宝藏，就将之用于社会的慈善事业。可是，大江兰堂却恰恰与他相反，他为了满足自己的贪婪之心，用龙夫逼迫一柳博士说出宝藏的下落，还疯狂折磨一柳博士，一柳博士最后被他给折磨得不像正常人。他的儿子龙夫也在大江兰堂手上不知所踪。"

"藤子的老板好像就是大江兰堂啊。"御子柴进想起来最近发生的一些事情，有些疑惑地说道。

"事实并不是这样子的。"古宫春彦的语气显得很难过，"一柳博士找到了宝藏，可是宝藏的位置除了他的女儿以外，他谁也没有告诉，也没有留下丝毫的线索。藤子将她父亲救出来之后，大江兰堂依旧四处搜寻他们。因为一柳博士已经疯掉了，所以知道宝藏信息的藤子成了大江兰堂的最大目标。大江兰堂威胁藤子说，要是她不说出宝藏在哪里，他就会到处犯罪，扰乱这个社会的治安，让人们陷入恐惧之中。由于龙夫还在他手里，藤子没有别的办法，只得乖乖听话呀。"

"这样来说的话，那个夜光怪人的真实身份是大江兰堂？"三津木俊助惊讶地问道，旁边的御子柴进似乎也料到了一些与其相关的事情。

"那一柳博士之前不知道大江兰堂的具体情况吗？他住在哪里或者从事什么职业？"三津木俊助问道。

"他完全不了解，你要知道，大江兰堂是个很狡猾的人，大江兰堂可能也只是他众多身份中的一个而已。"

"那一柳博士现在在哪里呢？"御子柴进问古宫春彦。

"夜光怪人已经杀害了他。还记得在展览会上遇到的那个大箱子里的老人吗？他就是一柳博士。"

"失去了父亲的藤子只好来投靠我，其实这些恩恩怨怨都是藤子跟我说的。"

"藤子怎么不去报警呢？警察应该能够保护她和她的家人，还能抓到大江兰堂啊。"三津木俊助疑惑地说道。

"她的弟弟龙夫还在大江兰堂手上呢，她要是报警，她弟弟的安全就无法保障了。"

"这就麻烦了。"三津木俊助听完分析之后，无奈地说。

御子柴进也陷入了思考。

这个时候，一个仆人走进房间，对古宫春彦说道："先生，这是藤子小姐给您留下的信。"

古宫春彦接过仆人递过来的信，打开一看，脸色一变："不好，藤子独自去和夜光怪人见面了，她想要把珠子小姐救出来。"

三津木俊助和御子柴进对视一眼却毫无办法，他们对现在面临的情况毫无头绪，对伪装成夜光怪人的大江兰堂，他们一点也不了解。珠子被夜光怪人抓走，藤子也不知去向，而且很可能也落在夜光怪人手上。

这样复杂的情况，他们一时无法解决，只能找人帮忙。他们决定去找金田一耕助，想看看他能不能帮忙破解一下这个案子。

## 七

金田一耕助和三津木俊助他们约定在马戏团见面，似乎是要一起看一场马戏。三津木俊助好奇为什么要在这里见面，金田一耕助说："到时候你就知道了。"

等三津木俊助到的时候，马戏团正在演出杂技，是空中飞人。这个节目很受欢迎，座位全部被坐满了，演员吉米小岛背着一个少女在空中飞行。

"我感觉很奇怪，这个少女似乎睡着了……"三津木俊助自言自语地说。

正在他陷入沉思的时候，吉米小岛忽然大喊："东西不要给他，你女儿我来保护。"他刚说完，忽然一把刀子刺中了他的胸膛，他猛然从半空中坠落下来。突然发生的状况吓坏了观众，场面一度十分混乱。

三津木俊助正要过去看看吉米小岛怎么了，忽然，金田一耕助拉住了他："你去看看古宫春彦先生吧。"

"你什么时候来的？"三津木俊助感觉很诧异。

"这个不重要，待会儿再说，你先去看看古宫春彦先生吧。"

过了一会儿，他们把昏迷的珠子小姐抱到了休息室里面，御子柴进和金田一耕助一起来了，他们知道夜光怪人会出现，但是没想到他没有穿夜光服。

于是，三津木俊助去找古宫春彦。古宫春彦整个人像是被吓坏了一样，脸色苍白无比。三津木俊助让古宫春彦坐在一张舒适的凳子上，开口问道："古宫春彦先生，你怎么会在这里？"

古宫春彦似乎已经没有力气回答他了，只是掏出一张纸条递给三津木俊助。只见纸条上面写着：在东方马戏团，你把项链交给我，不然我就杀掉你的女儿。

"刚刚你是打算把项链交给夜光怪人对吗？我猜为这个吉米小岛才开口叫你。"金田一耕助问道。

"的确是这样，夜光怪人坐在我后面，让我不要回头，直接把项链交给他，但是，吉米小岛一喊，夜光怪人就扔出一把刀子，直接扎中了他。"

"吉米小岛和这件事情有什么关系？"三津木俊助问。

这时候，马戏团团长站在一边说："是这样子的，就在古宫春彦家举行化装舞会的那天晚上，有一个人联系团长说，想邀请吉米小岛先生为宾客表演空中飞人的特技，为了符合舞会的气氛，还要求他扮演成夜光怪人。这次表演的报酬很高，于是吉米小岛就答应了。但是，那天晚上吉米小岛回来的时候手却受伤了。"

然而，三津木俊助还是有点不明白："那天晚上夜光怪人不是跳下了悬崖，并且上了船了吗？"

"吉米小岛说他中枪的时候就察觉这可能并不是演出，而是被人利用了。为了摆脱追杀，他把夜光衣脱了，扔到了海里，然后逃跑了。"

"原来如此……"三津木俊助愤愤地说，"你们太狡猾了，都不带上我去查案。"

御子柴进笑着说："而且我们还发现黑木一平就是大江兰堂，也就是夜光怪人。"

"啊？"三津木俊助目瞪口呆。

"根据我的判断，黑木一平应该是伪装成珠子的父亲，把珠子骗走弄晕，然后通过绳索把珠子运到悬崖下面的小船上，接着他把衣服扔掉，然后把自己装在盔甲里面，接着把自己迷晕。"金田一耕助说。

"没想到是这个样子……那你们找到夜光怪人了吗？"

"暂时还没有，我们要问珠子小姐一点线索才行。"

过了一会儿，珠子小姐醒过来了，金田一耕助问珠子小姐知不知道自己被关在了什么地方。

珠子小姐摇摇头说："不知道，我被关在了一个很潮湿的地下室里面了，那里没有光，特别暗。"

"那么你有没有听到什么声音？"

"好像那个送饭的老太太开门的时候我听到了钟声，还有鸟叫声！"

御子柴进一听到这些描述，立马反应过来："是上野公园，古塔那里经常会有钟声传来！"

说完，三个人一起朝着上野公园出发。

## 八

又是一个黑漆漆的夜晚，又是在上野公园，这样的光景和御子柴进第一次看见夜光怪人的时候是一模一样的，一样阴森，一样可怕。

三津木俊助、御子柴进和金田一耕助三个人走在这里，听见耳边传来猫头鹰的叫声，看着阴沉沉的松林和古塔，都忍不住打了一个寒战。

但是，已经有人比他们更早地来到这里了，黑夜掩护着一个黑色的身影，消失在夜幕中。

三津木俊助、御子柴进和金田一耕助他们三个早就想到了会有这样的一幕，那个消失的人影一定就是藤子。藤子一出现，他们三个人就尾随着她，一直来到了古塔里面。

古塔里面有很多佛像和壁画，在黑夜里看上去还是很瘆人的。

"她去哪儿了？"三津木俊助小声嘟囔。

御子柴进做了一个噤声的动作，然后说："这里肯定有机关，大家快找找。"

过了一会儿，金田一耕助握住了一尊佛像的右手，没过一会儿，下面就出现了一个地道。

"真是巧妙。"金田一耕助赞叹道。

三个人一起进入了密道，密道里面黑黢黢的，而且十分狭窄。三个人慢慢走进去之后，忽然听到前方传来了暴躁的狗吠声，还有女子的尖叫声，三个人下意识地关掉了手电筒。

果然，一片黑暗中，那只荧光狗迅速冲了过来。

"罗罗，罗罗，好了，对待客人不要这样无礼。"黑木一平从狗的后面走过来，给狗套上链条，然后抱起地上已经晕倒的藤子，朝更里面的地方走过去。金田一耕助他们悄悄地跟在黑木一平的后面，来到了一扇门的门口，打开门之后，里面是一个房间。

他们从门缝里看到了一个没有穿衣服的少年躺在一张试验台上面，少年的身体十分瘦弱。藤子靠在墙边，黑木一平企图把藤子叫醒，但是藤子好像昏迷得很深。过了一会儿，黑木一平从床边的柜子上面拿来了一个小瓶子。

他打开了盖子，放在藤子的鼻子下面，藤子很快就醒了过来。

清醒之后的藤子先是狠狠看了一眼黑木一平，然后神情焦急地看着那个躺在试验台上面的少年，很显然，那个少年是她的弟弟。

"药水在哪里？"

"药水我会给你的，但是你必须放过我弟弟。"

"当然没有问题。"

听到了夜光怪人的保证，藤子拿出了两个装着药水的瓶子，递给夜光怪人。

"药水怎么用？"

"先注射蓝色的，等五分钟之后再注射红色的。"

"你父亲真是狡诈啊。"黑木一平一边给少年注射药物，一边说，"他竟然把藏宝图画在了你弟弟的身上，把显示藏宝图的药水放在你的身上。如果你弟弟和你一样坚强，恐怕我一辈子都找不到藏宝图了。不过……哈哈，我马上就要找到宝藏了。"

"你这个畜生，你不仅逼疯了我父亲，还逼迫我们去偷窃宝石，最后你竟然杀害了我父亲，我诅咒你不得好死！"

"尽情地诅咒吧，我马上就要得到地图，而且很快就会得到宝藏了，五分钟已到……"夜光怪人把藤子绑在了一边，然后把她的眼睛蒙上。

"只有我一个人知道地图，宝藏也是我一个人的了！"

他把装药的瓶子摔碎，然后把针管里面的药注射在了少年的身上。很快，少年的背上就出现了一些图案。黑木一平拿出了一个照相机，把少年背上的图案拍下来。

"他要逃走了。"金田一耕助示意三津木俊助和御子柴进一起上去追。但是，御子柴进没有发现门后面还有个凹进去的洞，脚一崴就跌进了洞里面。

走进房间的金田一耕助和三津木俊助发现少年背后的图案已经不见了。他们帮藤子松绑，给少年披上了衣服。正当他们准备四处搜查的时候，"砰"一声，一个大铁笼子从天而降，把他们结结实实地盖在了里面。

"哈哈哈哈哈……"夜光怪人大声地笑着，"我就知道你们会过来，特意为你们准备了这个笼子。怎么样？还不错吧？"

金田一耕助掏出手枪，想打夜光怪人，而黑木一平对他们说："你最好不要这样，你看藤子小姐还在我的手上。"说完之后，他拖着藤子准备离开，然而，等到他走到门边的时候，忽然有一个黑影冲过来，一刀捅死了黑木一平，迅速拿起相机就跑了。

他跑的速度太快了，以至于他们只能够看见那个人的一只手。

凹洞里面的御子柴进看到了这一切，他等那个人离开之后，就出来把笼子升起来，放了金田一耕助和三津木俊助。

他们一起来到黑木一平的旁边，然而黑木一平已经死了。

"藤子，你看，他是大江兰堂吗？"金田一耕助对藤子说。

藤子摇摇头说:"他不是。"

"看样子,我们又上当了。"

## 九

过了几天,小田切准造先生受邀来到了他们家里面。他们猜想,最开始遇见黑木一平的时候,黑木一平就是跟小田切准造在一起,说不定两人还有什么交易呢。不过,他们也只是推测一下而已,并没有找到直接的证据。

看见他们之后,小田切准造问了他们关于人鱼眼泪的事情。当他们问夜光怪人的时候,小田切准造显得十分惊慌。

"是一个叫大江兰堂的人把黑木一平介绍给我的,他说自己很有钱,想要投资我的珠宝,万万没有想到最后会是这个样子啊……"小田切准造一副悔不当初的样子。

"没有想到他居然就是夜光怪人,他既然是专门盗窃珠宝的,而我又是专门生产珠宝的,他一定会对我下手啊。我求求你们,要是哪一天我向你们求救,你们可千万要帮帮我啊。"

"这个没有问题,只要你给我们打电话,我们一定会去帮你。你似乎有点不舒服,我找人送你回家吧。"金田一耕助对小田切准造说。

小田切准造准备离开的时候,忽然看见茶几上有一尊雕像,然后问:"这是吉祥天女的雕像吗?"

"是的,这是一柳博士送给我的。"藤子之前为了感谢金田一耕助救了他弟弟,特意把这个雕塑送给了金田一耕助,而现在,藤子和他弟弟都住在金田一耕助的家里。

小田切准造拿着这尊雕塑反复摩挲,爱不释手:"我对这样的古董很是着迷,我出高价,您能不能转卖给我?"

"这个可能不行……"

看着金田一耕助没有转卖出去的意思，小田切准造只好打消了这个念头，在离开的时候还反复回头看了几眼。

等到夜里快凌晨的时候，三津木俊助、御子柴进他们还没有离开金田一耕助的家里，还在一起讨论这个案子。就在这个时候，忽然响起了电话铃声。

"救命啊！夜光怪人！啊！"小田切准造在那边发出了一声惨叫。

"小田切准造先生！"金田一耕助大声呼唤着对方。

"他已经听不到了，你要是去天堂也许还能够看见他。哈哈哈……"

"你是大江兰堂？"

"没错，再见。"对方挂电话了。

"马上，去小田切准造的家里面。"金田一耕助说。

三个人一起动身出去了。等他们到了小田切准造的家里面，发现小田切准造家的门大开着，四处一片漆黑，只有小田切准造的书房里面还有一些光亮。

三个人走进去四处查看，金田一耕助好像发现了什么，对三津木俊助和御子柴进说："刚刚小田切准造就是在这个地方给我们打电话的。"

"你怎么……这是？"三津木俊助刚想发问，就在地上看见了一大块血迹，血还是新鲜的，而且就在血迹的旁边，还有一把沾满鲜血的刀子。

"这些痕迹是有人拖动尸体造成的，那么尸体去哪儿了？"

三个人在房间里面四处寻找。

而在金田一耕助的家里，也有一件事情正在发生。

藤子和弟弟龙夫正在房间里面彻夜长聊，姐弟二人分别已久，有很多话要对对方讲。忽然，警惕的藤子好像听见了什么声音，她对弟弟说："难道是金田一耕助他们三个人回来了吗？但是，他们才走没多久，怎么会这么快回来呢？"

藤子感觉有点不对劲，就让弟弟待在这里，自己拿着棒球棒子，悄悄地出了门。

客厅里面没有开灯，藤子一出来就看见了夜光怪人。他正站在楼下，夜光怪人察觉有人，回过头来，狠狠地瞪了藤子一眼。藤子似乎被什么东西魇住了，半天都没有动，夜光怪人拿着那尊吉祥天女的雕塑就跑了。

等到金田一耕助他们回来的时候，已经到了凌晨2点了。藤子本来愣愣地坐在客厅里，看见金田一耕助他们回来了，连忙跑过去说："刚刚夜光怪人来过了，还偷走了吉祥天女的雕像。"

"他为什么要来偷这个？"

藤子支支吾吾地说："那个……另一半的藏宝地图就在上面。"

原来，一柳博士把地图分为两半，吉祥天女雕像身上的地图指明了龙神岛的位置，而她弟弟身上的地图则指明了具体地点。缺少了其中任何一个，都找不到宝藏。

"既然这样，那么等天一亮，我们就去龙神岛吧。"

等到天亮了之后，四个人就一起去了南边的一个港口准备出海，在那里可以搭船。

当地人跑过来问："你们到这边来要干什么？"

金田一耕助说："我们想要去岛上游玩一番，今天我们的一个朋友先过去了，你有看见一个人往岛上去了吗？"

"这个倒没有注意，在半年前倒是有一个博士在这边借船过去。"

藤子听见提到自己的父亲，不免有些伤感。

"去龙神岛要怎么样过去呢？我们都打算过去玩呢，据说那里还有海盗，肯定很刺激！"金田一耕助装出一副兴奋的表情。

"那是一个荒岛，而且现在在闹海盗，我觉得你们还是别去为好。不过，如果你们坚持要过去的话，可以去找鬼头先生，他是我们这里的船老大，住在狱门岛。"

于是，几个人出了大价钱找了个人，把他们四个送到了狱门岛。

马上就要到狱门岛的时候，开船的人指着一个小岛说："你们看，龙神岛就在那里。"

等到付给了船夫钱之后，几个人就上了岛。在岛上还没有走多久，他们就看见了一群警察。

后来，他们找到警察的带队人还有鬼头先生之后，才知道龙神岛最近很不太平。自从这里传出有宝藏之后，有两拨海盗都跑到了岛上面去。为了占据优势，这两拨海盗昨天还在龙神岛上面打了一架，双方打得异常惨烈，有不少人都受伤了。

"龙神岛上面以前没有人居住对吧？"金田一耕助问鬼头先生。

鬼头先生点点头："大约是这个样子，不过，以前那里还是有一个人的，是一个叫井秀的和尚，脾气很古怪。他一个人居住在岛上面，前几天强盗上岛之后，他就不见了。"

这里的警察对金田一耕助的到来表示了欢迎，他们早就仰慕金田一耕助的名声，希望金田一耕助能够帮他们解决这个岛上面发生的麻烦事儿。警察大致跟他说了一下海盗的情况，大家对海岛都有了一些了解。

原来，这两拨海盗是一前一后来到龙神岛的，先来到龙神岛的海盗自称是"欧力思组"。他们的首领是一个个性残暴、长相丑陋的大恶人，而且他有一条腿是坏的，手里撑着一根拐杖，并且脸上被黑色的布蒙了半边，从来没有露出过他的真面目。

后来到龙神岛上的海盗的首领是一个蒙着面具的男人，为了不让先来到的海盗独吞宝藏，他企图通过武力把"欧力思组"赶跑。

正在聊天的时候，忽然，他们又听到了隆隆作响的战斗声。

"又打起来了。"警察无奈地说。

金田一耕助眨了眨眼睛，说："不急，让他们继续打。"三津木俊助和御子柴进还有藤子都笑了，他们都知道金田一耕助说的是什么意思。

果然，过了不久，等到他们上岛的时候，两拨海盗都两败俱伤，面对全副武装的警察根本就没有还手之力，只有束手就擒。并且，他们还发现了消失很久的井秀和尚，他被人绑住藏起来了。

看见警察和金田一耕助他们，井秀和尚连忙说："两边的首领已经跑到洞里面去了！"

"在哪个地方？"

"就在悬崖下面！"

三津木俊助和藤子过去看了看，果真有一个洞。于是，一行四人连忙准备进去，这时候，洞里面传出了"啪啪"两声枪响，硝烟和血的气息很快就传出来了。

他们对洞口的警察嘱咐了一声之后，就进到里面去了。洞很深，也很黑。他们四个人蹑手蹑脚地往里面走，走了两三百米之后，他们发现"欧力思组"的首领倒在了地上，从他身上流出来的鲜血染红了地面。三津木俊助走上前去，摸了摸他的动脉，已经不会再跳动了。他对金田一耕助他们摇了摇头，示意没救了。

四个人继续向前面探索，黑暗中，御子柴进一不留神撞到了一副老旧的盔甲，盔甲里面还有一具干尸，把御子柴进吓得哇哇大叫。

不过，金田一耕助他们三个显然对御子柴进出现的状况毫不在意，因为他们看见了更重要的一幕。

御子柴进一回头，发现他们眼前全是金银珠宝，琳琅满目，把整个黑暗的山洞都映射得五光十色。

"这就是龙神的宝藏啊……"御子柴进喃喃道。而就在这些金银珠宝的前面，还有一个身上流血的男人，他的手埋在金币里，但是人早就没气了。

藤子走向那个男人，她心里愤怒而又悲伤——这个人，就是杀死她父亲的凶手！

然而，当她伸手揭开那个人的面具的时候，整个人都有些不敢相信，面具也掉到了地上。

那个人，竟然是小田切准造！

这是怎么回事儿？黑木一平是真的受雇于小田切准造吗？那么夜里的那个死者是谁？谁才是真正的夜光怪人？

三津木俊助和御子柴进两个人百思不得其解，围着金田一耕助问事情的真相。金田一耕助耸耸肩，无所谓地说："其实这些都不是重点对吗？藤子。"

藤子脸上带着淡淡的微笑："是啊，不重要了，不管怎么说，父亲的心愿终于可以完成了。"

# 消失的尸体

[日] 大谷羊太郎 著

## 一

W市是一座普通的小城,由美子的家乡就在W市的郊区。二十岁时,由美子没有继续读书,而是辗转到了东京,想要谋求不一样的生活。

凭借着比较出众的外形,由美子找到一份模特的工作,想要在此领域打拼一番。可是,在竞争激烈的东京,由美子一直没有得到大红大紫的机会。眼见着要到二十五岁,青春一去不复返,再争下去恐怕也很难有出头的机会,她只好选择回老家。

不多久,由美子的父母先后离世。作为唯一的继承人,她拥有了家里的房产和林地,生活一下子变得富庶起来。

泰代是由美子在老家的一位朋友,起先是今池西装剪裁学院的学生,毕业之后开了一家时装店。因为她与学院的院长,一位叫今池登志江的社会名流关系特别好,才得到了对方的资助,有了自己的一点事业。

说起今池西装剪裁学院，在 W 市可是颇有点知名度的。院长年轻时嫁给一位富商，到了三十岁，忽然继承了丈夫的遗产，成了有钱的遗孀。于是，她按照自己喜欢的生活方式，创办了一所学院。

原本，由美子与这位名流并没有什么关系，她也没有想要结交对方的想法。可某天，泰代突然对她说："由美子，你之前不是做过几年模特吗？我推荐你去做模特好不好？"

"去哪儿呢？"由美子好奇地问。

"我的母校啊，今池西装剪裁学院。听院长说，他们正在筹备一个时装发布会，需要专业的模特呢。我想推荐你去。"

"当然可以。"

虽然由美子并不是知名模特，但应对学校的时装发布会是不成问题的。她的表演游刃有余，得到了很多人的青睐。其中有一位，令由美子格外关注。他是一位摄影师，起初频频向由美子举起照相机，拍下了许多动人的画面。发布会间隙，两人又多次接近。由美子被他的英俊风流打动，而他也婉转地表达了自己的倾慕之情。

然而，当由美子得知他名叫今池光雄时，觉得很奇怪，不由得想到了"今池登志江"这个名字。难道他是院长的亲属吗？难道他也是来帮忙的吗？

可惜，由美子的想法并不正确。她无论如何也想不到，今池光雄竟然是今池登志江的丈夫。没错，他是自愿进入今池家，与比自己年长十几岁的太太结婚的男子。

当初结婚时，自然也是光雄吸引了登志江。结婚之后两个人一直过得很平和，携手走过六年，也没出过什么状况。可由美子始终觉得这两个人的婚姻很荒谬，年纪相差这么大的夫妻，实在是一点儿也不登对。何况，今池登志江还有权有势。

由美子没有回避与今池光雄的交往。自从那场时装发布会之后，两人仍然保持联络。一个有情，一个有意，很快就彼此熟悉。光雄不时地表现出置身于这段婚姻生活的痛苦，他抱怨妻子太强势，感叹自己根本没有还手之力。

面对今池光雄对婚姻的抱怨，由美子也勇敢地表达了自己的观点。两人的不谋而合，使得他们很快就走到一起。光雄毫不犹豫地表白真情，而由美子当然不会拒绝，几乎是立刻答应了光雄的求爱。

与有妇之夫在一起，交往自然是要保密的。汽车旅馆成了两人最频繁的去处，多数情况下，由美子要随着今池光雄的时间来安排。大约一年以后，两人的关系逐渐稳定，也没有被发觉，光雄越发大胆，将幽会地点改到了由美子的住处。

曾经很多次，今池光雄都信誓旦旦地表示一定要跟今池登志江离婚，再娶由美子。但讲的次数多了，却也总是不见他有所行动。由美子追问，他都是以"时机不对""没有准备好""不能轻易摊牌，不能给登志江大闹的机会"等理由为借口。由美子将信将疑，也拿他没有办法。

一天夜里，由美子正准备休息，听见一辆汽车停在她家路边。能在此时来访的，除了今池光雄，大概没有其他人。

"我在东京的酒店订了房间，还是老样子,告诉家里跟朋友去东京了。"一进门，今池光雄就表示自己仍然使用了那一套老办法。

由美子知道，光雄经常以这样的借口出来约会。如果妻子给酒店打电话，他大可以说自己"在外面，还没有回酒店"之类的话来应付。

四目相对，两人已经顾不了那么多，径直走进卧室。

亲密一阵子之后，已临近午夜。今池光雄突然站起来穿衣服，一副要出门的样子。

由美子扯住他的衣角问："去哪儿？说好今晚不回去的。"

"买烟。"

"我也去。"说着，由美子也开始穿衣服。

"你在房间里等着吧。"光雄按住由美子的肩膀，"我一会儿就回来了。"

由美子还想说什么，桌子上的电话响起来。

夜深人静时，电话的铃声格外刺耳，由美子赶紧跑过去拿起听筒，心里想着会不会是骚扰电话。而这会儿工夫，光雄已经走到了房门口。

"喂？"

"这儿是由美子的家吗？"

电话里是女人的声音，但显然并不是由美子熟悉的女人。

"是的。我就是由美子。请问您是？"

"今池登志江。"

听到这个名字，由美子一下子感到紧张起来，想要寻求今池光雄的帮助，所以她一边跟电话里的人说："原来是您啊，院长。"一边用余光寻找光雄的身影，才发现他已经走出了门。

既然光雄已经不在家里，她只好硬着头皮继续应对。

她故作镇定地问："这么晚，您是有急事吗？"

"是有个急事。"今池登志江的语气从来没有如此软弱，"我希望你不要介入我跟光雄之间。这是我的，请求。"

由美子觉得自己的脸颊发烫，心怦怦跳个不停，但她还是不能承认，只能装糊涂："您怎么会这样说呢？我实在不知道您在说什么。"

"你又何苦隐瞒呢？"对方的声音仍然透露出很强的挫败感，"光雄比我年轻，又有魅力。他喜欢你这样的美丽女子，我当然不会感到奇怪。

可我跟他是合法夫妻，这是无法改变的事实。如果你答应我与光雄分手，我会给你很优渥的条件作为回报。"

一位强势的女人能放低自己的姿态与由美子讲话，说明她已经回到平凡女子的心态，暂时抛却了自己的身份和地位。她希望自己的话能打动由美子，可由美子却一心只想拖延。

"这么晚了，我有点儿不舒服，想先去睡了。咱们明天再聊吧。"她当然是想着，要等光雄一起商量一下。

但今池登志江似乎并不想给她这样的机会。

"事到如今，你还在犹豫什么？还不能迷途知返吗？"她的语气中带着明显的气愤和鄙夷，"光雄不过是一时贪欢而已。虽然你能偷走他，但你们是不会有结果的。"

听到对方这样说，由美子也有些不高兴。她不能容忍对方将她当作一个普通的情妇来对待。

"我跟光雄之间是有真感情的。"她抢白。

"你如果这样想，那就真的太天真了，他怎么可能真的爱上你？"

刚刚还在示弱的今池登志江忽然改变态度，教训起由美子来。

由美子觉得自己受到了羞辱和嘲笑，不耐烦地说："对不起，我要休息了，咱们找时间再谈吧。"

"我不过是好心告诫你。如果你不听，坚持一意孤行，是不会有好下场的。"今池登志江再次说出一句狠话。

由美子想，既然谈话不愉快，索性挂断电话吧。可仅仅几秒钟的时间，对方又再次改变了态度。

"由美子小姐，我想，不如你来我这儿聊聊。"今池登志江说，"你我面对面地谈话，可以更平静，也更理智些。你不用担心，我最近通宵达旦地工作，不碍事的。"

对方的提议让由美子完全没有心理准备，虽然她内心深处明白，自己与光雄的关系不可能长久地维系下去，但是不是现在就要摊牌，她还真是拿不定主意。

就在她左右为难的时候，对方突然说："不好意思，我这儿来了一位客人，不过他很快就会离开，并不妨碍我们的会面，你想何时来找我都可以。"

今池登志江很快就挂断了电话，容不得由美子再推辞。独自坐在房间里的由美子显得有点焦躁不安，偏偏今池光雄很晚才回来。

"怎么现在才回来？"由美子用很不高兴的语气质问。

"附近的自动贩卖机似乎被撤销了，只好跑了更远的路。"

"你知道吗？我刚刚接到了院长的电话。"

听到"院长"两个字的时候，今池光雄微微一颤，脸上露出惊讶的表情，但也只是一瞬间。

"没关系的，我可以应付她，你放心吧。"今池光雄语气镇定地说道。

"是吗？那你告诉我，要怎么对付她呢？她不仅态度很恶劣，还很看不起我。我当然不能容忍。"

"我当然有我自己的方式。你别着急，如果她只是这样试探一下你就掉进陷阱，那往后的博弈就很难赢了。我们要理性些，才能解决问题。"

不等由美子再开口，今池光雄就揽过她的肩膀，亲昵一番。两人之间的对话自然也就没有办法再进行下去。

可是由美子心中的不快并没有被抚平。她辗转反侧，怎么也睡不着。身边的今池光雄却是睡得很沉，一点儿负担也没有的样子。由美子想推醒他，说一说自己的心事，想了想又作罢。她看出今池光雄根本不想深入探讨这件事，如果叫醒他，大概也只能让他埋怨自己不懂事吧。

今池登志江的话反复地出现在由美子的脑海里，她索性坐起来，穿好衣服，小心翼翼地下床，准备出门。面对今池登志江的挑衅，她不能置之不理，她相信，自己绝对不会输给这个老女人。

黑夜里，摩托车的轰鸣声显得格外刺耳。由美子已经顾不了那么多，加到最快的速度，飞奔而去。此前与泰代一起去过今池登志江的家，所以她更是轻车熟路了。

## 二

当由美子站在今池登志江家门口时，大约是凌晨3点。

房间里，厚重的窗帘已经落下，隐约能感觉到一丝微弱的光。由美子踌躇了一会儿，才按下门铃。平日里已经习惯的门铃声现在听起来特别刺耳，响彻整栋房子。之后，由美子并没有听到任何脚步声，自然也就意味着没有人想要主动开门。

这是怎么回事？由美子在心里嘀咕着，讲得好好的，说我随时可以来，现在又将我拒之门外，自己去睡了？怎么会这样？

由美子伸出手，不顾一切地用力拧门把手，才发现自己的用力根本就是多余。

随着"吱呀"一声，门很轻松地就打开了。原来，大门根本就没有锁。

这一下，由美子就感到更加奇怪了，不知道今池登志江的葫芦里究竟卖的什么药。她边想边叫道："你好，有人吗？"

结果，她只听见自己的声音在房子里回响。没有人应答，也没有走动的声音，只有一丝烛光在跳动着。

房子里最亮的地方是楼梯下方的位置，由美子轻手轻脚地走过去。随着眼睛逐渐适应黑暗，再借助一点光线，她可以看清今池家豪华的内饰装修，高贵而内敛，代表着主人的品位与社会地位。

转过头，沿着上行的楼梯看过去，由美子不由地倒吸一口冷气。

在楼梯口的地板上，躺着一个人。这人穿着白色的丝质裙子，一动不动，就像睡着了一样。冰冷的月色洒下来，形成一种安宁又略显诡异的氛围。

有那么几秒钟，由美子站在原地不知道该如何是好。难道是有人晕倒在这儿了？想到这里，她快步跑上楼，蹲在女人身边，想将她扶起来。可是，当她的手指碰到女人的胳膊时，眼睛也识别出了女人的相貌。这不是今池登志江又能是谁？

令由美子吃惊的并不仅仅是这个女人是今池登志江这件事，而是今池登志江的身体已经完全变得冷冰冰的了。她仰面躺在地板上，双目张开，脖子上有绳子留下来的清晰的印记。

由美子的双手不由自主地颤抖起来。眼前的今池登志江已经不再是她痛恨的那个女人，那个人过中年仍然保养细致的女人，而是一具苍白又布满皱纹的尸体。真是太可怕了！

由美子站起身，快步走下楼，尽可能让自己远离那具冰冷的尸体。是不是应该报警啊？她想。不，不，绝不能，很快她又打消了这样的念头。对半夜三更闯进别人家里的自己来说，报警太危险了。她根本没有办法解释自己与今池登志江的那一通电话，警察完全可以认为是她怀着极大的恨意来与今池登志江谈判，结果两人言语不愉快，她就勒死了自己的情敌。

无论如何，情敌的死，她都很难摆脱干系。既然房间里没有其他人，外面也没有人看到她来这里，不如赶紧离开吧。

她小心地沿着进门时候的原路返回去，一路上将自己碰过的东西都用手绢仔仔细细擦了一遍，如此一来，就不会再有警察找麻烦了。

关上大门时，由美子本能地想掏手绢要擦一下门把手。可奇怪的是手绢居然找不到了。咦，大概是掉在房间里了吧？因为手绢上绣着自己名字的缩写，不能随便丢在这里，于是，她只好返回房间去找手绢。

手绢就躺在客厅的地板上，由美子在心里埋怨自己的粗心大意。她捡起手绢，又下意识地抬头看向今池登志江的尸体。没想到，这一眼，差点儿吓得她魂飞魄散：原本躺着尸体的地板上，什么都没有！

由美子揉揉眼睛，再次仔细看过去，尸体又好端端地躺在原来的位置上。

难道是自己眼花了？不对啊。刚才她的确是不在那儿，地板上的确什么东西都没有。由美子觉得自己并没有产生幻觉。如果是这样，那么，或许这个房间里还有其他人。难道凶手还没有离开？如果是这样，那么刚刚在自己出门的时候，凶手大概是想把惹眼的尸体给搬走，但没想到自己突然又回来找手绢，情急之下，凶手只好又将尸体挪回来。可挪动尸体怎么可能如此迅速呢？力气再大的人也很难做到吧？该不会……是今池登志江的鬼魂来捉弄我吧？

想到这儿，由美子再也无法忍受内心的恐惧。她不顾一切地逃离了那座房子，骑着摩托车飞一般地逃回家去。

## 三

尸体当然迟早会被发现。第二天，今池登志江的佣人照例去家里上班，一发现尸体就立刻报了警。

社会名流深夜在家中被扼杀，无疑可以成为当地的大新闻。警方首先要怀疑的，自然就是当晚并没有待在家里的丈夫今池光雄。

今池光雄先用那套应对今池登志江的说辞来搪塞警方。而当警方与酒店联系进行调查的时候却发现,今池光雄虽然订了房间,但并没有真正住进去。如此一来,他的嫌疑也就越来越大。为了避免惹祸上身,今池光雄只好实话实说,告诉警方自己与由美子的关系,以及前一天晚上他悄悄跑到由美子家过夜的事情。

"我早上睡醒之后才出的门。"今池光雄一脸难堪。

"整个晚上你都没有出去吗?"

"11点左右的时候,我去附近的贩卖机买了一包烟。"

警方立刻向由美子验证了今池光雄的说辞,没有任何问题。只是,这不能说明今池光雄没有作案的动机和时间。如果在午夜,趁身边的人熟睡,也是可以轻易溜出去的。而且,以今池光雄和由美子的关系来看,两个人串通一气犯下罪行,也不是不可能的事情。不管怎么说,今池登志江都算是他们两人之间最大的障碍。

由美子明白,警察并没有那么好糊弄。她回想起昨天夜里尸体消失的那一幕,仍然心有余悸。后来,她一路狂奔回家,到家时今池光雄还在睡梦中,似乎没有任何觉察。她简单收拾了一下,继续躺到今池光雄身边,尽管她其实一点儿也睡不着。她暗下决心,要将这段经历瞒着身边的人,不然会惹出更大的事端。

果然,警方最先想到的就是今池光雄。并且,在得知他们的关系之后,将两个人一同看作重要嫌疑人。不过这也难怪,谁让他们一个是背叛者,一个是情敌呢?

事实上,由美子还知道一件今池光雄不知道的事情,那就是她与今池登志江之间的那通电话。结束之前,对方明明说要接待重要的客人。听上去,那位客人或许已经来到被害者身边。如果这位客人是最后一个见到今池登志江的人,那么他就有可能是凶手。既然凶手与被害者相熟,那么凶手毫无疑问是与今池登志江关系比较好的人。

要不要将这件事告诉警方呢？

由美子思考再三，还是决定先瞒着。她不想再与警方深入交谈，以免扯出她深夜到过今池家的事情。而且现在她嫌疑很重，警方相不相信她的话还是未知数，她不能冒这个险。

她也曾想过要将这件事告诉今池光雄，可自从今池登志江被杀，今池光雄就以避免警方怀疑为由，不跟由美子见面，只剩由美子独自一人将自己关在房间里乱想。她甚至觉得今池光雄很可能夜里醒来，知道她出去过，之所以没有对警方表明，是不想破坏他们之间的感情。当然，这种想法是没有任何依据的。

如今，由美子只盼望警方能够找到真凶。如此一来，她和今池光雄都能洗脱嫌疑，而且没有了今池登志江这层障碍，他们就可以毫不在乎地修成正果了。在此之前，她仍然要小心谨慎地与警方周旋，毕竟她始终无法摆脱头号嫌疑犯的帽子。

焦点人物总是要避免与外界接触。连日来，由美子多数时间都闭门不出。朋友泰代会抽空去看望她，帮她解解闷。泰代的性格中有点男子气概，说话耿直，有时显得口无遮拦。她一见由美子，就大谈自己如何被警方询问。

"谁让我是她最好的朋友呢？"泰代的语调中有掩饰不住的高傲，"警察当然不会疏忽我的存在。"

其实，这段时间以来，泰代与今池登志江之间由于时装店的投资闹得不太愉快，甚至可以说是互相痛恨。特别是泰代，对今池登志江的态度是一落千丈。

"跟你说啊，那天在警察局，接待我的是一位很英俊的年轻警察呢。长这么大，我还从来没去过警察局，所以有点儿不知所措。他直接就问我：

'今池登志江被杀的那天夜里，你在哪儿？特别是午夜23点至凌晨2点这一时段。'我说我最近生意挺忙的，那天关店的时候已经差不多10点了，我很饿，就先出去找吃的，然后跟三个老朋友玩麻将，几乎打了个通宵。所以那个特别重要的时间段里，我应该正在打麻将。你瞧，我有这么多人证，警察应该不会再找我的麻烦吧？"

泰代兀自讲述着，颇有些得意。由美子则默默地听着，一脸茫然。

"你当然没有什么嫌疑。我呢？只要凶手一天不被抓住，我就一天不能安心。"

"今池光雄也不能。不是吗？警察会死死盯住你们两个的，因为你们两个有可能是共谋。"

虽然泰代的话讲得不怎么中听，可这也是事实。泰代知道由美子和今池光雄之间的秘密，曾经有好几次，她闯进由美子的家时，刚好遇到今池光雄。一来二去，她心里也就明白了。她一点儿也不想管闲事，也就当作什么都没看见。

现在，她似乎不想再隐瞒什么。"哎，由美子。"泰代拉过由美子，小声说，"其实，我知道今池光雄的一些事情，与你有关，但一直都没想好要不要告诉你。"

"既然与我有关系，你就直说吧。不管是什么事，我都不会怪你的。"

"嗯……是这样的，我知道，今池光雄在外面还有别的情人。"

"嗯？"由美子佯装镇定，但心里已经是翻江倒海。她忽然想起今池登志江的话，她说，他怎么会真的爱上你。

"那你知道对方是谁吗？"

"那女人也是服装学院的，名叫安井节子。"

由美子没有再问下去。自案发以来，今池光雄始终以"避风头"为借口，拒绝与由美子见面。

可现在，由美子开始怀疑这个借口究竟是真是假。

## 四

由美子不是被动忍受的女人，她很快就证实了泰代的话和自己的怀疑。

安井节子的住处并不难找，她已经从泰代那里打听得很清楚。她的摩托车还没开到门口，就看见安井节子家门口停着的那辆再熟悉不过的车。她原本心中的那一点点希望的火苗，在瞬间熄灭。

一路上，她的内心乱糟糟的。时而想着或许是泰代弄错了，时而想着今池光雄或许是被别的女人缠上了，才闹出这么一点风波。可如今，还有什么好说的呢？所有她想要为今池光雄寻找的借口，看起来都不会成立。

不过这也难怪吧。原本由美子靠着父母的遗产算是有一些生活资本的，完全可以支付自己与今池光雄在一起生活的费用。可今池登志江一死，继承了遗产的今池光雄要比由美子富裕很多，再找一个年轻貌美的姑娘，也是符合今池光雄这种男人的选择的。

徘徊在安井节子住处的由美子不知该如何是好。进去，意味着自己的胜利吗？显然这种做法是没有什么价值的。理论上讲，她与安井节子一样，都不过是今池光雄的情人而已。而且，如果与对方面对面一争高下，今池光雄就再也不会回到她身边了。

这样想的时候，她不自觉地退到一棵树后面，只是静静地看着这栋房子。不久，今池光雄从门里走出来，向着车的方向走去。由美子内心深处的最后一丝希望被点燃，她不顾一切地走过去，忽然出现在了今池光雄的面前。

很明显，今池光雄的表情从微笑变成了严厉，以此来表示自己并不希望在这里见到由美子。身为情场老手,今池光雄并不会为自己的所作所为感到羞耻,相反,他索性跟由美子摊牌,直接对她说:"既然你自己主动找上门,我也不想再拖下去,咱们还是分开吧。"

"什么?"由美子像个傻瓜一样待在原地。

"现在你我都是重点嫌疑对象,要是不能摆脱嫌疑,我就不能继承遗产。我可不想给自己添麻烦。"

"你果然还是更看重今池登志江的钱吧。"

"你要是这么想,我也没办法。"今池光雄装模作样地摊摊手,"以后我不想再见到你了。"

不等由美子回应,今池光雄就驾着自己的车疾驰而去。

带着强烈挫败感的由美子一时间无法接受眼前的现实,她忍不住哭起来,跳上自己的摩托车,朝着泰代家的方向飞奔。

一进门,所有的委屈和怨恨涌上心头。她也顾不得矜持,痛痛快快地放声大哭。

"今池光雄说要跟我分手,再也不想见到我了。"

泰代镇定地抚摸着由美子的后背,安慰她说:"我早就想到会是这样的结果。这种男人,眼里只有钱,也许正是他为了继承遗产才杀了今池登志江也说不定。反正他跟这个女人在一起,也不是因为感情。"

泰代的话提醒了由美子,她仔细想想,今池光雄的确是有杀害今池登志江的动机。他开车出行,自然比由美子的摩托车要快一些,如果前脚由美子出门,后脚今池光雄也出门,那么他就可能比由美子先到家,杀了今池登志江再返回来。

"怎么,你也认为是他?"泰代追问。

由美子又想了想:"嗯……我觉得不是。按照警方说的,从今池登志江的死亡时间来看,那段时间今池光雄跟我在一起。我们两个人都醒着,他始终都没有出门。所以,他根本没有时间去作案。"

"那安井节子呢?如果她为了与今池光雄在一起,去找今池登志江谈判,结果失败,就起了杀心。"泰代接着质疑。

"如果是那样的话,她也不是临时起意要去的。我在电话里听今池登志江的口气,这个拜访她的人应该是事先约好的。"

"不对不对,我觉得今池登志江不会随便在半夜给安井节子这样的女人开门的。"泰代又否定了自己之前的想法。

"为什么呢?"由美子问。

"据我所知,今池登志江是个特别小心的人。每次见她停车,车尾与墙之间的距离都拿捏得很好,几乎是分毫不差。像她这种细致的人,怎么会轻易跟安井节子见面呢?"

"嗯?我记得我去今池登志江家里的时候,她的车不是车尾朝着墙,而是车头。"由美子念念有词,她并没有意识到自己这句话的真正含义。

"可能是她急着见客人,才没留意吧。"泰代回答。

由美子觉得哪里不对,但自己又说不出别扭之处究竟在哪儿。她的内心深处隐隐地感到一丝茫然,似乎又带着点曙光。她清晰地记得今池登志江打来电话时的情景,被动的明明是由美子自己,对方可是十分镇定,不慌不忙,步步紧逼,一点儿也没有着急的样子。连最后挂电话,也是在说明情况之后才挂断的,说她急着见客人……这一切,如今想起来,似乎有那么点牵强。

## 五

人一旦陷入一种思考的模式,在得到答案之前,便很难再抽身。

此时，由美子虽然已经离开了泰代的家，但脑子里的各种想法一直都没有停止。从表面来看，今池登志江之死，对今池光雄、安井节子和自己都有好处。但从目前的情况来看，更有好处的当然是今池光雄和安井节子这一对。而既然今池光雄的确没有作案时间，那么安井节子的嫌疑不容小觑。

被深深伤害的由美子甚至觉得安井节子就是凶手无疑。这当然不是她思考的结果，而是感性占了上风。她有点痛恨今池登志江为什么没有先发现今池光雄和安井节子的关系，而偏偏不放过她。

想到这儿，由美子又开始回忆那段通话的整个过程。从一开始的语气软弱，到后来的突然强势，这个转变究竟是为什么呢？

一个女人，面对自己心爱的男人在别的女人家里寻欢作乐，是怎样一种心境？这一点由美子不是也体会到了吗？她试图用自己的体验，来猜测今池登志江的想法和感受。很快，她便意识到一个很重要的问题：今池登志江的语气变强势的时候，刚好是今池光雄走出家门的时间，这中间绝不仅仅是巧合那么简单。

如此说来，一个更大胆的想法在由美子的脑海中形成。那就是，今池登志江打电话的时候并不在家里，而是在由美子家的外面。她尾随今池光雄，想要证实这段关系，就像由美子尾随今池光雄去安井节子家一样。所以，她看到今池光雄出门时，误以为是他得知电话内容，迷途知返，想要回到自己身边，才对由美子做出一种自己是胜利者的姿态。

而如果说由美子的想法正确，今池登志江并不是在家里被人杀死，那么整个案件的情形就会发生巨大的改变。

为了洗清自己的嫌疑，也是为了不让今池光雄逍遥自在，由美子还是选择了向警察汇报这件事。

户坂警官带她到审讯室，两人面对面坐着。

"你想给我们提供什么新的情况？"警官问。

"我觉得，今池登志江不是在家里被杀的。"由美子鼓足勇气说。

"是吗？你怎么知道？"

"今池登志江给我打过电话，大约 23 点。我想她应该是在我家附近，至少是能看到我家房子的地方打的。她是尾随今池光雄来的，想要证实我跟今池光雄的关系。但是鉴于自己的身份和地位，她又不想直接面对我。从她的语气的变化，我能感觉到她绝不是在家里……"

由美子将自己的怀疑一点点告诉警官，但唯独没有说起自己到过今池登志江的别墅这件事。

"这只是你自己的猜想吧？"

"嗯。"

"听起来还是有点道理的，你怎么不早一点讲出来呢？"

"我不想胡乱议论。再说，我也是嫌疑人之一，我也不知道你们会不会相信我的话。"

"那你觉得凶手是谁呢？"

"今池光雄。"

"说来听听吧。虽然只是推测，我也想听一听你的见解。尽管说，没关系的。"

"我想，今池光雄大概已经察觉到今池登志江对他的怀疑。他出去买烟的时候大概看到了今池登志江的车，就索性过去杀死了她，然后将尸体留在车上。等晚些时候，安井节子过来将车开回今池登志江的家。但是她在停车的时候，没有遵循今池登志江以往的做法，将车倒入车库，而是直接开进去了。今池光雄在外面耽误了那么长时间，回来只好找了个借口搪塞我。"

由美子觉得自己的推理挺不错的，不仅合情合理，也将安井节子作为帮凶一并揪出来。在心里，她无论如何也不愿放过安井节子。

可是很快，警官就用事实再次沉重地打击了由美子。

"很抱歉，由美子小姐，你的推理是不能成立的。虽然我也承认，整个过程看上去挺有道理，但据我们调查，安井节子那天确实去外地旅游了。"户坂警官话锋一转，"而且，停车的桥段你又是怎么知道的？我记得我们并没有公开说明这个细节。"

所谓言多必失，由美子切实体会到了。她的心跳加速，神情紧张，只想尽快找到合适的理由。

突然，她的思路又飘向了另一个方向。

警官的话提醒了她，那天她在跟泰代交谈的时候也曾经提到过别墅停车的桥段，那时候泰代的回答迅速且自然而然，一点也没有感到惊讶，还用了一个靠不住的说辞，轻描淡写地掠过去了。那么，合理的解释就是泰代也知道今池登志江的车没有按照正确的方式停泊，并且她还想掩饰这个细节的重要性，让别人忽略掉。

一个新的情节在由美子的脑海中形成：那天晚上，关了店门的泰代去找由美子，走到由美子家附近的时候忽然看见了正在打电话的今池登志江。她偷听了今池登志江的电话，大略知道了她已经发现今池光雄和由美子之间的关系。于是，原本就因为投资的问题痛恨今池登志江的泰代，一看到有更好的嫌疑人做替身，就起了杀心。之后，就像此前假设的那样，她开着今池登志江的车回别墅，匆忙将尸体搬进房子。

泰代原想给尸体换上家居服，放在房间里，做出一副今池登志江晚上并没有出门的假象。可不巧的是，她刚刚走到二楼的楼梯口，别墅的门铃就响了。她只好丢下尸体，先把自己藏起来。

这也就是由美子自己到别墅时，第一次看到尸体的情景。

等由美子退出别墅的时候，泰代又将尸体拖走。可她没想到，由美子因为弄丢了手绢，又返回来。情急之下，她只好"借用"了今池登志江的衣服，自己躺在原来的位置上。

距离远，光线又暗，由美子当然也看不清楚真伪。这个过程，也就解释了为何由美子会看到"尸体消失又出现"的一幕。

想到这儿，由美子忍不住打了个冷战。

如果不是因为自己着急又害怕，不敢再次上前去查看，那么自己很可能会与泰代撞个正着。已经杀了一个人的泰代，自然也不会放过发现自己罪行的人。如果当时自己仔细计较起尸体消失的问题来，想到了凶手还在房间里，打电话报警，那么现在自己就不需要坐在这儿被盘问了。

只可惜，所有的事情都没有如果。今池光雄的背叛，泰代的杀人，都让由美子感到恐惧。身边的人究竟给自己带来了多大的伤害，由美子已经不能再思考。

"喂，你还得继续解释。"户坂警官催促着，将由美子的思绪拉回到现实。

可是，由美子再也说不出话来，她宁愿自己刚才的想法都是错的。真相无法回避，它不似脑海中的影像，可以轻易被抹掉。

然而，这又怎么可能呢？

# 寄　　魂

[日] 乾久留美　著

## 一

　　我是一个读高中一年级的女孩子，名叫御子柴里美。从懂事起，我便跟妈妈相依为命。据妈妈所说，爸爸早就跟着别的女人跑了，只留下我们孤儿寡母一起生活。不过，单亲的生活一点儿也没有带来负面的影响，我过得很开心，也没有什么缺失。

　　与身边的女孩子相同，我也有属于自己的粉红色幻想。没错，就是青春少女情窦初开的小情怀。我希望自己能遇到喜欢的男孩，并且得到对方的回应。只是，这并不是一件容易的事情。找到一份爱情当然并不难，可很难说你爱上的人也会同样爱着你。

　　单相思可不是轻松的事，也得不到任何回报。曾经我很为那些单相思的女孩感到遗憾，但不知怎么，我竟然也遭遇到了相同的难题。

　　森川达郎是我们学校的明星式的人物，踢足球很棒，学习成绩也很好，所以他自然是受到了很多女孩的欣赏和倾慕。我也是其中之一，每次见到他时，我都忍不住脸红心跳。明知他根本就不认识我，但那种欢喜的心情就是难以抑制。我也想过要表白，可希望实在是太渺茫了。

那一年的情人节前夕，我做了一个决定，像其他女孩子那样亲手制作巧克力，来表达自己的心情。对于不太懂得做手工的我来说，巧克力的制作过程很痛苦，但总算是勉强做好了六个看上去还算不错的巧克力球。

我小心翼翼地包装起来，又挖空心思地写了一封表白信，一并在第二天放到了森川前辈的更衣柜里。虽然我知道，很多女孩子都会给森川前辈送巧克力，但我还是希望他能够看到我的信，品尝我的巧克力，然后在情人节那天突然出现在我的面前。

这个画面在我的脑海里反反复复地播放，我几乎就要相信它会变成真的。然而，情人节那天，没有任何人来找我。我像往常一样独自走出学校，在周围徘徊了一会儿，就失落地回家了。

妈妈像往常一样在家里等我，桌子上摆着饭菜。不知道为什么，妈妈的厨艺在爸爸走掉之后突然变得有些奇怪，她经常做出难以下咽的饭菜。我只是装模作样地吃了几口，就回房间了。

这一晚，我失望极了。尽管这样的结局是在我的意料之中的，可我还是在床上躺了好一会儿才睡着。

临近午夜的时候，我的身体一下子坐起来。我被惊醒，却发现自己根本控制不了身体。一个陌生的什么人在我的身体里面，他环顾房间四周，露出疑惑的表情，又急忙下床，拖鞋也不穿就踩在地板上。而后先是看着身体的各个部分，敲敲这儿，摸摸那儿，又走到镜子前，惊恐地望着镜子里的自己。

我想要说点什么，才发现我根本什么都做不了，只能任由他控制着我的身体在房间里做各种奇怪的事情。

他打开灯，在房间里乱翻一通，将我的书本挨个看过去，指着练习本的名字念——御子柴里美。

而后，他的目光望向房间的大门。我家是普通的二层公寓，一楼是客厅和厨房，二楼是我的房间、爸爸的工作室、妈妈的房间和一个小的杂物间。尽管爸爸已经不会再回来，但妈妈仍然保留着他的工作室，并且时常要进去待一会儿。我想，妈妈大概始终忘不了爸爸吧。

现在，这个突如其来的人控制着我的身体走出房间，在漆黑的走廊上到处走，像个幽魂一样。我希望他能先去把灯打开，因为我特别害怕黑暗，可是他没有，真是糟糕透了。他只是看了一下墙上的挂钟，时间显示已经是凌晨3点多了。他又细细地看了日历，2001年的2月14日，刚好是情人节。

紧接着，他开始查看别的房间，从小杂物间开始，然后是妈妈的卧室，再然后是爸爸的工作室。每一个房间都没有人，但爸爸工作室的台灯是亮着的。

我想，妈妈一定是在楼下的厨房里喝水，她经常在爸爸的工作室待到半夜。我很着急，想赶紧回房间，不让妈妈撞见现在这个样子的我。可是控制我的身体的人却一点儿也不在意，因为他正打算下楼，继续去查看别的房间。

实在是太不凑巧，"我"与妈妈在楼梯口碰面了。

妈妈好奇地问："咦？你怎么大半夜的不睡觉？发生什么事了？"

找个理由搪塞过去就好了，我在心里默默地说。可是那个人根本听不见我的劝告，张口就问："请问这是哪儿？"

与自己生活多年的女儿突然问出这样的话来，不知道妈妈会怎么想。好在她并没有害怕或者尖叫，她只是表情很惊讶，问我："里美，你这是怎么回事？怎么会说出这样的话？"

直到这时，我的身体的掌控者似乎才明白过来，也似乎下了很大的决心，开诚布公地说："其实……我……不是……御子柴里美……"

妈妈的表情变得更夸张了。

"我记得，自己已经死了……睁开眼睛的时候，就变成了这样子。"他拍着我的身体，似乎并不喜欢现在这种状态。

"我的天呐！"妈妈的表情像是听到了这个世界上最荒谬的话。她惊讶地张大嘴巴，浑身颤抖。

"真的，你要相信我。这种事我不会随便开玩笑的。"他的语气很诚恳，或许是希望以此来打动我妈妈，可妈妈还是不能相信。

妈妈抓住我的手腕，推着我回到二楼走廊。"你赶紧回房间去。外面这么冷，会冻着的。"她边说边将我推回房间。因为过于用力，我的手腕很疼，不过控制我的身体的人似乎并不介意。而我，只希望能快点回到被子里——外面的确是很冷啊。2月的温度很低，家里的暖炉也很陈旧，不太起作用。

妈妈的表情让我觉得她一时还不会接受这样诡异的事情。不过曾经，我的姥姥也出现过类似的情景。某一天，她突然就不肯承认自己的女儿，对我妈妈说："我是来自某地方的某某，请不要叫我妈妈。"家里的人都吓坏了，还特意请了法师来驱鬼，但并没有起到什么作用。姥姥终其后半生都没有承认自己的女儿。有人告诉妈妈说，她是容易引来灵魂的特殊体质，没有任何解决办法。

现在的我，似乎也成了这样的一个人。我想，妈妈或许是有所察觉的。

"别闹了，好好睡吧。明天要早起上学。"

终于，砰的一声，房间门被妈妈关上了。"我"光着脚站在房间的中央，没有抵抗。我的意识被冰冷的空气包围着，已经快要受不了了。可是这位不速之客像是丝毫没有感觉，任凭我怎样着急也无济于事。等到他回到床上时，被子和床单都已经变得冰凉冰凉的了。

躺下之后，困意忍不住袭来。可是我身体里的那个人却一点儿也不想睡觉。他虽然关了灯，但眼睛仍然睁得很大。他或许还是没想通，自己怎么会突然跑到别人的身体里面来。而我，突然被夺走了身体的控制权，也是很痛苦的啊。只希望当太阳升起的时候，我发现自己原来不过是做了一个可怕的梦，我的身体从来不曾失去过。

真的希望，我的愿望可以实现。

## 二

清晨，闹钟响起的时候，我通常会再眯一会儿，直到妈妈上楼来敲门催促，我才能爬起来。然而这天，控制我身体的那个人一下子就掀开被子爬了起来，拉开窗帘，面对着照进来的暖阳活动关节，做伸展运动。我不禁心疼自己的身体，我可是从来都不会做运动的呀。

那个人接下来的一系列动作让我恍然大悟，原来，他根本就是个男生！

控制我身体的人居然是一个男生？我简直痛苦至极。他不会穿女生的校服，好容易套上裙子，还忍不住要拉扯一番。当然，如果他是男生，感到不习惯也是很正常的吧？他也不会像女孩子那样仔细洗漱，而是用清水胡乱冲一下了事。不会梳头发，不会涂护肤品，不会像淑女那样走路。

我的天呐，真是一场噩梦的开始。

吃早餐时，他更是丝毫不顾及形象，不仅把妈妈做的早餐都吃光了，吃相也很难看。我觉得妈妈一定还没有对昨天夜里发生的事情释怀，这一下，更加惊讶了。而我，真是欲哭无泪。如果他一直保持这样的吃法，过不了多久我就会变胖的吧？真是盼着他能早点儿走开。

早餐时，他还顺便用目光审视了我家的客厅和厨房，自然也就看见了厨房旁边的牌位，写着"御子柴朋实"的名字。她是我妹妹，早年不幸夭折，我已经不记得她是怎么去世的了。或许他还为不曾见到家里的男主人而感到奇怪。爸爸已经多年不回来，可妈妈还是他的合法妻子，所以家里既没有爸爸的东西，也没有爸爸的牌位。

结束早餐时，距离去学校的时间还早。但寄住我身体的家伙坚持拿着书包，准备出门。

"今天怎么这样早？"妈妈边说边走过来想要帮我整理一下形象。看来，连她都不忍心看着自己的女儿如此出门。

可那个人本能地躲开了，只轻声应了一句，就匆匆跑出门去。

我的心情糟透了，不敢想象，同学们在见到我的形象之后会如何嘲笑我。

我的身体先是在门口停留了一会儿，记下了家里的门牌号以及家庭成员的名字。爸爸是御子柴徹志，妈妈是御子柴康子，而我则是御子柴里美。他小声念着这些字，像是要努力记住自己的身份。

他没有直接去学校，而是先找到一个电话亭，拨通了七位数的家用座机号码。铃声响过几下，才有人接起电话，是一位妇女的声音。

"您好，我想找一下森川达郎。"

这个名字立刻引起了我的关注。难道这位借用了我身体的人与森川前辈有什么关系？

"唉，我们家达郎不幸离世了。"

啊！

如果我还能喊出声的话，我的声音一定会响彻整条街。

森川前辈离世了？怎么回事？我完全被弄糊涂了。

"啊，真是令人难过，请您和家人节哀。"他又说了些宽慰的话才挂断电话。

紧接着，我听到一句有生以来最离奇的话。挂断电话的人低声私语："原来，我真的已经不在这个世界上了……"

刹那间，我已经明白了，跑进我身体里的灵魂是森川前辈的。这种感觉真的是难以形容，一想到自己与心上人共存在一个身体里，感觉既娇羞又幸福。先前的那些想要他快点离开的想法，现在全都不存在了，仿佛他用我的身体做什么事都是可以被原谅的。我还想问他是否收到了我的巧克力和信，可事实上，我根本就没有办法直接与他对话。

接下来，森川前辈控制着我的身体走向巴士站。看起来，他还是想要照例去上学。我在心里暗想，一定不要在路上遇到熟人啊！

车站上的人并不多，他选择了后排靠近窗户的位置坐下来，望向窗外，一来是为了欣赏风景，二来也是避免有熟悉的人前来搭话吧。

到达学校时，班里还没有什么人。我略略松了一口气，因为实在难以想象自己以这样一副超乎寻常的面貌出现在众多人面前会是怎样的情景。

森川前辈找不到我的座位，只好询问了旁边的同学，这可真够尴尬的，好在没有引起太大的怀疑。

不出我所料，整整一上午朋友们都在关注我的异样。他们拿我开玩笑，问我究竟是怎么回事。森川前辈只好支支吾吾地回应了几句无关痛痒的话。后来大家觉得无趣，也就不再纠缠。

这时，班里的"包打听"急急忙忙跑进教室，向大家宣布森川前辈离世的事情。教室里安静了一阵，紧接着，又是一阵叽叽喳喳的议论声。不知道在我身体里的森川前辈听到这些话，会有怎样的感受。此时此刻，他只是默默地坐在我的座位上，看着窗外的树枝。

早上他已经确定自己的离世，不过他似乎还不清楚其中的缘由。那位"包打听"也并没有探听出原因来，所以每个人都对森川前辈的突然离世感到不解。

放学路上，跟我关系最好的女孩跑来，在我耳边小声问："里美，你不是做了巧克力给森川前辈吗？"

"嗯。"我的身体含糊地回答。

"他收到了吗？"

"嗯。"我的身体想了一会儿才回答。

看来，森川前辈在极力回忆我的那盒巧克力。

"那你知不知道，他到底吃没吃？"

"应该吃了吧。"我的身体咕哝着，"我记得巧克力上还有砂糖呢。"

我的天！看来森川前辈虽然对我没有感情，但还是吃了那盒巧克力，连我用来做装饰的砂糖都记得很清楚，那可是我偷偷拿了妈妈放在厨房里的一小瓶呢。

"他没有去找你吗？"

"没。他怎么会来找我？"

"那就是他没有答应你的表白咯？你生气吗？怨恨他吗？"

"什么？"我和身体里的森川前辈都没料到她会问出这样的问题来。

不过，很快我们就都明白了她的用意，她是怕我一时想不开，就对拒绝我的森川前辈下毒手。亏她还是我最好的朋友，居然会把我想得这么不堪。

最后还是森川前辈回答她："不，当然没有。"

"那就好。既然人已经不在了，你也别太难过。"

随后的路程，我们没有再交谈。不知不觉来到分别的岔路口，我们就各自道别，选择了不同的方向。

看得出来，森川前辈正在思考着什么，当他再次路过一个电话亭的时候，又拨通了早上拨过的那个电话。而这一次，显然又是因为别的目的。

来接电话的是一位比之前更年轻的女人。

"您好，我想请问一下森川真纪是否在家？"森川前辈在电话里问道。

"您好，我是森川真纪，您是哪位？"

"我是森川达郎同校的好友，刚刚得知他的死讯。我想在 Griffin 大厦的顶楼与您讲几句话，请您务必要来。"说完，森川前辈就将电话挂了。

我能感觉到森川前辈在打这一通电话的时候心里非常紧张。而我，也在默默地质疑，怎么忽然又冒出一个森川真纪呢？

Griffin 大厦原来比我预想的要偏僻得多，也荒芜得多。一个十几岁的女生来到这儿，显然是有些不合时宜的。

借助昏黄的灯光，森川前辈利用我严重缺乏运动的身体，好不容易才爬到顶楼。

看起来，他似乎是经常来这里的。他并没有刻意欣赏顶楼的风景，而是直接在一条长凳上坐了下来。大约过了二十分钟，一位身形窈窕的女子也来到这里。这位女子很年轻，看上去比森川前辈年长五六岁的样子，没有化妆，态度比较温和，但我能察觉到她内心的紧张与怀疑。

两人之间没有寒暄，那个女子开口就问："你究竟是谁？你是怎么知道这里的？"

我想，她应该就是森川真纪了吧。

出乎我的意料，森川前辈面对如此严厉的质问，不但没有生气，眼中反而露出温情，连声音都有些不自然："真纪，我……我是达郎……"

以我的外形，用情极深地望着一个女人，看起来是有点别扭。

那女子感到害怕，不由地往后退，问道："你要干什么？"

此时，森川前辈才意识到自己的身体对森川真纪来说是完全陌生的。他的灵魂让我低下头，看着自己，然后解释说："这不是我的身体，她叫御子柴里美，与我同校。但是我的灵魂在她的身体里，现在就是我森川达郎在控制并使用着这个身体。"

"怎么可能？"森川真纪立刻否定，"达郎是昨天在医院里去世的。"

"之前我自己也是这样认为的，可是我却在这个身体里面睁开了眼睛。我控制了这个身体，以这样一种姿态重新面对这个世界。假如你不相信，可以问我咱们之间的私密问题。"

为了确认森川达郎的真伪，森川真纪问了一连串问题。不过我不想转述那些话，一方面，那些问题太过隐私，另一方面，我发现他们居然是秘密情人，并且森川真纪是森川达郎哥哥的妻子。

我实在没有想到这样的不伦之恋会发生在我暗恋的人身上。我感到很诧异，也觉得很悲伤。而且，尽管森川真纪相信我的身体里面住着森川达郎的灵魂，但她仍然不愿意跟我有身体上的接触。

"你对于自己的死，有什么头绪或者想法吗？"森川真纪突然问。

"有一点点印象，我记得自己是吃完巧克力之后，感觉很痛苦。或许是有人在我的巧克力里面下了毒。"

"如果是这样，那就很难分辨是谁做的，毕竟你收到了很多礼物。"

"嗯，也是。"他指着自己的身体，"算上这个女孩送的，算上你的，一共12盒吧。"

我的天，森川前辈竟然会收到这么多礼物！我不禁有点儿醋意。

"谁让你一下子吃那么多？"

"觉得好吃呀。我哪知道会有这种结果。"

"不过，你的灵魂怎么会跑到这个女孩的身体里面？你认识她？"

"不，当然不。"

"那你怎么会收到她的巧克力啊？也许是她，有什么邪念……"森川真纪犹豫了一会儿，大胆猜测，"她利用巧克力毒死你，接着，你进入她的身体。然后下半生，你将以她的名字被迫背上罪犯的名头。真是不可思议的事情。"

森川真纪怎么能这样说我呢？我的意识很不高兴，想着，也许是她为了怕自己与森川前辈的事情暴露，所以才先下手为强？当然，森川前辈是不能听见我的想法的。

"那我真是太不走运了吧。"森川前辈一脸苦相，"倘若真是她，那我不仅被冤死，还要牺牲后半生的自由。"

"你可以实话实说啊，告诉警方这个身体里的是你的灵魂。"

"那我大概会被当作神经病吧。"我的身体摊了摊手，"真是个大麻烦啊。"

"今后你打算怎么办？以这个女孩的身份继续生活吗？"

"虽然这不是我自己的选择，可也别无他途吧。何况这个女孩是单亲，家里只有妈妈一个人。她妈妈绝不想失去自己的孩子吧。"

两个人的一番对话并没有找到什么解决问题的方法。此刻，夕阳已经映红了天边，带来几分落寞的感觉。

眼见着，天就要黑下来了。

"我得先回去。"森川真纪起身道别，"家里乱得一团糟。"

森川达郎也觉得自己该回去了。两人依依不舍地道别，森川达郎看着女子的背影走下楼去，自己在原地站了好一会儿。

从我的视角和感觉来看，森川真纪在这一段关系里面并非是抱有十分的爱意的，或许是为了消磨婚后的寂寞，她才利用森川前辈寻找一点儿乐趣。而森川前辈，是真的爱她的吧。

## 三

森川前辈控制着我的身体回到家时，已经是19点了。他一边喊着"我回来了"，一边打开家门。

妈妈在厨房里忙碌着，随口问道："你吃过晚餐了吗？"

"吃过了。"森川前辈这样回答着，并没有停下脚步，而是直接走回二楼的房间。

他的记性可真是不错，很快就适应了我们家各处的布局。当然，他根本就没有在外面吃晚饭。我了解他没有吃晚饭的心情。

关上房间的门，他一下子就躺倒在床上。不换衣服就躺下，恐怕我的校服会变得皱巴巴的。不过考虑到森川前辈的心情，我也就不想责怪他了。

过了一会儿，门口响起温和的敲门声，妈妈在门口叫："里美，能给妈妈开一下门吗？"我的意识能察觉到森川前辈不想让妈妈进来，可是他并没有拒绝，应该是出于礼貌吧。他边答应着，边坐起来。

妈妈小心翼翼地拉开房间门，探出上半身瞧了瞧，才走进来。我不知道妈妈今天为何这样奇怪，显得很诡异。从她的眼神中，我能看出来有什么不寻常的事情发生。

而森川前辈也感觉到了这一点，心里不由地一震。

"你是与里美同校的学生吧。"妈妈靠近我，紧紧盯着我的眼睛，开门见山地说，"森川达郎，是你的名字。并且，你昨天因为意外死了。是吗？"

妈妈的眼神，是我从未见过的恐怖，张大的眼睛里带着血丝。

尽管森川前辈也曾想要跟妈妈说明一下事情的经过，但被妈妈抢了先，而且还说中了，他不能不感到惊诧，只得点头承认，身上微微渗出汗珠来。

"你无须感到恐惧。事实上，这类事故在我看来并没有多么恐怖。我不是第一次遇到类似的事情，这么说吧，我其实不是里美的母亲，我是里美的父亲。"

我的意识和森川前辈的意识都惊讶得说不出话。

"你先不要说话，听我慢慢讲。"爸爸接着说，"当时，里美的妈妈察觉到我的婚外情，自然是很生气。不过因为我还不知情，所以没有来得及防备。我还记得那天我从外面回家，进门之后，突然发现她妈妈十分气愤地挥舞着刀，朝我扑过来。还没等我回过神来，那把刀就劈下来，刚好砍到我的头和心脏。于是，我就这样被那个女人杀死了。然后她又将我的遗体剁成碎末，埋在地板下面，就在厨房里。"

可想而知，在听到这些可怕的话之后，我的意识与森川前辈的意识都是多么惊讶。我甚至想到，自己每天都要坐在埋葬爸爸尸体的地方来填饱肚子，这是一件多么恐怖的事情！

我不由地打了个寒战。

"不过，就像你现在看到的这样，我以这样一种方式继续活了下来，用她妈妈的身体。"爸爸继续说，"事实上，正是我，亲手埋葬了自己。后来，面对这样一种局面，我不想作为罪犯再次受到伤害，就只好摆出一副可怜的样子，跟周围的人说自己被丈夫抛弃。因为他们也知道我婚后出轨的事实，也都没有怀疑我的说法。从此以后，我开始以妈妈的身份养活里美，到现在不知不觉已经十多年了呢。"

我不禁想起来，曾经的那个时候，我忽然发觉身边的妈妈变得不太会做饭，体重也比原来增加很多，我以为是爸爸的离开让她太难过才会导致这样的结果。现在，我终于明白了事情的整个经过。如果是爸爸在扮演妈妈的话，他既不会做饭，食量又比较大，自然会给我异样的感觉。

森川前辈想了一会儿，问道："如果照您这样说，我是被里美杀害的？"

"我想应该是她的失误导致的。前几天，我为了灭掉厨房里的老鼠，曾经买了一小瓶砒霜回来。我将砒霜撒在面包上，放到老鼠出没的地方引诱它们。可是剩余的砒霜我没有收好，而里美制作巧克力的时候，大概是误将砒霜当成了砂糖吧？里美从来不下厨，不认得这些东西也不足为怪。后来我发现砒霜不见了，但那时候她已经把巧克力送出去了。"

听妈妈这样说的时候，我才想起来，那天我确实是将小瓶子里的白色颗粒当成了砂糖，还一股脑地全都用光了。如此说来，妈妈和我的身体都承载着被我们杀掉的人的灵魂。再加上很早以前，姥姥身上发生的那件事……看来我们家族是有这样的遗传的。

我们两个人的奇怪对话被一阵门铃声打断。妈妈下楼去开门，我也跟下楼来。

来的是警察。两位警察的外表颇有点喜剧效果，一个很胖，一个很瘦。

那位瘦的先开口问道："您好，请问御子柴里美是住在这里吗？"

"是的，没错。请进来吧。"妈妈请他们两个人进门。

这时，胖警察挥了挥手中的一封信，问："里美小姐，这封信是你送给森川达郎的吧？"

"嗯。"我点点头。

胖警察又拿出一个证据袋，瘦警察指着证据袋里的盒子问："你送给他的巧克力，是这个包装吧？"

"嗯。"

"你跟森川达郎有过交往吗？"

"没有。是我自己一厢情愿而已。他大概对我一无所知。"

"这样啊。我们经过调查，怀疑是森川达郎收到的巧克力里面有某种毒素。他是不小心误食，才导致死亡的。你能告诉我们，你是怎样制作巧克力的吗？"

"啊，真是很抱歉。"妈妈及时回答，"我女儿不懂厨艺，是我教她制作，陪她一起完成的。"

我正好不知道该如何回答，妈妈真是帮了大忙。

"原来是这样啊。那我们就不再打扰了。非常感谢二位的积极配合。"两位警察先生准备告辞了，我和妈妈在门口送客。

忽然，那个瘦警察转过头问："司马哲郎先生在不在？我是他的书迷，想找他签个名呢。"

妈妈不高兴地回答他："真是对不起。我先生离家出走之后就再也没回来过。"

他看出自己的话说到了妈妈的痛处，也就没有再追问，跟胖警察一起走了。

我和妈妈目送他们走远，才觉得松了口气。

森川前辈好奇地问："您跟司马哲郎有什么关系吗？"

"哈……"妈妈笑着说，"那是我的笔名。不过是随便取的，没想到……"

"啊，这么巧啊。我一直很喜欢司马哲郎的作品。现在居然和他变成了'母女'，这种机缘巧合太有趣了。"

看来，森川前辈也是我爸爸的书迷。没想到爸爸的书这么受欢迎，要是我以前告诉森川前辈自己的这样一个身份，他是不是就会愿意跟我交往呢？可是，那森川真纪怎么办？一想到那个女人，我就满怀恨意。

由于我们家的特殊状况，我家很快就接受了森川前辈借我身体还魂的事实。可森川家还是在忙活着为前辈筹备丧礼。关于森川前辈的死因，也很快就在学校里面流传起来。那些给他送过巧克力的女孩子，都难免被当成嫌疑犯，周围的人都离她们远远的。好在没有人知道我给森川前辈送巧克力的事，所以我可以像往常一样，按部就班地上学。

某天晚上，森川前辈的意识和我爸爸的意识在看电视。家里的电话响起来，是找森川前辈的。不出所料，电话是森川真纪打来的，他们约好第二天17点，在老地方见面。

"谁找你？"爸爸的意识问。

"是我哥哥的太太。"森川前辈回答得不太自然。

这引起了爸爸意识的注意，无奈之下，森川前辈只得将自己的秘密告诉了爸爸。

"她知道你是被里美误杀的吗？"

"她有过怀疑。"

"她不是也送你巧克力了吗？如果她为了保全自己的名誉，故意在巧克力里下毒呢？她知道你一定会吃她送的那份吧？"爸爸真不愧为小说家，真是和我的想法不谋而合。

森川前辈的意识沉默着，似乎不太高兴。

"倘若里美的秘密被发现，我的秘密也就可能会被揭穿，如此一来，我家就会陷入大麻烦了。"妈妈的话里带着忧伤的语调，表情也很痛苦。

森川前辈看到妈妈很难过，也陷入了更深的沉默。

## 四

与森川真纪之约，是森川前辈最大的牵挂。第二天，他照例用我的身体按部就班地上完一天的课程，之后随意在马路上走了一会儿，就直奔那幢偏僻的大厦。

　　这一次，是森川真纪先到，她坐在顶楼的那个长椅上等待，身上穿着一件驼色的外套。

　　一看到森川前辈现在所使用的我的身体，她立刻站起来，迎上来问道："怎么样？警察怀疑里美了吗？"

　　这样问的时候，她的目光中流露出一丝担心。

　　"是的。跟你之前猜测的差不多，里美是真凶。不过她是因为不认识砂糖，误拿了厨房里很像砂糖的砒霜来做了巧克力，她不是故意的。"森川前辈将真相完完全全地告诉了森川真纪，一点都没有隐瞒。可见我跟妈妈之前的质疑，他根本没有当回事。

　　森川真纪没有对此做出评价，反而将话题转到自己身上："你知道吗？我也经历了差不多的遭遇。也不仅仅是因为我送了你巧克力，而是因为有人看到我们的亲密了……"

　　"怎么？你想跟警察说出实情？出卖这个拥有我灵魂的身体？"我的身体瞥了一眼，"按常理来说，如果我们的亲密关系被发现，那么嫌疑最重的人就是你了。你当然不希望这种事情发生，不是吗？"

　　森川真纪大概从不曾想到我的身体会对她说出这种话，她不禁惊恐地看着我。

　　"要是我们的亲密关系被发现，我肯定会告诉警察御子柴里美的所作所为。这样，警察肯定会找上你。你现在在她的身体里面，是无论如何也说不清楚的，最终坐牢的还是你。"

　　"你可真是狠毒啊。"这是森川前辈指使我的身体说出来的话。当然，我自己的意识也是这样想的。

　　"我想，你实在不曾付出过真心吧。"森川前辈继续用冷冰冰的语调说。

"怎么会呢。算了，倒也真是没什么关系了。现在，我就要你去死。"

森川真纪突然扑过来，想要掐我的脖子。

森川前辈大概没有预料到会发生这种事，我的身体没有准备，一下子被森川真纪拉扯到了顶楼边低矮的围墙上。

我忍不住心跳加速，意识到生死攸关的时候到了。

森川前辈以前毕竟是男孩子，更懂得如何防卫。他指使我的身体躬下身来，用头猛地顶了森川真纪的胃部。而森川真纪的精力都集中在自己的动作上，几乎是用尽全身力气，所以当森川前辈做出动作时，真纪来不及收住力量，一下子就从围墙上翻了出去，摔到楼下。

这场意外，造成了森川真纪的死亡。我的身体站在围墙边，看着真纪的尸体。突然，我感到眩晕，有那么一瞬间，我的意识变得非常模糊。

等到我再清醒过来的时候，我的身体再次莫名地看着自己。

我意识到，自己身体里的灵魂已经不再是森川前辈，而变成了真纪。

我的意识当然不敢相信，也不愿发生这种事。直到空中有一个声音对我说：你就是御子柴里美？

啊，我听出了森川前辈的声音！他的灵魂离开了我的身体，所以倒是可以与我的意识直接对话了。记得妈妈说过，谁被我的身体杀死，他的灵魂就会到我的身体里面来，现在看来这件事是真的。

现在是森川真纪在控制我的身体了。她看了看周围，没有其他什么人。于是她拿起皮包，离开了大厦，回到森川家。

家里并没有人，但作为家庭的一分子，她当然是有钥匙的。进门之后，她操控我的身体，给家里人留了一封信。

既然是她来操控，信上的笔迹无疑也是她自己的。

信的具体内容如下：

这是一封告别信，也是一封揭开真相的信。真是很对不起，我犯下了令森川家陷入丑闻的罪孽。当初，我不甘寂寞，在欲望的驱使下，与达郎之间产生了不应该有的感情，发生了不正当的关系。后来，我又渐渐害怕整件事情被发现，毁了自己的后半生，因此我萌生了杀死达郎的念头，并借送巧克力的机会，实施了这一想法。

没错，达郎是死在我手里的。我知道，森川家的每一个人都很难相信这个事实，你们会惊诧、愤怒、绝望。不过既然事情已经发生，也没有什么好遮掩的了。只是我不想被警察抓到，于是我决定按照自己的方式来告别这一切。是的，我已经不在人世，不管去往什么样的世界，我都会继续忏悔自己的罪孽。

请允许我向你们道别，再见。

森川真纪写完这封信，再次环顾四周，便果断地离开了这里。

她在外面的电话亭，用我的身体给家里打电话。

"里美？是你吗？"我的身体沉默了一会儿，电话那头的妈妈先讲话。

"是的。"

"你去赴约了？"

"母亲，您可以过来接我一下吗？"

我是从来不称呼妈妈为"母亲"的，森川前辈也不是这样称呼的。所以我觉得妈妈应该是有所警惕，但她只是很平和、很耐心地问了地址，告诉我说，她立刻就会来。

大约过了半个多小时，出租车停在我身体的旁边，妈妈急忙下车，问我究竟发生了什么。真纪并不作答，只是说要先回家。在路上，她们也并没有任何交谈。

到家之后，妈妈关上门的一瞬间，便问："说吧，你是谁？"

"森川真纪！"我的身体毫不犹豫地说。

"咦？你也死了？"妈妈并没有感到惊讶或者难过，之前脸上的阴霾也一扫而光，反而激烈地大笑起来："哈哈……怎么人人都可以随意杀人。"

而后，我身体里的真纪与我妈妈身体里的爸爸坐在厨房的餐桌旁边，彼此讲述着以前的旧事。爸爸讲述着他被杀的经历，而真纪则告诉他自己与森川达郎之间的往事。这两人很自然地在一起，相处得十分融洽。

我想，若不是警察得知森川真纪临死前见过御子柴里美，恐怕这两位借助别人身体的灵魂，将会一直扮演各自的角色。

当警察按响家里的门铃时，森川真纪和妈妈都显得很不安。

警察先生隔着大门叫道："我们想找一下里美小姐，问几件关于森川真纪和森川达郎的情况。"

"你先老老实实待在房间里。"妈妈对我的身体说，"不用怕，也许就跟上次一样只是例行公事。我下楼去应付一下，就说你在房间里穿衣服。"

真纪对妈妈的话丝毫不怀疑，只管躲在房间里。过了一会儿，妈妈又回来了，手中多了一把刀子。她面无表情，轻易就将真纪逼到房间的死角。

"实在是没办法呀。"妈妈说，"你的身体和我的身体都是罪犯，这是不争的事实。我们是没有办法躲过去的。唯一的办法就是结束我们罪恶的命运。"

看来，妈妈是决心结束这一切了。她目露凶光，很坚定地瞪着森川真纪。此时，我和森川前辈的灵魂也在房间里，但我们无法阻止这一幕的发生。我们碰不到她们，声音也无法传递过去。所以，我们只能眼睁睁地看着妈妈将刀子插进森川真纪的心脏。

当我的身体死去时，我与森川前辈也感觉到自己应该要去往阴间了。

就在此时，妈妈将拔出的刀子再次插入了自己的心脏。

这一次，我们这个拥有特殊体质的一家人，已经无一幸免，只留下两具完整的尸体，和一堆破碎不堪的白骨。

# 对面楼的男人

[美]康奈尔·伍尔里奇 著

## 一

对于一般的摄影记者来说，六十二岁算是高龄，是时候退休去享受晚年生活了。

但这显然不适用于哈尔·杰弗。对于哈尔·杰弗来说，摄影更像是他充满冒险精神的人生中不可分割的一部分。渴望自由的心一直推动着他继续着自己的摄影事业，而不受拘束的天性好像更成就了他周游世界的人生梦想。精彩的摄影照片对杰弗来说，甚至比他的生命更重要。

不过，他最近遇到了点麻烦，让他不得不待在家里休养。

两周之前，为了在独特的角度拍摄到两辆赛车激烈争夺冠军的场面，他不顾赛道规则，冲到了赛道中间。这一举动不仅吓坏了车手们，而且让其中一辆有着极大夺冠希望的赛车差点翻车。同时，他的左腿还被这辆赛车撞上——这条腿现在正高高地翘在轮椅的扶手上，绑着厚厚的绷带。所以，他最近这三周只好待在家休养。幸好他的主管对他不错，让他还不至于失去工作。要知道，如果车队起诉他违规的话（他们确实想起诉，不过杰弗的主管极力求情，他们也就此作罢），那可会是一笔不小的赔偿金。

盛夏的纽约干燥而闷热，这也让杰弗的心情特别低落：作为一个天性热爱自由的人，只能老老实实待在家里三周已经是一种巨大的折磨，更何况，他还因此失去好不容易得到的去前线采访的机会。这个机会原本是他的，但因为这次事故，很遗憾地要交给他最看不上的同事——罗恩。在杰弗看来，这个罗恩胆小如鼠，根本不适合去前线工作，炮声一响估计他就会浑身发抖地躲回战壕里了。

既然不能出家门，又没有什么其他朋友来陪他一起打发这突如其来的空闲时光，杰弗必须给自己找点事情做，要不然他会发疯的。不过，他很快就发现一项新的娱乐活动——观察邻居，为他们描绘每天的日程表。

他并不熟悉住在对面那栋公寓楼里的人，有些甚至从来都没有见过，但这并不妨碍他透过夏季打开的窗帘来猜测这些人的日常生活习惯。

正对面的那个房间里住着一位性感的单身女郎，至少杰弗没见过她有关系亲密的男性伴侣。她应该是芭蕾舞演员，至少是舞蹈演员，你可以从她优雅的体态和柔美的动作中猜测出来。白天，她经常会在家里穿着宽松的短裤背心做家务，一到晚上，家里经常会有各种各样的聚会，她会穿梭在男性宾客们中间，姿态优雅却又不轻佻，吸引了不少男人们的目光。不过，她应该并不喜欢他们中的任何一个人，因为他没看到哪个男性在她家过夜。甚至，在聚会结束后，她经常会在自己的房间哭泣。

这应该只是个害怕寂寞的女人吧，杰弗想。

住在她旁边的，是一对刚结婚的年轻小夫妻，他们的生活总是充满了活力。至少在杰弗观察的这几个晚上，他们没有一天是安静的。此外，他们经常会忘记关灯。在房门关上以后的五分钟左右，那个丈夫一定会跑回来关灯，然后在黑暗中摸索着出门，还总是会碰撞到家具。

"这样充满活力的生活真好，就像我年轻的时候那样。"杰弗很羡慕他们这样的生活，至少比被困在轮椅上的他要幸福很多。

住在他们楼下的，好像是一个带着孩子的寡妇。每天晚上，寡妇都会先照顾着孩子早早睡下。等孩子睡熟，她会坐在旁边的梳妆台上，对着镜子描眉梳妆，认真地打扮着自己，换上年轻女孩们穿的服装。然后，她会回到床边，亲吻女儿的脸颊，默默看着她熟睡的面容，仿佛有些不忍，却又无可奈何地离开。她再次回家，就是第二天天亮了。杰弗有一次看到她一个人在家，呆呆地坐在那里，眼神中透露出一丝空洞。然后，她蜷起双腿，双臂紧紧扣住膝盖，将脸埋入臂弯中。细微抖动的肩膀透露出她应该是在哭泣。这样的凄凉的场景也让杰弗的心里闪过一丝同情。

住在寡妇家旁边的是一位钢琴家。虽然看起来并没有什么人赏识他的作品，他也没有因此获得更加体面的生活，但这完全不妨碍他对音乐的热爱。即使是在独自清扫房间的时候，他也会即兴弹奏几个音符，然后再继续他的工作。看起来他应该是独居，因为杰弗不曾见过其他的女性出入这位钢琴家的家里。

杰弗观察到了住在对面这几个房间的住客。而他们的楼上，由于角度问题，杰弗并不能看到他们的日常生活情况。再往下的几个房间，同样，也是由于视线往下变得更加狭窄，他只好放弃观察。不过，旁边与杰弗住的这栋楼垂直的方向有另外一栋楼，杰弗可以在那里继续他的观察。

相比较对面那栋公寓楼，拐角的这栋六层老式公寓楼的设计算是比较独特了。每个房间在出租的时候都带有家具，楼后面还带有一个独立的楼梯，以防意外的发生。这栋公寓楼里住的都是经济状况更加不好的人，他们也支付不起太高的房租,也幸好,这栋公寓的租金并不是太贵。

这栋公寓楼正在进行装修。为了减少装修对房租收入的影响,他们便分层进行装修:目前,最顶上那一层已经完成了装修,正准备出租出去;第五层正在装修,永不停歇的装修噪声吵得整栋楼里的人都烦心不已。

说实话,杰弗很同情住在四楼的那对夫妇,反正他是忍受不了那种从早到晚的装修噪声的。不过这家看起来经济状况确实不太好,丈夫似乎是依靠推销一些低档珠宝来维持生计,而妻子好像身体不太好,每天待在家里。虽然距离隔得很远,但杰弗仍能感觉到那位妻子的动作总是软绵绵的。她的身体似乎也很困扰她,经常可以看到她一个人坐在窗前,抱着头痛苦难过的样子。杰弗好像从没见过医生出入他们家,很可能是由于他们支付不起昂贵的医疗费吧。不过看起来,他们的感情似乎不错,每次妻子都会特地到门口等候丈夫回家。

昨天晚上,妻子的情况好像不太好。他们卧室的灯亮了一整个通宵,虽然看不到妻子的面庞,但杰弗清楚地看到丈夫在床边陪了一夜。杰弗昨天晚上莫名其妙地有些失眠,凌晨3点钟醒了以后打算再睡一会儿的时候,他看到那间卧室的灯还亮着。当杰弗再次从床上坐起的时候,他看到窗帘已经被拉上了,灯还隐隐约约地亮着。

这样炎热的天气,他们为什么要拉上窗帘呢?杰弗心里想,或许是因为妻子生病,不宜吹风吧。也确实辛苦她丈夫了,要陪着她忍受这样的闷热。

清晨,天渐渐亮了起来,房间的灯也熄灭了。过了一会儿,丈夫拉开了位于客厅的那扇窗户的窗帘。他也没有继续待在卧室,而是到旁边的客厅,四下里瞄了一下,点燃了一根香烟。

杰弗觉得这个丈夫确实不错,抽烟还会避着生病的妻子,他应该真的很担心妻子的病情吧。不过,对于一个生活拮据的家庭来说,看医生应该是一件过于奢侈的事吧？

这时，楼上的装修又开始了，叮叮咣咣，甚至连杰弗都觉得过于吵闹了。

如果是我，我最起码会给她找一个更加平静的环境来休养。杰弗最开始会这样想。可转念一想，如果自己处在他那样的位置上，又有什么可以做的呢？经济能力有限，他已经尽自己最大的可能为妻子创造一个好的环境了。每日仔细地照顾妻子，甚至为她改变自己的生活习惯，并不是每个人都能做到的。至少，杰弗觉得自己不一定能坚持这么久。

男人终于抽完了手中的香烟。他身子好像略微往外探了探，虽然不明显，但杰弗感觉到了。然后，他的视线慢慢地扫过对面的那些房间，似乎在观察什么。他的视线从杰弗家的窗户口扫过。

杰弗将轮椅向后挪了挪，把自己的身影藏到房间的阴影里。他并不想让这个男人发现自己也在观察他们家。

男人的视线从所有这些房间扫过一圈，然后再仔细观察了一遍。这一遍，他的视线在每个房间停留的时间长了些，好像确认了什么以后，才会继续观察下一个房间。

杰弗等到他的视线离开以后，才再次回到窗户前。刚刚那个窗户的窗帘又被拉上了，而卧室的窗帘依旧紧紧地关着。

杰弗觉得有些奇怪，刚刚那位丈夫，为什么会那样仔细地观察对面的这些窗户呢？他的妻子生着重病，他应该是很担心妻子才对啊。但从他的行为中，好像他更关注窗外的内容，而不是家里的妻子。这似乎有些解释不通啊。

## 二

杰弗这一早上总觉得有点不安。那个男人应该是出门或是上床睡觉了，因为他没有再见过任何动静。妻子应该病得很重，因为她没有像往常一样出现在窗户旁。几个房间的窗帘都紧闭着，一点动静也没有。

杰弗的男佣山姆早晨9点的时候准时到了。因为这段时间他不方便活动，所以雇了山姆来负责照顾他的饮食起居。山姆每天早晨过来，为他带来一天的伙食，然后帮他做一些简单的家务，到晚上才回去。他给杰弗带来了今天的早餐——鸡蛋和三明治。看到坐在窗边的杰弗，他又开始絮絮叨叨："你不会又坐在窗户边一个晚上吧？这会拖垮你的身体的！你已经不再年轻了，需要好好休养。别再管别人的事情了！"

杰弗并不喜欢他的啰嗦。

"鬼知道我为什么昨天晚上睡不着，我只是又失眠了而已。"

"你失眠是因为脑袋里面想的事情太多。如果你能多关心关心自己的身体，你应该能多睡几个小时。"山姆一边和杰弗聊天，一边准备着午饭。

虽然杰弗不想承认，但不得不说，山姆说的好像也有点对。他转动着轮椅离开窗边，开始看起了报纸，这样能让他不再胡乱猜测别人家的事情。不过，这对于一个无所事事的人来说，实在是太难过了。

杰瑞心想：我只是透过别人家拉开的窗帘看看他们的生活，根本不像那些带着目的偷窥他人的人一样。我只是太无聊了而已。

于是，他又将轮椅转回窗边，继续观察邻居们。由于天太早了，大多数人都出去工作了。不过，女主人患了重病的那家的卧室，窗帘依旧紧紧闭着。

一天的时间过得很快。太阳很快落下，夜晚再次来临，街道再次变得喧闹，对面的灯一盏一盏亮了起来。他能够听到隔壁邻居家吃饭时酒杯碰撞的声音，也能听到楼下小孩子玩耍的吵闹。

在杰弗看来，每个人的生活都有着自己的定律，就好像是被一条无形的锁链捆绑好的一样。他们的生活是固定的，而杰弗通过最近的观察，已经给他们每个人画了张日程表。现在，他们应该就要按照每日固定的这张日程表来行动了。

对面先回来的是那个芭蕾舞演员。她拿出了高脚杯，给每一杯倒上了红酒，看来今天晚上又要聚会了；然后是那对小夫妻，他们好像打算出门吃晚餐，杰弗打赌，五分钟以后那个丈夫一定会跑回来关灯，顺便被东西绊到；然后是那个寡妇，她会等孩子睡熟以后，坐到床边神色寡淡地描眉；钢琴家的音乐声应该很快就响起了，像每个晚上一样。

杰弗最关心的，还是女主人生病的那一家。

终于，他们家的灯亮了，应该是男主人回来了。不过，窗帘依旧没有拉开，他看不太清楚里面的情况。但开着的灯至少可以说明，那位丈夫回家了或是起床了。这让杰弗有些开心。

客厅的窗帘被拉开。杰弗看到男主人穿着外套，头上戴着帽子，显然是刚从外面工作完回来。他一进屋，并没有急着脱掉外套。他一只手插在发丝中，不像是在擦汗，倒像是在烦恼些什么。杰弗感觉有点奇怪，可又说不出来到底是哪里让他感到怪异。

对了，是他的妻子。一般来说，他妻子都会在丈夫回来的时候到客厅迎接他。可是，今天并没有，甚至杰弗一天都没有见过他妻子的身影了。无形中，那条固定着每个人生活轨迹的绳索，好像断了。

或许是因为，女主人已经病重到起不了身了？可是，男人并没有急着到她的房间去看她是否安好，是否需要照顾。而且，如果真的起不了身了，他怎么着也应该找个医生帮她看看吧？毕竟那是他的妻子啊。或者，至少，他应该到妻子的房间，去安慰她一下吧？可是，男人只是站在那里，哪里都没有去。

杰弗的心中，也渐渐有些疑惑。

男人突然开始动了。但这次，他没有直接走进卧室去看望他重病的妻子。相反，他走到了窗户边。他似乎很专注地在思考什么，低着头，看不清他的表情。然后，他像今天清晨一样，开始观察邻居们的窗户。虽然他的动作幅度并不大，甚至有些小心翼翼，但一直观察着他的杰弗仍旧发现了这一点。他的头在细细摆动着，目光在每扇窗户上都停留了一下。

杰弗赶快让山姆关灯。他可不想让对面的人知道自己也在观察他。他坐在轮椅里，紧张地一动不动，静静地躲在黑暗之中。直到感觉到对方的目光已经掠过自己的窗户，并未引起一丝怀疑，他才继续思考起自己的疑惑。

为什么他也会对别人家那么感兴趣呢？或许，他和自己一样，都对别人的生活很感兴趣？但转念一想，不对，他可不像我一样悠闲。家里有着重病的妻子，还有生活的琐事纠缠，有这闲工夫观察别人，还不如去照顾妻子或是去卖点珠宝来得实在。

那么，他应该就是在观察别人？和自己打发无聊时间不同，他应该是想知道是否有邻居对自己家感兴趣，是否有人在关注着自己家。这样说的话，他应该是有一些不同寻常的原因，不希望获得别人的关注。但这原因会是什么呢？杰弗想不出来。

几分钟后，客厅的窗帘被放了下来。透过窗户，能看到从房间透出的光亮。但杰弗仍在想着卧室那间没有亮灯的房间里到底是什么情况，为什么女主人对丈夫回家一点表示都没有，而丈夫为什么也根本不关心自己体弱的妻子？

杰弗安静地坐在窗边的轮椅上，在黑暗的环境中思索着这些困扰自己的问题。直到山姆的声音响起，打破了房间里的平静。

"杰弗，你还需不需要什么帮助？我到时间回家了。"山姆好像情绪不太好，声音有些闷闷的。

"我不需要什么了，你回去吧。"杰弗的情绪也不太好，他不喜欢被别人打断思绪。

"可是……你有没有听到什么声音？"山姆犹豫了一下，询问道。

"你指的是什么声音？我听到了外面的车水马龙，让我觉得自己不得不被困在房间里是个很烦人的事情。"杰弗的语气并不好，显然不太高兴。

"我好像听到了蟋蟀的叫声。我母亲曾经告诉我，如果听到蟋蟀的叫声，就说明周围有人要去世了。这些蟋蟀会预示人的死亡。"

"拜托，山姆，我只是腿断了而已，而且它在恢复，你看到了吗？我不会死的。"杰弗有些感动，"你是在关心我？"

"可是……我母亲从来没有骗过我，我见过蟋蟀出现在将死的人的周围。"

"哎，没关系的，山姆。蟋蟀肯定不是因为我出现在这里的，你看我，除了腿断了，身体很健康，是不是？别多想了。"杰弗安慰道。

"可是，我觉得蟋蟀就在这附近。或许是其他人要去世吧？算了，我不胡思乱想了，你也早点休息吧，可别再像昨天那样熬夜了。"

山姆收拾了东西，离开了杰弗家，家里只剩下杰弗一个人留在黑暗里。

山姆心眼不坏，他也是在关心自己。杰弗无奈地晃了晃脑袋。

## 三

　　今天的夜晚好像比昨天更加炎热了，杰弗即使坐在窗户边，能感受到微风吹进房间，也觉得自己身上黏糊糊的，很不舒服。真不知道那位妻子是如何忍受这样的酷暑的，他们这两天一直拉着窗帘，想必比自己家还要闷热。也真是难为他们了。

　　客厅的窗户再次被拉开。杰弗看到，男人已经换下了自己的外套，穿上了短裤背心，看来也是忍受不了这样炎热的天气。

　　男人好像在上上下下做着什么运动，身体一会儿缩到窗户下面看不见的地方，一会儿又探出头来，直起身子，擦擦汗。他应该不是在做运动，有谁会在这样炎热的天气进行这种耗费体力的运动呢？

　　杰弗想要看得更清楚些，于是让轮椅向窗户的方向靠了靠，好像这样就能看到更多的细节。他隐隐约约看到男人和窗子间似乎隔了什么东西，距离太远了，看不太清楚。

　　男人似乎弯下腰去做什么，因为从杰弗的这个角度已经看不到他的身影了。几分钟后，他又站起身来，手里抱着些五颜六色的东西。然后他将这些东西随意搭到了什么上面，再把这一坨东西分开，一个一个收拾到面前打开的行李箱中。他应该是在收拾箱子，把女士衣服收拾到行李箱中。不一会儿，他又把箱子合上了。箱子好像特别鼓，他还不得不使劲压了几下才把拉链合上，应该是已经收拾完了。

　　杰弗觉得，他应该是在收拾妻子的衣服。或许是因为过于喧闹的环境，让他们不得不换一个地方住。可是为什么只收拾妻子的衣服呢？又或者，男人只是想要把妻子送到什么地方去好好休养？可是，为什么妻子一直没有出现呢？是因为她病重吗？可如果是因为病情严重的话，男人怎么放心让她一个人去休养呢？她根本不适合一个人出行啊。

杰弗觉得自己怎么都解释不通。他想起了山姆之前的话："蟋蟀出现的时候，周围就会有人死亡……"

虽然这些话有些迷信，但好像又总是灵验。山姆觉得有一种不太好的感觉，或许，他发现了一些秘密。

男人收拾完东西，又去了厨房。这次，他从炉灶上方的橱柜里面拿出了一瓶东西，喝了几口。杰弗看着瓶子的形状，应该是一瓶酒。也是，收拾东西本就不是一件轻松的事情，更何况是一个男人独立收拾自己妻子的物品。要杰弗说，十个男人里，九个都会在收拾完东西以后找点酒喝喝。没有喝酒的那个人，应该只是因为他手边没有酒吧。

男人好像真的很热。在如此炎热的夏天他收拾了那么多东西，刚刚又喝了点酒。杰弗看到他的手好几次抚上额头，他应该是真的在擦汗。然后，他将酒瓶放回橱柜，走向窗户边。

他向黑暗中望去，眼光扫向邻居们的窗户。

这是他今天第三次这样做了。房间的窗户照亮了男人的表情，让杰弗觉得好像他真的做了什么见不得光的事情。不过，这或许就是人类的窥探欲望吧，就像他自己，不也在一直观察窗外的一切吗？

不一会儿，男人从窗户前消失了，离开了厨房，关上了厨房的灯。然后他走过客厅，关上了客厅的灯。接着，他好像进入了卧室，但是卧室的灯并没有亮，他也没有开窗通风，卧室一点动静都没有。

或许他只是不想打扰妻子吧，毕竟明天就要出远门，开灯会影响她休息的。

但过了一会儿，客厅突然亮起了点点亮光。他没有开灯，应该是划火柴发出的亮光。他可能是打算再抽根烟或者什么的。但他刚刚一直没有进过卧室，这太不同寻常了。杰弗知道，因为妻子的身体不好，他们卧室里面有两张十分舒适的床。可为什么男人根本不愿意去卧室呢？在沙发上睡一晚上多不舒服啊！难道是他害怕自己的脚步会打扰妻子？可是他根本没有进过卧室啊，又怎么知道她是否休息了呢？

大约十分钟以后，客厅里又一次亮起了细微的光亮。按照时间间隔来算，应该是销售员在抽烟。

这个晚上，好像有两个人要失眠了：一个是被自己窥探他人生活的欲望所操控着的在家休息的摄影记者，另一个则是住在旁边那栋公寓四楼的那位睡在沙发上的男人。他一直待在客厅的沙发上一根接着一根地抽着烟。

黑暗中，杰弗一动不动地坐在轮椅上，仔细倾听周围的各种动静，他希望能听到对面发出的一些声响。只可惜，除了夏日蟋蟀喧嚣的叫声，他并没有听到其他的响动。

清晨再次醒来的时候，杰弗混混沌沌的，但明确地感觉到自己的轮椅像火烧了一样烫，他竟然在这样炎热的环境下坐在轮椅上睡了一夜，连这种不舒服的睡姿都没有让他醒来。

不一会儿，山姆来为杰弗做早饭，看到坐在窗边的他，皱了皱眉道："你这样会把身体搞坏的，去睡会儿觉吧。"

杰弗也这样认为。不过，他又抬眼看了一眼销售员家的窗户。他本以为那个男人应该早已出去工作了。但事实上，没有。太阳升起的时候，杰弗清楚地看到男人的脑袋从客厅的沙发背后冒了出来，看来他在沙发上睡了一夜。

杰弗觉得他应该会去卧室看一眼妻子了吧，毕竟她昨天一天都没有出现，今天又要出门。况且，他从昨天回来以后，一直没有踏进妻子的房间。他应该会送她出去吧。

但现实是，那人起床后，转身进了厨房，随便吃了点什么东西作为早饭。但他的妻子依旧没有出现。

不一会儿，男人突然抬起头望向大门的方向。他放下了手中的早饭，去开门。应该是有人来了。

两个穿着搬运公司特有制服的工人出现在了杰弗的视线内。男人对那两名搬运工人说了些什么，指了指昨天他收拾好的行李箱，然后就站到旁边去了。两名搬运工人于是就去搬行李箱了。行李箱好像有一些沉，因为，杰弗看到，两名搬运工人搬得也好像有些费劲。

男人看起来有些紧张，来来回回地走着，好像不太放心他们，有些怀疑他们的能力。无论如何，他们最后还是把行李箱搬走了。杰弗看到，在他们走之后，他长长地舒了一口气，好像终于放下了一件心事。他抬手擦了一下汗，就像刚刚是他帮忙搬的行李箱一样。然后，他又回到厨房，拿起昨天喝的那瓶酒，咕咚咕咚喝了好几口。

杰弗有些不理解。这个男人昨天晚上辛辛苦苦收拾好了妻子的行李箱，然后今天早晨就把行李让人搬走了，可是他的妻子并没有出现。他今天并没有干什么体力活，却满头大汗，就算天气再热，好像也没有到这个程度。或许他还要在事后喝点酒来缓解一下自己的心情，或是刺激一下吧。

杰弗看到，男人喝完酒以后，稍微歇了一会儿，然后穿过客厅，走到了卧室。他终于去看他那重病的妻子了。

卧室的窗帘这两天一直拉得紧紧的，现在终于被打开了。男人走到床边，但是他似乎没有与他妻子说话，甚至没有看向他妻子。他妻子应该是躺在床上，如果她坐起来或者站着的话，从杰弗的角度应该能看到她，就像他经常看到他的妻子白天会在窗台旁边发呆一样。

男人站在房间里，眼睛四处张望着，从一边到另一边，从上到下，将房间的所有角落都看了个遍。

杰弗灵光一现，意识到这应该是个空房间，房间里面只有这个男人一个人。

男人接下来的行动似乎也印证了这一想法。他提起了面前那张床的床垫，把床垫慢慢移到旁边。床上的枕头、被子都忽然滚落到地面。然后，他将床垫扔到了一旁，又从另一张床下抽出了一张新的床垫放了回去。

杰弗心中的不安渐渐扩大。他终于意识到是什么事情不对劲了——那个妻子没有在家！

杰弗猜想，自己这几天一直在关注着这个家，或许是冥冥中有一股力量让他一直在关注着这件事情。男人换下了原来妻子在的时候使用的床垫、被褥，更让杰弗断定这是一起谋杀案——妻子已经去世了！而这几天，因为男人不希望和妻子的尸体同处一室，所以他一直没有回到过卧室。现在，那具尸体应该已经被运出去了，或许是藏在了箱子里，又或许是被他分解成几块，运了出去！

杰弗得出这些结论，好像更多地利用了自己作为记者的敏锐和直觉，而非理智和逻辑。

那么现在，就是需要利用智慧的时候了！

他决定继续调查这件事情，直到它水落石出。

可是，他现在仍被折断的双腿困在床上，无法直接与嫌疑犯们面对面。他不得不找一个帮手。潜意识里，有一个小小的声音在问他：如果是直觉错了呢？

那就错了吧，他心想。总之，我想要这件事水落石出。

## 四

山姆端着刚做好的三明治和牛奶站在杰弗面前，埋怨道："你看看你现在什么样子，什么都不吃，还熬夜，脸色白得像鬼一样！"

杰弗知道山姆说的是实话。在发现卧室空无一人、想到那个体弱的女人可能已经去世的时候，他也会觉得后背一阵发凉。他需要帮手来帮助自己。而山姆，虽然年纪比自己还大了五六岁，但应该是自己目前最合适的人选了。

"山姆，你能不能帮我看一下对面那栋楼的门牌号？不，不是现在探出头看，等你出门的时候可不可以帮我了解一下？"

"这条街名字好像是瑟姆芬大街还是贝尼迪克特大街。"山姆一副很了解的样子。

"我想知道的是确切的门牌号。可不可以帮忙到楼下去看一下？"

"当然可以。可是你怎么关心起这些来了？"山姆正换着衣服准备出门。

"这跟你没关系。"杰弗知道自己的语气好像不太友好，但对待山姆这种有点八卦的人来说，这无疑是最省事的方法，"对了，你再帮我看一下四楼住的人是谁，门牌或是邮箱上可能会有他们的名字。"

"知道啦。"山姆嘀嘀咕咕地说，"真希望你赶快把腿上的石膏拆了，再把你关上一阵子，谁知道你还会有什么更稀奇古怪的想法？"

山姆出门的时候带上了门。杰弗又仔细地回想了一下这两天的事情，但觉得脑袋里好像是一团乱麻，根本理不清楚。

如果有酒的话就最好了。杰弗心想，可是手边只有山姆刚刚拿过来的三明治和牛奶。

杰弗一口气将牛奶喝光，然后又开始吃起了三明治。他好像有些饿了。

三明治还没有吃完，山姆就回来了。他高兴地冲着杰弗喊道："嗨，我看到了。那栋公寓的门牌号是贝尼迪克特大街525号，住在四楼的是拉尔斯·索沃尔德夫妇。"

"嘘，不要出声！"杰弗将手放在自己的嘴前，让他不要说话，然后又让他走开，因为他刚刚站的位置刚好挡住了他的观察视线。

山姆不太高兴。杰弗让他去打听邻居的情况，回来以后还让他走开，这是什么事啊！索性，杰弗一直是个有些奇怪的人，山姆也不太计较。他收起旁边桌上放着的空的杯子和盘子，在离开房间时顺便带上了门。

杰弗的心思完全没有在房间里。他的思绪还在对面四楼的那对夫妇身上，希望能够从自己的记忆中拼凑出一些线索。索沃尔德昨天回来以后一直没有进过卧室，甚至晚上都不愿意回到卧室住，而是在客厅的沙发上凑合了一个晚上。这应该说明，至少到昨天晚上，他妻子或是妻子的尸体应该还是在卧室的。但今天早晨的时候，他进入卧室，拉开窗帘，房间里面明显已经没有任何人了。杰弗今天早晨起得比索沃尔德早，说明他肯定不是在今天早晨将尸体运出去的。妻子应该已经死了，所以她也不可能自己走出去。

或许是昨天他收拾的行李箱！有没有可能，在昨天他收拾好的衣服的下面，还藏着他妻子的尸体呢？当然可能。如果只是衣服的话，为什么今天早晨那两个搬运工人搬那个大箱子的时候要那么费劲？就算是一满箱子的衣服，又能有多重？

杰弗慢慢将轮椅移动到电话旁边，抬头，确认山姆没有在周围。这一切暂时只是杰弗心中的猜想而已，他还没有想广而告之。他拿起了电话，却又有些犹豫，不知道应该打给谁。如果作为报警电话，警察们肯定不会相信自己的，甚至会认为自己精神有问题，而这一切都只是自己的幻想。

对了，还有博伊恩。杰弗和博伊恩算是认识多年，也算是对对方有一些了解。博伊恩主要负责谋杀案。那么，打给他应该是再合适不过的了。那些陌生的警探可能会忽略自己的电话，但博伊恩不会。杰弗开始拨号，不过他有些莫名的紧张感，第三次才拨到正确的电话，接通了博伊恩家。

"嗨，博伊恩，我是哈尔·杰弗！"

"老朋友，好久没听到你的消息啦。这些年你都在忙些什么？最近过得如何？"博伊恩很兴奋地打算和杰弗聊一会儿。

"老朋友，现在我有重要的事情告诉你，叙旧咱们可以下次再说。你先记下我说的地址：贝尼迪克特大街525号，四楼，拉尔斯·索沃尔德家。"

"嗯，我写下了。不过，是什么事？"电话那头，副探长有些莫名其妙，不过仍旧在耐心地听着。

"博伊恩，听着，我觉得那家的男主人可能谋杀了他的妻子。我建议你抽调一点人手调查一下他。昨天以前，他们家还是夫妻两个人共同住在这里，但今天就只剩索沃尔德一个人了，他妻子不见了。"

杰弗突然想到自己好像语气有些生硬了，毕竟大早晨起来就对一名警察发号施令，未免有点过于奇怪了。好在博伊恩并没有在意杰弗的态度。他把这当作一通报警电话，打算听取杰弗的建议："我会派人去看看的，今天晚些时候再联系你，你要给我们讲讲你的观察。"

杰弗暂时不太担心了，毕竟警察们经验丰富，总会找到些蛛丝马迹。他重新回到了窗户前，等待着故事的进一步发展。杰弗觉得自己像是在看一场演出，不过在距离舞台较远而且角度不那么好的位置。他能够看到故事的发展、男主角的动作，却不知道幕后到底都发生了些什么。

不过，接下来的几个小时，并没有发生什么事情，至少杰弗没有看到。

那个家里，只有索沃尔德一个人。他似乎有些焦虑，在厨房、客厅和卧室之间来回走动，偶尔停歇一下，然后再继续忙乱。他跑到厨房，找出一些吃的来吃，然后又开始刮胡子，甚至回到客厅，打算坐下来好好看一会儿报纸。但显然，他还是很急躁——两三分钟后，他将报纸搁置在旁，开始找其他的事情做。

如果有酒的话，或许他能够停一会儿。杰弗想。

警察或许已经来过了，只是自己没有亲眼看到而已，索沃尔德似乎也没有注意到有人来过。或许这就是警察们的高超之处，他们能够神不知鬼不觉地开展秘密行动。

索沃尔德似乎还没有意识到有人已经发现了他的秘密。如果他知道了，会怎么做呢？是立即收拾好东西逃跑，还是像现在这样，装作无辜继续待在家里？在杰弗心里，已经认定了对面那个坐立不安的男人有罪了，要不然他也不会打给博伊恩那个电话。索沃尔德对自己的杀人藏尸计划究竟有几分自信，会决定他后面采取怎样的行动。

直到下午3点，博伊恩终于打电话过来了。在过去的几个小时里，杰弗一直坐在轮椅上，紧盯着对面的那个房间。无聊的时候，他只能和山姆随便聊一些话题，但目光一直没有移动过。

"博伊恩，你们发现了什么吗？"杰弗一接起电话，就立刻问道。

"杰弗，你有没有更详细的信息？你上午说得太模糊了，我们调查了一下，没有发现什么异常。你说那里有谋杀，有什么证据吗？"

"我当然有自己的证据。"杰弗说，但他并没有详细说是自己趴在窗户上看好几天了解到的。

于是，他随口问道："你们难道什么发现都没有吗？"

"我派了警察过去调查，但邻居们都说他妻子到乡下去休假了。她身体不好，这里的噪音又太吵，所以她一大早趁着天气凉快就出发了。我同事也问了公寓管理委员会，他们也是这样的说法。"

"那些人是亲眼见到他妻子到乡下去的吗，还是有人告诉他们的？"

"好像没有人亲眼见过。"博伊恩顿了一下，"索沃尔德一大早就送他妻子去车站了，帮她买完票以后，送她上了火车。回来的路上，他刚好碰到这几个人，所以就告诉他们了。"

杰弗有些兴奋："也就是说，没有人亲眼见到索沃尔德的妻子到乡下去了，他们所有人知道的消息都是索沃尔德说的。这些消息怎么可靠呢？如果他要杀人的话，肯定会提前编好这些话的。"

"我会派人到火车站去问一下，看看今天早晨是不是这个人给他的妻子买了票送上了火车。公寓那边我也会派个人继续监视。我或许可以派人趁他不在家的时候进去搜查一下他的房间，看看有没有什么发现。"

杰弗觉得，这不一定会有什么帮助。索沃尔德应该已经计划这一切很久了。如果他想要瞒天过海，应该不会这样轻易让人发现破绽。

"杰弗，你应该告诉我更多的信息。我一直都是很信任你的，这一点你是知道的。"

"你是说，你觉得我在说谎？"杰弗有些生气。

"当然不是。但现在的情况是，我们没有发现一点和你的报案相符的线索。"

"那，要不就是他藏得太好了，要不就是你们的调查还不够仔细不够深入。博伊恩，我知道的也就这些了，这是我能够告诉你的全部了。"

"好吧，我会继续派人去看看，等去火车站的人回来以后，我再联系你。"博伊恩随即挂断了电话。

杰弗又转回到窗口前，继续监视着那边四楼的房间，希望自己能够发现更多的线索。

## 五

又是一个小时。博伊恩没有再打电话过来，对面的男人好像也没有什么特殊的动作。杰弗坐在窗边，继续盯着索沃尔德。

太阳快要落山的时候，索沃尔德好像打算出门了。他穿上了外套，戴好帽子，拿上钥匙，从口袋里拿出了一些东西数着，应该是他的零钱。杰弗此时有些兴奋。他知道，只要索沃尔德一出门，门外潜伏的警察们就会找到机会冲进他的家里进行搜寻。索沃尔德出门之前又仔仔细细地环顾了一下房间，在杰弗的眼里，这就是他做贼心虚的表现。

他出门了。房间里此刻空无一人，静悄悄的。但一两分钟后，两名警察进入了房间。他们是用钥匙开的门，不过就是不知道这个钥匙是从公寓管理那里拿到的，还是他们自己随身携带的万能钥匙了。其中一名警察仔仔细细地在厨房翻找，另一位到卧室去搜索。他们将两个房间翻了个底朝天，壁橱、灶台、桌上、床上就不用说了，卧室的床下、地毯下，甚至是厨房的垃圾桶，他们都一一翻查了一遍。然后两个人进入起居室，打算继续翻找。不一会儿，他们对视了一眼，似乎没有找到什么有价值的线索。

这时，好像是门铃响了，因为两个人迅速对视了一眼，然后从窗户翻出，再从后面的逃生楼梯爬了下来跑走了。

杰弗觉得，他对这个结果并没有特别意外，虽然失望仍是有的。如果索沃尔德早已开始计划这次的谋杀，他一定不会让尸体在家里放两天的。

索沃尔德开门进入了客厅。他手里抱着一个棕褐色的袋子，应该是去买东西了。庆幸的是，他没有发现有人进过他的房间。毕竟，警察们做这些事情应该是轻车熟路了，普通人是很难发现的。

索沃尔德把袋子放在客厅里，然后从里面拿了一瓶酒。他坐回到沙发上，大口喝着酒。接下来的两个小时，他都一直如此。他应该不知道警察已经开始注意他了。但他很聪明，知道如果妻子一走，他就立即离开的话，会特别容易引起怀疑。所以，他应该是不打算很快消失。更何况，罪证都不在房间里了，他不用太担心警察会来搜查，因为他们即使来了也找不到任何证据。

杰弗看到，索沃尔德好像打算睡觉了。他把酒瓶放到厨房的壁橱里，然后又回到了客厅。他开始脱衣服了，他把腰带解开，然后把衬衣的下摆从裤子里拿出，之后，再解开衬衣的扣子。

杰弗正在认真观察对面的动静时，家里的电话铃响了。应该是博伊恩。

"杰弗，我们刚刚去搜查了他的房间，就趁他出门买东西的时候。但我们没有发现任何证据。"

杰弗差点就说自己看到他们的搜查了，但幸好他及时收住了嘴。

"一点证据也没有吗？"

"我们的人认真搜了他的客厅、厨房和卧室，但是什么发现都没有发现。不过我们在邮箱里发现了一张明信片。"博伊恩停了一下，"是他妻子昨天下午从农场寄来的，上面写着：我已经到了，感觉好一些了，一切安好。注意身体。爱你的，安娜。"

"你们确定是昨天下午寄出来的吗？有没有邮戳？"杰弗还有些不死心。

但博伊恩似乎已经没有了耐心。

"邮戳不是特别清楚，墨水把年份和日期都污染了，但肯定是 8 月份寄的，下午 7 点 30 分寄出的。"

杰弗已经对这些警察的智商失望了。

"拜托，年份都已经看不清了，怎么知道就一定是今年的呢？也有可能是去年甚至是更早的明信片，故意做给你们看的吧。"

但与此同时，杰弗心中也闪过了一丝疑惑：难道他真的想错了？毕竟他没有直接证据，一切都只是猜测罢了。况且，索沃尔德并不知道警察会关注他，他不需要这样演戏。但他又看向窗外索沃尔德家的窗户。卧室的灯一直没有亮起。索沃尔德换好衣服以后，就直接睡在客厅里了。他宁可在不舒服的客厅休息，也不愿意到舒适的卧室去睡。这不寻常的一点让杰弗坚定了自己的决心。他几乎是冲着电话那头吼道："博伊恩，你们有没有查那只箱子，就是他今天早晨运出去的那一箱？有没有可能，他的妻子就在那个箱子里？"

"哦，杰弗，我已经不想再被你的幻想支配着走了。我觉得，我今天的行为简直荒谬至极。"博伊恩似乎很生气，他挂断了电话。

但杰弗并没有被博伊恩的怒气感染。他知道，无论博伊恩怎么抱怨，他总是会听取一下自己的建议。但杰弗已经决定了，今天他会守在窗户前，一直监视着索沃尔德家。

但一整个晚上，他只观察到两次微弱的亮光，应该是索沃尔德在抽烟。除此之外，他一无所获。或许，今晚只是他一个人的不眠之夜了。

快天亮的时候，杰弗决定还是要回到床上休息一会儿，他已经撑不住了。既然到现在为止还没有找到任何线索，证明索沃尔德应该是个比较谨慎的人。既然如此，他应该不会在白天做些什么。他留了一张便条给山姆，告诉他不要打扰自己。

五分钟后，杰弗就睡熟了。

快到中午的时候，杰弗被叫醒了。他觉得自己才睡了不到五分钟。他看到山姆站在自己面前，有些气愤："山姆，不是说了不要叫我吗？难道你没看到我留给你的纸条？"

"对不起，先生，不过是博伊恩先生让我叫醒您的。"

杰弗抬起头，发现博伊恩正站在卧室门口。

"山姆，麻烦帮我煎两个鸡蛋吧，我感到好饿。"他想办法支开了山姆。

等山姆出去了，博伊恩看着他说："杰弗，我觉得我不应该听从你的建议。现在，部门里的人都觉得我是个傻子，听了你的电话就派人去查，还私闯民宅，但是我们什么都没发现。万幸，我没有直接听你的建议抓人，要不我可就闯大祸了。"

杰弗的心沉了沉，说："所以说，你们不打算采取其他行动了？"

"你希望我们采取什么行动？把人抓起来？"博伊恩反问道，"还是说，派一个人，坐一天半的火车到一个偏远的小镇子去找个箱子？我是要对我的部门和我的上级负责的，朋友。"

"你如果找到那个箱子，就不会这样说了。"杰弗坚定地表示。

"我们已经找到那个箱子了。"博伊恩有些讽刺地看了过来。

"你们打开了箱子吗？"

"当然。我们肯定不会看到箱子就罢休的。事实上，我们让索沃尔德的太太到现场帮忙打开的箱子。她用钥匙打开了箱子，里面只有一堆衣服，什么特殊的东西都没有。"博伊恩看向杰弗，表情有些同情。

"杰弗，到此为止吧。我们就当是像年轻时候一样突发奇想，冲动了一把。我们都或多或少有点损失，比如我要损失自己的一点工资和在部门的尊严，你则可能损失一点自己的自尊心。不过，朋友，幸好这些损失我们都还可以承受。咱们没有造成不可挽回的错误，还好还好。好了，朋友，我要回去工作了。以后要是有什么事的话，还是欢迎你给我打电话的。"

博伊恩说完这段话，就出去了。杰弗感觉自己就像突然间浑身没有了力气。没有人相信自己，所有人都认为自己是骗人的，他哈尔·杰弗就像是个笑话一样。他就凭自己的臆想指证别人是杀人犯，却一直拿不出什么证据。

又过了一会儿，杰弗长长地舒了口气。既然没有人相信自己，那就只能依靠自己了。索沃尔德能够欺骗这些警察，但不能欺骗自己。

杰弗想起了自己的望远镜。

"山姆，去帮我把那个小型望远镜拿出来，在书桌的左手边第三个抽屉里。"

山姆找到了杰弗说的望远镜，稍微擦了一下望远镜上的灰尘，然后递给了杰弗。

"对了，还有纸、笔和信封。谢谢。"

杰弗迅速地写下了几个字：你的妻子现在在什么地方？

然后，他将这封信放到了一个信封里，把信封封好，然后叫来了山姆。

"山姆，帮我把这封信送到那栋楼四楼的525号。"他指了指索沃尔德家所在的位置，"不要塞进邮箱。从门缝下面塞进去，动作要小心，不要让他抓到你。你下楼以后，按一下大门口的那个门铃，让那位索沃尔德先生注意到这封信。千万小心。"

山姆有些困惑："先生，您这是在干吗？"

"别问那么多。你只要知道我是在做好事就行了。按我说的做！"

山姆出门了。杰弗将轮椅移到窗前，用望远镜仔细观察着对面的动静。这一次，他能够清晰地看到索沃尔德先生了：他的脸有些肥胖，头发乌黑，或许说明他的祖先来自斯堪的纳维亚半岛。他个子并不高，但身材还算不错，肌肉发达。

大概五分钟以后，他突然将头转向门口，显然是听到了门铃。

干得漂亮！杰弗暗想。索沃尔德已经朝门口走去了，他打开大门，但显然门口空无一人。他伸头出去望了望，楼道里面自然也是空空荡荡的。当他准备关门的时候，恰好看见地上塞进来的信封。他弯下腰捡起了信封，握在手中。信封上没有写任何字，有些奇怪。

杰弗的嘴角终于微微上扬，那是一种胜券在握的笑意。在杰弗的心里，这就像是引爆炸弹的引线。

现在，就看索沃尔德这颗定时炸弹会有怎样的反应了。

## 六

索沃尔德拿着信走回客厅。他应该是觉得靠窗户的位置会更隐秘些，于是在靠窗的位置打开了信封。不过，他没有想到的是，窗外还有一双在紧密观察他的眼睛，紧紧地盯着他的一举一动。

他打开了信封，抽出了字条，念了起来。杰弗仔细观察着他的表情，不想要错过一丝一毫的迹象。索沃尔德胖胖的脸似乎抽动了一下，露出了一丝难过、痛苦的神情。他靠着旁边的墙，让自己不要倒下去。他歇了一下，深吸了一口气，然后缓步走向房门。他将房门开了一条小缝，畏畏缩缩地望向门外。他什么人都没有看到。于是，他回到客厅，瘫坐到沙发上，一双眼睛惊恐地看着门口，好像很快就会有人突然出现一般。

索沃尔德这样小心翼翼的举止更让杰弗确定了自己的判断。但这一次，他不会再犯傻给警察打电话了。他不想再听到博伊恩接到电话时候那种不耐烦的语气。他一定会说："任何人接到这种匿名信件都会很害怕的，我相信你也是如此。打个比方，你如果什么事都没有做，突然收到一封指控你杀了人的信件，你会是什么样子？罢手吧，我的朋友。你再继续这样，就真的快要到违反法律的边缘了。哦，对了，你为什么会知道他的表情？

你不会是在偷窥吧……这就解释得通了。赶快停止！你这已经算是用不正当的手段和工具窥探隐私了。"

　　警察们现在一点都不相信杰弗的话，因为他们已经见过活着的索沃尔德夫人。要想说服他们索沃尔德夫人已经去世了，就必须要找一个去世的人出来。至少，他们见到尸体的时候，一定会开始调查的。在此之前，估计没有人会再相信杰弗的话了。

　　杰弗比较担心的是，索沃尔德在接到信件之后会逃走。他自己现在行动不方便，警察又不肯帮忙，如果索沃尔德偷偷跑掉的话，杰弗就什么法子也没有了。幸好，索沃尔德并没有这样的打算。他重新在房间里踱起步来，看起来就像一只被困在房间里的鸟儿一样，找不到方向。他应该是觉得，逃跑反而会比留下来更危险，所以暂时还没有逃跑的打算。

　　周围的景象似乎在渐渐从杰弗的眼前变得模糊。他努力集中思路，想要找到一个能够让索沃尔德自己把尸体的位置暴露出来的方法，然后将这个秘密报告给警察，他的任务也就算完成了。

　　六楼，好像有从未见过的人出现。杰弗依稀想起，六楼早已装修好了，房东应该是带新的房客到这里来看房子了。五楼还在装修，所以还没有人长住。

　　现在，从杰弗的房间可以看到，索沃尔德站在客厅窗户后面。与他隔着一层的楼上，房东正在带着一对夫妻看房，三个人也是站在客厅。这其实还好，并不算是一种很特殊的巧合。

　　但之后发生的事情，在杰弗的回忆里，总觉得那是上帝的旨意。

　　这四个人仿佛约定好一般，同时从客厅出来，从窗户前走过，然后进入厨房。他们的时间卡得恰到好处，同时到达厨房的几乎是同一位置，好像分秒不差。这样的巧合可是不容易遇到。在这之后不久，在六楼的房东带着来看房的夫妻离开了房间，而索沃尔德仍在房间里来回踱步，思考着。

杰弗觉得好像冥冥之中有一种暗示，可他却总是抓不到那个点。他坐在轮椅上冥思苦想了几分钟，又回忆起几个人从一个房间走到另一个房间时发生的变化，却还是没有抓住那股思绪。

要是刚刚那样的情景再发生一次，我应该就能理解到了。杰弗还是有些失落。

他仔细思索了一番，决定冒一下险。他想"打草惊蛇"。在受到惊吓的时候，蛇会不由自主地去确保自己最珍贵的东西仍然完好，也就是说，那一瞬间，索沃尔德很有可能会受到惊吓，做出一些不太理智的举动，或许还会暴露自己隐藏最深的秘密。虽然对于索沃尔德这样警觉的人不一定有多大的作用，但杰弗决定，还是值得一试。

杰弗将轮椅移动到电话机旁边，从旁边掏出一个黄色封皮的特别厚的本子，这里面应该有纽约所有的电话，包括所有的公共服务设施和所有住户的家庭电话。

杰弗在书里翻找了一番，终于找到了自己想要的内容。

"贝尼迪克特大街525号，名叫拉尔斯·索沃尔德。对，就是他。山姆，麻烦你帮我关一下灯，再帮我倒一杯热牛奶。"

山姆很快就把灯关上了。在黑暗之中，杰弗摸索着拨出了号码。他离窗户口并不远，恰好处在能够窥视别人却又不被人发现的位置。他一手拿着话筒，认真听着那边传来的声音，另一手举起望远镜，仔细观察索沃尔德的反应。

"喂，哪位？"听筒的另一端被接起，索沃尔德的声音从听筒中传了过来。

杰弗听到了这个男人的声音，浓厚、粗哑，好像还挺符合他的形象的。

今天下午，自己才见过他的相貌，而晚上就听到了他的声音，也确实是件神奇的事情。毕竟，他已经专注地观察这个"杀人犯"三天了。杰弗从没见过这个人，所以也没有计划隐藏自己的声音。

"看来，你收到我的字条了，索沃尔德先生。"

"你是谁？"他警觉了起来，就算看不清他的眼睛，杰弗也能想象到他瞳孔紧急收缩的样子。

"我是一个知道你秘密的人。"杰弗看到他脸上的肌肉好像抽动了一下。

"什么秘密？"索沃尔德并不打算轻易妥协，他在绕圈子。

"你心知肚明。放心，到现在为止，知道这件事情的只有你和我。"索沃尔德的语调很平静，并不显得慌张。但杰弗从望远镜里看到，索沃尔德伸手将衬衫领口上的扣子解开了。然后，他的手又挡住了眼睛。这些不同寻常的动作，都显示索沃尔德只是在假装镇定而已，他的心里其实已经有些慌张了。杰弗更加坚定了自己的怀疑。

听筒中又传过来了粗厚的声音："我不知道你到底在说些什么。"

杰弗知道，自己已经引起了他的怀疑。他必须采取一些行动，至少不能让他知道自己是从窗户看到的。

"不用紧张，先生。只是一个交易而已。你太不小心了，做这种事的时候怎么能不关门呢？不过，也没准是有谁故意打开了你的房间门吧？我只是路过的时候不小心看到了罢了。我对您的这些小秘密并没有那么感兴趣，不过如果您不想更多的人知道的话，最好给我点好处。"

听筒对面传来了粗重的喘息声，杰弗可以猜想到他迅速起伏的胸口和浑身冒汗的感觉。杰弗知道，自己的话正中要害。

但索沃尔德还想继续狡辩："我们家里可没有什么值得你看的东西。"

"既然您这么坚持，我也没办法了。虽然我真的不想去麻烦警察。"杰弗装作一个只认钱的游手好闲的混混，"我最近只是有点缺钱。要是有人愿意给我点钱的话，我就不会纠缠这件事了。我不是很在乎到底是谁给我钱，你或是警察对我来讲都差不多。"

索沃尔德听到他只是要钱的时候，明显松了一口气："你想要见我，是不是？"

"对，咱们见面谈最好。"

"但我手里只有 70 美元。"

"这么少？好吧。咱们找个地点，湖畔公园旁边的小亭子怎么样？我现在就在这附近。你一进公园，左手边就是那个小亭子。我就在那里等你。"

杰弗计算了一下，从他家走到湖畔公园，往返大约 30 分钟。这个时间应该足够了。

"你周围有几个人？我要知道你们一共多少人。"索沃尔德小心地问。

"当然只有我一个。这种好事，我怎么会跟别人分享呢？"

"好，咱们小亭子见。我倒是想知道，你到底知道我的什么秘密！"

杰弗紧盯着对面的窗户。索沃尔德走进卧室，钻进了一个衣橱，从里面翻了什么东西出来。这个位置一定很隐蔽，至少警察们根本没发现他在这里还藏有东西。他将这个东西放到了衣服兜里，藏好。杰弗从外形上猜测，这应该是一把手枪。

"幸好我没打算要那 70 美元，要不我的小命可就没了！"

索沃尔德转身出门了，房间的灯也黑了。

## 七

既然索沃尔德已经出门了，杰弗也要开始行动了。

"山姆，我有件事情想要拜托你。"杰弗叫来了山姆，"朋友，我们认识也有十年了。这次的事情有些冒险，或者说是特别冒险，我也不知道最坏的结果会是什么。但这件事情确实极为重要。如果我能自己完成的话，我绝对不会把你拉进来。但偏偏我的腿折了，我没法自己行动。"

"你要让我做什么？"山姆觉得有些莫名其妙。

"这次你还是要去对面的四楼，就是你上次去送信的那家。不过这次你不要敲门，因为他们家没人。你需要从后门出去，穿过楼之间的篱笆和花园，然后从那栋门楼后面的那个楼梯爬上去。刚才那家主人出门前，把窗户拉开了一点。你可以从那里爬进去。"

"我是去做什么？偷东西吗？"

"不，你只需要把房间翻乱就可以，就像有人去找东西了一样。比如说，把地毯的边沿卷起来，衣柜里面的衣服扔出几件到床上，厨房里面的锅碗放到其他地方，垃圾桶里的东西倒到地上。对了，你出门之前，务必记得把窗户关上，把窗户插销也插好。"

杰弗知道，索沃尔德不一定会记得他走之前窗户有没有关好，而且他走得很着急，所以很有可能没有注意到窗户并没有关好。如果他回来的时候发现窗户还是开着的，他很有可能会猜想到入侵者是从窗户进来的，这样可能让他很快猜到打电话的人就在这栋楼，甚至让他联系到杰弗身上。

"结束之后，我是应该原路返回吗？"

"不，千万不要。你从正门出来。"杰弗很明确地知道，背面受敌远比正面受敌要危险得多。逃生楼梯平常没有人走。如果索沃尔德回来的时候发现山姆就在逃生楼梯上，他很有可能会以私闯民宅为借口直接打死山姆。"一定要从前门出来，这样更安全。山姆，你只有二十五分钟的时间完成这一切。你尽快完成，做好以后就赶快出来，不要耽误时间。这里是我的手表，带上它，千万注意安全。"杰弗将自己的手表放到山姆的手上。

"但我还是不明白，为什么要做这些事？"山姆仍旧想知道前因后果。

"山姆，我们剩的时间不多了。拜托，赶快出发吧！"

"好吧好吧，谁让我有你这么个朋友呢！"山姆嘟嘟囔囔地抱怨了一句，不过还是按照杰弗的指示赶快出门了。

杰弗看到，山姆穿过了后花园，跨过围栏，还不时四处张望。山姆有点心虚。杰弗想过，如果有人跑出来质问山姆，他就把一切都揽到自己身上，毕竟是他让山姆去做的这件事情，而且山姆确实不知道到底是什么事情。

不过万幸的是，没有人出来搅乱杰弗的计划。

对于一名六十多岁的老人来说，山姆的身手可以算是相当矫健了。他爬上了安全楼梯，顺利地翻进了索沃尔德家。索沃尔德家的灯已经亮了，山姆已经站在索沃尔德的客厅里了。

但他好像有些害怕，并没有立刻开始翻东西，而是有些犹豫地望向杰弗。杰弗用手势示意他赶快行动，不要耽误时间。事实上，杰弗觉得自己比山姆还要紧张，因为他没有办法亲自完成自己的计划，如果山姆出了任何事故，那就是他的责任。

"上帝，一定要保佑我们一切顺利！"杰弗深深吸了一口气。

二十五分钟差不多到了，山姆终于完成了任务。他正在关窗户。然后，客厅的灯黑了，门也关上了。只要山姆没有在楼梯上遇到索沃尔德，那就没有问题了。

杰弗听到家里的门锁动了，山姆回来了。

"别开灯，山姆。"

黑暗之中，杰弗看不到山姆的脸，但可以想象到他面色惨白的样子。山姆这辈子还没做过这样大胆的事情，这样的事情他想都没有想过。

"山姆，做得不错。厨房里面有不少好酒，你去喝点压压惊吧。"杰弗安慰道。

山姆去厨房倒了杯酒，然后又回来，把手表摘下来递给杰弗。

没过一会儿，索沃尔德就回来了。杰弗看了下手表，刚刚好，二十九分钟，但在杰弗看来，这可能会影响一条生命的二十九分钟，像是很久很久。在索沃尔德的房门被推开的一瞬间，杰弗按下了电话号码的最后一个数字：4。他早已将前面几位电话号码拨好了，目的就是要让索沃尔德在还没来得及仔细查看家里物品丢失情况之前接起电话，那么他还有可能会透露出一丝线索。

杰弗看到，索沃尔德刚刚打开灯的时候就走向了电话。杰弗打算假装摊牌，希望能够骗到索沃尔德。

"先生，我还是挺珍惜自己的小命的。我今天只是想要点钱罢了，可我看，你是想要我的命，对吧？你以为我会傻傻地在亭子里等你？当然不可能！"

索沃尔德的脸上掠过一丝惊恐。

杰弗还不希望暴露自己的位置，所以对索沃尔德脸上的表情没有做出任何评判。

"我在公园附近的时候看到你了。你进公园的时候，右手就藏在上衣口袋里面，里面装着枪吧？是打算杀人灭口来着，对吧！"

杰弗当然什么都没有看到，他一直都在轮椅上。但作为摄影记者，他还是有着职业敏感的，知道不经常带枪的人，在偶尔带枪的时候会有什么下意识的动作。更何况，索沃尔德估计根本没有注意到自己是怎么带手枪的。

"不好意思，因为你没有那么讲信用，所以我提前回来了，顺便到你家里转了转。我现在知道的细节更多了。我知道你把她放在哪里了。"

杰弗在诈他，但这是决定性的一步。杰弗仔细通过望远镜观察索沃尔德的面部表情。

索沃尔德的呼吸变得有些粗厚，但他什么话都没有说，好像在思考什么。

杰弗决定再加点料："不相信我说的？没关系，你在房间里再转转，没准就明白了。"

透过望远镜，杰弗看到索沃尔德先是在客厅里面随意望了一眼，然后是卧室，最后是厨房。他只是从门口随意瞥了一眼，好像不是很在意的样子，甚至没有进房间仔细查看。他似乎根本不关心自己丢了什么东西。

这一次，索沃尔德的表情变得奸诈起来，似乎很满意自己看到的一切。

"你撒谎！你一直都在骗人！我知道了！"他握着听筒的手一松，电话垂了下来。

与此同时，杰弗也挂断了电话。他知道自己输了。索沃尔德是一个心思很细致的人，他并没有因为自己使的一点小计谋就将自己的计划和盘托出。但总算还是有一点小的胜利，比如他说"你撒谎"，就证明他自己确实做了件坏事；他检查了房间，说明至少应该有些东西能够指证他，但是他藏得足够隐秘，不需要特意走过去查看就能知道有没有人动过。

索沃尔德仍然站在电话机旁，背对着窗户，好像在思考着什么。但杰弗看不到他的表情，也不知道他到底在想什么。他又这样站了两分钟，然后走进了卧室，没有开灯。杰弗知道，他比以前更加谨慎了，至少以前他不想开灯的时候还会点根火柴，但现在完全没有。

杰弗暂时放弃了观察，因为他不知道在黑暗中望远镜还能观察到什么。他想起今天下午观察到的那个瞬间，四个人同时穿过房间，但杰弗好像有一种错觉，好像有什么不太对劲。感觉好像自己看到的景象发生了一些扭曲，但是那个时候晴空万里，几个房间的窗户都是打开的，自己也没有使用望远镜，似乎没有任何能够让人产生视觉扭曲的东西存在。

房间里的电话响起，杰弗以为是博伊恩又有了新的发现，或是为他今天对自己不友好的态度表示抱歉。毕竟，没有谁会在这么晚的时候打电话。

他接起电话，漫不经心地说道："哪位？"

但电话另一端没有任何的声响。这有些奇怪，所以杰弗又继续喂了几下，但还是没有任何声音，甚至连呼吸声都没有。

杰弗挂断了电话，有些气愤这个恶作剧。这时山姆走了过来，好像喝多了的样子对杰弗说："先生，我可以回去了吗？我妈妈还……还在等我。"杰弗仍旧在思考如何才能找到真相，并没有注意到山姆的话。他摆了摆手，让山姆回家了。

对面的房间仍然黑着灯，什么都看不到。

山姆走之前带上了房门，说了句"你早点休息吧"。杰弗隐约听到山姆摇摇晃晃下楼的声音和他大力关上楼道门的声音，山姆显然是喝多了。

家里又只剩下他一个人，于是他又将目光转向索沃尔德的窗户上。

客厅的灯突然亮了一下，然后又立刻熄灭了。杰弗想，他应该是在找什么东西。但是他在关灯的时候，杰弗好像看见索沃尔德的眼睛直直地向自己的方向看了一眼。

这有些不寻常，因为平常他都是警觉地向每个窗户扫过去，从一边开始一直看到另一头，来确定没有人在关注他。但这一次，他好像知道自己就在这里，径直看了过来。

杰弗的后背一阵发麻，但杰弗这一次真的没有多想。在这一刻，他好像忽略了索沃尔德这几天来展现出的智商。他将这一切归结为巧合。

他应该只是不经意间看到这里了。但似乎，杰弗的大意并不是从这一刻开始的。

时间缓缓流过，对面的房间一直黑着灯，什么动静也没有，或者说，是杰弗没有观察到任何动静。夜晚越来越深，人的声音也越来越小，到最后，只剩下昆虫的叫声。这让杰弗联想到几天前山姆给自己讲过的那个关于蟋蟀和死亡的故事。

或许又有人要死了吧？杰弗好像开始相信他曾经认为是无稽之谈的这些寓言了。

外面的大门隐约传来了声音。是谁这么晚了才回家？也没准是山姆，他经常把自己家的钥匙落在这里，然后走到一半再回来拿。

但今天，门锁的声音响了半天，山姆还没有进来。或许是他喝得太多了吧，脑袋不那么清醒也算是正常，杰弗心想。

门还是没有打开，杰弗也还在黑暗里思索。

忽然，他想通了，他知道为什么奇怪了！四个人从客厅到厨房的时候，他们经过了一道垂直的墙面，但穿过墙面以后，房东好像变高了！

杰弗马上将轮椅挪到电话旁边，他知道尸体在哪里了！

杰弗嘴里默念着号码，按下了拨号键盘："博伊恩，电话6-3321。"

但电话一直没有接通。他又试图拨了几次号码，但仍旧是什么声音都没有，甚至连占线的"嘟嘟"声都没有听到。应该是电话线路有问题。该死的，在这么关键的时刻！

"见鬼！"他有些气愤。所以，只能等到明天早晨再说了？"哎，不对，不是还有山姆吗？他就算喝多了，找个地方找一下警察应该不是什么问题。"

杰弗有些兴奋。

楼梯上传来脚步声。也不知道是什么原因，粗重的脚步声每响一下，杰弗的心就会颤抖一下。他觉得有点奇怪，不就是山姆回来了吗？为什么自己会有这种怪异的感觉？

门开了，应该是山姆走的时候喝得太醉了忘记关门了。

杰弗有些生气。

"山姆，别开灯。有件事情还要麻烦你帮忙。"但杰弗没有继续说下去。因为，他突然意识到，那个脚步声不是山姆的。

## 八

索沃尔德站在门口，堵住了房间里唯一的出路。不过，就算是他没有堵住，坐在轮椅上的杰弗也跑不了。索沃尔德粗重的呼吸好像将房间里的氧气都吸走了，因为杰弗有一种窒息的感觉。

"警察已经知道了你的事情了。我刚刚给他们打了电话，他们马上就来了。"杰弗还想威胁他，好让自己有更多的空间思考一下下一步该怎么办。

索沃尔德轻蔑的笑容，让杰弗的心又沉了沉。"你试试，电话还能打通吗？我刚刚上来之前，已经把电话线割断了！"

黑暗中，杰弗看不到索沃尔德的脸，但能够想象到他现在的表情：就像是猫将老鼠放在自己的面前，随意捉弄一般。

杰弗默默地分析着自己的处境。电话打不通，叫警察是没有机会了。他或许可以打破玻璃，但索沃尔德手里的手枪更快些，他应该等不到那么久。自己的手边，除了几本书或许能够帮忙支撑一会儿，没有任何其他的武器。不过这些书，最多也就能支撑五分钟吧。

杰弗苦涩地笑了下。他人生中第一次如此狼狈。他的手在周围乱摸，希望能够找到些什么。果真让他摸到了一个小雕像，据说是卢梭还是孟德斯鸠的，反正是之前房客留下来的东西，他也分不清谁是谁。他把雕像和自己屁股底下的坐垫放到胸前，希望等索沃尔德开枪的时候这些可以为自己缓冲一下子弹。

杰弗希望他不要用枪，如果近身搏斗的话，自己或许还有机会。虽然自己已经六十多岁了，但作为摄影记者，上半身的力量还是不错的，没准还可能扭转现在的劣势。他如果第一次失手的话，自己没准能一下制住他的上身，甚至是扭断他的胳膊。但握有手枪的人，又怎么会选择近身搏斗呢？

枪声响起。子弹打出那一瞬间的火光照亮了索沃尔德的脸，那张扭曲的、充满愤怒的脸，还有深邃、阴郁的眼睛。杰弗放在胸前的手一震，雕像已经在他的手中成了碎片。

索沃尔德的第一枪打到雕像上了。

但杰弗知道，索沃尔德很可能已经极度愤怒了，但自己已经没有更多的雕像来保护自己了。

枪声再一次响起。

杰弗闭上了眼睛，眼中溢出些许泪水。但过了一会儿，他发现自己并没有死。原来索沃尔德没有开枪，枪声是从楼下传来的。

索沃尔德冲向窗子，想要试图找到一条可以逃生的路。但很可惜的是，杰弗家的这栋楼只有一个楼梯，并不像索沃尔德家那样还有安全楼梯。楼下的声音更加嘈杂了，应该是警察们在试图闯进这栋楼里。杰弗知道，他们很快就能进来了。

索沃尔德转向杰弗，从咬紧的牙关中挤出了一声："你……"

这是一句话，既是两个人面对面的第一次对话，也是他们唯一的一次面对面交流。紧接着，索沃尔德就开始了行动。

索沃尔德直接从杰弗家的窗户跳到了外面。不过，他跳进了花园的草坪里，所以并没有摔伤。杰弗扶着轮椅站了起来想抓住他，但并没有抓住，还磕到了自己的下巴。

　　杰弗就这样看着索沃尔德穿过花园，越过了篱笆，和今天山姆走的线路一样，但他的动作明显更矫健。然后，他爬上了安全楼梯，打算从那里回到家。

　　但他刚跑到四楼准备翻进自己家的窗户的时候，家里的灯突然亮了起来，然后是枪响。有警察埋伏在家里，但他提前发现了他们。于是，他只好继续往上跑，五层，六层，一直到顶楼。

　　楼下的警察们还没有追上来。

　　不知道什么时候，博伊恩出现在了杰弗的身后。"还好你没事，看起来我们来得不算晚。"

　　杰弗心想，确实不晚，那家伙差点就能把我打成马蜂窝了。

　　博伊恩继续说："我实在不希望亲眼看到这种事情，但真的没办法。"

　　索沃尔德站在顶楼的栏杆旁边，眼睛看向天空，好像想让老天来解释一下自己的命运。然后，他拿着枪的手举了起来，将枪对准了自己的太阳穴。他不想被抓住。然后，杰弗听到了枪响，两声枪响。一发子弹是警察打出的，另一枪则来自索沃尔德自己。

　　然后，杰弗看到索沃尔德的身体从顶楼飞了下来，像一只大风筝一样。中间，他还被一块伸出的木板挡了一下。他的身体在木板上弹了一下，然后继续坠落。这一次，他摔在了楼下的花园里，成一个"大"字。他的脸朝下，看不到表情，也看不到他被子弹打到的位置。杰弗曾经做过战地记者，也拍摄到过更加血腥的场面，但这一刻，他还是有些唏嘘。

　　博伊恩也有些呆愣，一动不动，一句话也不说。还是杰弗想起来，他妻子的尸体一定在五楼的地板里。

博伊恩这次全然相信他了。他甚至像山姆一样，从那栋楼的安全楼梯爬到五楼，直接进入了房间。

五楼还没完成施工，电还没有通。于是，警察们就拿着手电开始翻找。十几分钟后，博伊恩就在窗口挥手，示意杰弗，他找到了。

杰弗把轮椅挪到了卧室。精神紧绷了几天了，刚刚又经历了那么一遭，现在放松下来，觉得自己浑身没劲，只想要好好休息一下，睡个好觉。

他没忘记给山姆留张字条：我知道外面都发生了些什么。不要叫我。

不过，第二天早晨，他还是被叫醒了。又是博伊恩。

"我们刚刚又过来清理现场了，顺便把两具尸体带走。"

"你们是怎么发现的？怎么会在索沃尔德家埋伏人？"杰弗有些不解。他放松地睡了一觉，精神已经好多了。

"我后来回去以后，想想还是觉得有些怪怪的，就打给当时派去检查箱子的那个笨蛋。他根本没有问过那个人是不是索沃尔德夫人，只是确认了箱子里面的东西。我再一问他关于那个女人的特征，他描述的和公寓管理员说的完全不一样，我这才觉得事情有些不对劲。"博伊恩有些抱歉，"我又了解到一些其他的情况。索沃尔德夫人生病十几年，家里的收入全都靠索沃尔德一个人。最近，他刚好失业，只好依靠卖点低档珠宝来维持生计。但是他刚好遇到了他的那个情妇，估计也就是因为遇到了一起，于是动了杀机。我派人来抓他去审讯，刚好遇到他来找你。"

"他们肯定是想尽办法给那位妻子买了保险，然后慢慢想用药毒死她，可惜被她发现了，应该就是他们没有关灯的那个晚上。"杰弗回忆道，"妻子发现了丈夫的阴谋和他有情妇的事实，于是两个人发生了冲突，丈夫可能是失手，但更有可能是丧失理智，把妻子杀了。然后，他想到了楼上刚刚铺好的水泥地板，简直就是一个永远不会腐烂的棺材。丈夫把妻子埋在了水泥地里，然后又用剩下的水泥按照原来的样子封了起来，这样就不会被发现了。然后，他把自己的情人送到了乡下，让她假扮成索沃尔德太太，还把衣服寄了过去，就像她真的出去度假了一样。甚至还找到一张明信片，把时间弄模糊后扔到了信箱里。"

"就是这样。他们的计划应该是，几个星期之后，就说索沃尔德太太病逝了。反正离这里很远，保险公司估计也不会专门派人去查。这样，他们就能够从保险公司拿到一大笔钱了。这个索沃尔德的智商确实很高，不过，也就是他遇到你了。"博伊恩有些嘲讽地说，"遇到你这么个闲得没事还爱思考的摄影记者。要是没有你的话，估计他们的计划就成功了。不过，话说回来，你是怎么想到他把尸体藏在地板里了？"

"其实也算是巧合。昨天，六楼的房东太太带一对夫妻去看房，他们从客厅进入厨房。同一时间，索沃尔德也从客厅走进了厨房。但有趣的是，他们同时穿过两个房间之间的那面墙，房东太太突然就变高了。我也才想到，他们的地板高度不一样。六楼装修的时候，在水泥地上铺了软木，这当然会加高地板的高度。但六楼是早就已经装好了的，只有五楼还在装修中。那个晚上，五楼的水泥地面刚刚砌好，还没有晾干。估计他们就是在中间挖了个槽，将妻子的尸体放进去，然后再重新按照之前的样子填好水泥。工人们第二天会继续在水泥地面上铺上软木地面，如果他们都没有发现的话，就更不会有人发现了。"

"朋友，你确实智商很高！"博伊恩赞赏地说，"不过我还有事要忙，乡下的那个应该一会儿就要到了，我待会儿还要审问她呢。没准她的罪名也不轻呢！"

杰弗虽然并没有睡够，但他现在无事一身轻。过了一会儿，普利斯顿医生来了。他开心地说:"朋友,今天你就可以拆石膏了!这段时间应该把你闷坏了吧!"

"并没有,医生先生!"山姆笑了笑,高兴地说,"要不是先生能够在家里待着,坏人没准就逃跑了呢!"

杰弗也笑了:"山姆,我们下次给普利斯顿医生好好讲一讲我们这几天的故事。"

# 朱 雀 怪

[日] 三津田信三　著

## 一

跋涉山路来到了岩壁庄，休息了整整一夜，第二天清晨，良子便起了个大早，她还不觉得饿，于是径直来到了直美门前，想要叫她起床，只是敲了半天的门也没有人回应。良子觉得有些奇怪，似乎房门也有些发烫，她便顺着门缝往里看，只见黑烟浓烈无比。她心下一惊，先是立刻回到屋中，找来了毛巾打湿，捂住了自己的口鼻，再回来的时候，浓烟已经全部冒了出来，弥漫在整个过道里。良子疯狂地拍打着直美的房门，但始终没有人回应，良子只好跑去对面茂树的房间，想叫他出来帮忙。

"茂树！茂树！快出来，着火了！直美的房间着火了！"

茂树的房间也始终没有人回应，良子焦急万分，一回头却看到一个黑影在自己的身后，手持斧子，不断地击打着玻璃。

或许是太急于扑灭大火，良子并没有十分注意身后的人。那个头戴朱雀面具、身穿黑色绒衣的人大概是觉得自己受到了忽视，便加大了手中的力度，重重地敲击着玻璃。巨大的声响终于拉回了良子的意识，她被眼前的这个怪人吓了一大跳，大叫一声，双手不自觉地遮住了脸，不想看到他。然而，身后的那个朱雀怪早就一斧子击穿了玻璃，向良子跑来。良子见状，吓得惊慌失措，直往外跑，再也顾不得什么火灾之类的。

朱雀怪猛地一斧子劈了上来，良子匆忙躲避，所幸只是擦破了一点点皮。良子吓得四处逃窜，却怎么也不能甩开朱雀怪。朱雀怪见良子已经逃到了门口，猛地将斧子扔了出去，或许是力气太大，朱雀怪因用力过猛，扑倒在地，而斧子却不偏不倚地击中了良子的肩膀。良子痛苦地叫出声，跪倒在地，但她心中更怕，只能强忍着痛苦，再次站了起来，想要逃跑。

朱雀怪又怎么会让她如愿？他从怀中掏出一把菜刀，上面用布条包裹着，见良子力气耗尽，无奈地跪坐在楼梯口，朱雀怪便起身，一步步走近。

就在两人相隔两步之距时，良子忽然拿起刚刚击中自己之后又落在地上的那把斧子，一斧子砍在了朱雀怪的双脚上。朱雀怪猛地跪倒在地，痛苦不堪，跪地之时便将手中的菜刀砍向良子。良子向后一躲，但因身上有伤，依旧没能完全躲开。

菜刀触及良子小腿，削掉了一块肉。

趁此机会，良子赶紧逃到了洗手间，害怕朱雀怪再次追杀过来，她赶紧反锁上门。朱雀怪见状，忍痛将斧子拔了出来，用手中的旧布条草草包扎了一下，便跛着脚走到了洗手间门口。朱雀怪手持板斧，一下一下猛地砍着洗手间的门锁。

门锁再怎么牢固，也经不住斧子的一通猛劈。

突然，洗手间的门竟自己开了，朱雀怪来不及反应，便见良子手持消毒剂，猛地喷向他的脸。然而，面具上的缝隙十分小，消毒剂并没有喷到朱雀怪的脸上多少。良子只好逃到洗手间不远处的厨房，另拿了一把菜刀，狠狠地砍向朱雀怪，想要杀了这个可怕的家伙，然而朱雀怪并没有什么反应，这让良子有些意外。良子差点忘了，对方手中也有一把菜刀。这把菜刀一下子砍上了良子的手臂，瞬间，这只手臂便整只被砍断。

朱雀怪又趁着良子痛苦至极之时，用菜刀划开了良子的肚皮，肠子和鲜血瞬间汩汩而出。良子害怕极了，她怕眼前的这个怪物，更加怕死。她将自己露出来的肠子一股脑儿塞回自己的肚子里，场景十分血腥可怖。

见良子已经失去了反抗的能力，朱雀怪上前，在良子的背上又砍了几刀。顿时，良子的肉皮绽裂，翻卷开来。见此惨状，朱雀怪并没有半点要收手的意思，又猛地砍上了良子的大腿、小腿，最后将其手腕生生砍断。厨房里鲜血四溅，弥漫着一股脏器外露的腥臭气味。良子在地上蜷缩着，苟延残喘，从此再也没能站起来。

但事情没那么简单，良子并不是这趟旅途唯一的受害者。

时间回到旅途之初，七个高中生来到了朱雀连山脚下的白庄，这里原本十分落后，到处都是荒郊野岭，人迹罕至。在明治中期，政府渐渐开始对这里进行开发，允许一些贵族在此建造别墅，后来，一些平民也在这里建造房屋，住了下来。因此，这里也就有了平民和贵族的区分，白庄一地也被分为了上白庄和下白庄。

在山路上前行着，良子停下脚步，向更远处的山上望着，说："听说，在夜晚爬这条山路，会有鬼和你打招呼呢。"

她轻声说着，仿佛在向空气诉说这样一个可怕的故事。山路上的风景倒是十分契合故事氛围，乌鸦一声一声地叫着，山林里的树叶随着山风摇摆，发出簌簌的声音。尽管良子说的内容挺吓人，但同行的伙伴似乎并没有被吓到，反而被她撩起了聊天的兴趣。

康虹接起了良子的话茬："回头的话会变成石头是吧，恐怖片都这么演。"

良子稍稍有些生气，却还是打趣道："不是变成石头，是会被朱雀怪活活吃掉。"

也亏得大家一路上说说笑笑，像调侃似的讲些奇说怪谈，才能稍微忘记一些旅途中的疲惫，坚持爬完山路。尽管如此，娇生惯养的良子还是有些受不住，把自己身上的大背包一股脑儿扔给了身后的美代："美代，我的包交给你啦。"

良子一直是这个小团体的核心，直美和明美看见良子这样，也不想不顾地把自己身上的行李扔给了美代。

康虹见状，调侃道："你们这些女生真是……啧啧啧，就知道欺负我们美代。"他嘴上这么说着，心里却并不是这样想的。"美代，那反正你好心拿了这么多行李，多两个也不算多吧？谢谢啦。"说着，便把自己和光太郎的行李也推给了美代。

原本在一旁听着收音机、始终没有参与话题的茂树听他这么说，也干脆搅和进来："哎哎哎，你们都把行李给了美代，可不能少了我啊。美代，你看我们这么好心把你带出来玩，让你拿点儿行李，应该不算什么，是吧？"

一旁看着的光太郎并不是十分乐意让美代拿着自己的行李。他走上前去，想要拿回自己的行李，他没想欺负美代。

良子见了这一幕，阴阳怪气地说："哟，你难道对美代有意思，所以对她这么好？"

光太郎见良子侧眼不断地打量自己，有点难堪，低下了头，没有说话，也没有拿回自己的行李。

美代面对堆积如山的行李，原地站着，不知道如何是好。

良子一行人并没有停下自己的脚步，见美代没有跟上来，良子回头就骂："你是想像 Y 一样自杀吗？从教学楼的楼顶跳下来，我们给你收尸，再给你举行个葬礼，怎么样？"

良子明显有了怒气，恶狠狠地朝美代吼着。

美代依旧没有说话。

良子口中的 Y 是他们班上最不受欢迎的人。她十分老土，整天垂头丧气，一声不吭，活脱脱一个抑郁患者。实际上，Y 长得十分可爱，然而，因为她在班上的地位如此低下，没人愿意和她做朋友。或许她太过柔弱，班上的学生都肆无忌惮地欺负她，尤其是良子，反正她也不懂得反抗。

美代听了良子的话，心里害怕又难受，脸色苍白。良子却不管不顾，继续尖酸刻薄地嘲讽道："当初可是你自己哭着喊着求我们带你出来玩的，现在又摆出这样一副脸色，你要是也想像 Y 一样被我们孤立就直说，我们可是不会强求的。"

美代听了良子的话，满心的委屈丝毫不敢发作，只得一点一点地把所有行李扛在自己身上，满脸的无奈，远远地看去，活像一个行走的旅行箱一样，完全没有了自由。

山路难行，美代不知道自己还能坚持多久。然而，卸下重担的良子却轻松无比，她一边走还一边甩甩胳膊甩甩手，故作轻松地做着运动。

他们此行的目的地是位于奥白庄的岩壁庄，奥白庄就在上白庄的旁边，良子的曾祖父在此建造了一个宫殿式的山庄，也就是岩壁庄，十分宏伟大气。当然，良子的家境也是十分优渥的，她的祖上世世代代都是守护朱雀神宫的神官，因此才有如此之多的财富建造这样美丽的别墅。良子虽住在东京，但每每到了假期，她都会跟随家人来此省亲。

山路越来越难走，良子不禁大骂："这该死的破路！"

一身轻松的良子都是如此，更别说背着所有人行李的美代了，她气喘吁吁，狼狈不堪。尽管如此，美代还是坚持向前爬着。大家都知道，美代有着一个容易被人欺负的外表，长着这样的脸，无论到了哪里都会被人欺负，转学、搬家是无法改变其命运的。然而美代的性格却十分坚韧不拔，宁愿被欺负也不愿意放弃。

所幸的是，她并不是被欺负得最惨的那个，Y才是。Y没有美代这么幸运，她自从上了中学就被人欺负。或许正是因为有这么一个垫背的，美代才能一直忍下去，她总是催眠自己：我能够撑到现在，都是因为Y比我更可怜。

但受到的压迫比以前更甚，这种自我催眠的想法在美代的脑子里越来越浓烈，逐渐催生出一种愤怒的心情。实际上，美代对于自己受到的压迫一直是有愤怒的情绪的，然而，这种愤怒之中，更多的是对于良子的惧怕和怯懦，慢慢地，慢慢地，怯懦的成分越来越少，愤怒越来越多。但是，她不敢真的对良子做什么，她只能自己躲在家里发泄。

美代这样想着，渐渐流下了绝望的泪水，但是，她还是紧紧地咬着牙，一步一步往上爬，沉重的行李使她落到了队伍的最后，康虹打头阵，良子直美明美紧跟着，最后是光太郎和茂树，他们都慢慢悠悠地走着，走在美代的前面。

不知为何，光太郎突然开口，语气里满是好奇："朱雀怪是怎样的怪物呢？你们说他得有多可怕啊。"

良子一听，立刻接道："我觉得朱雀怪肯定长着很长很长的黑黑的毛，脏兮兮的，一见着人就张开他的血盆大口，亮出他的獠牙，想要把你活吞下去。"

她说得绘声绘色，仿佛自己曾经亲眼见过一般。

"说得跟真的一样。你见过吗？"康虹的语气中略带一丝嘲讽。

"我倒是没见过，但是，以前度假的时候，我听家里的一个佣人说起过。他是神神栫村的人，我印象可深了，于是就记住了朱雀怪的形象。"

直美好像突然想起些什么似的："神神栫村？难怪你家佣人这么神神叨叨的，Y不就是神神栫村的吗？"

康虹一听，吃惊极了："也就是说Y也住在这附近？"

没人回答他的问题，一直听着收音机的茂树倒是摘下了自己的耳机，参与进朱雀怪的讨论之中。

"朱雀怪可能是人呢。"

"以前有一个人到这里来旅行，他走着走着，突然感觉很冷。他缩着身子，环抱着胳膊，看了看四周，竟发现自己的身后多出来一个人，好像也是上山的旅行者，他很高兴自己有了同路的人，于是十分激动地和他打招呼。但那个人没有理他，依旧慢条斯理地走着，旅行者只好作罢。不过，他依然想停下脚步，等等这个人。但不知道为什么，身后的同行者走得似乎很慢，等了一会儿，这个旅行者便失去了信心，不想再继续等下去了，于是便转头准备自己向前走。突然，他发现刚才和自己有一段距离的那人竟然到了自己的面前，还跟自己打起了招呼。"

"喂，你好啊。"

"可令人奇怪的是，这个声音怎么听都不像是面前的人发出来的，更像是从很远很远的地方飘过来的。旅行者觉得奇怪，四处张望了一会儿。可是除了面前的人，再也没有其他人了。旅行者整个将身子转了过来，此时，传来了第二声'喂，你好啊'，旅行者看见那人的嘴根本没有张开！他几乎可以确定，这个声音不是他发出来的！他害怕了，想要逃离这个诡异的地方。正在这时，传来了第三声'喂，你好啊'。旅行者的腿都吓软了，但他实在是太害怕了，拔腿就跑，一边跑一边大喊：'你是谁？你到底是什么人？'后面那个声音一直阴魂不散地紧紧跟着他，不停地说着'是我啊'，终于，身后一个黑影张开了血盆大口，一下子将这个倒霉的旅行者给吞了进去，连半根骨头也没有吐出来。这个人，就是朱雀怪。"

茂树绘声绘色地讲完了故事，吓得直美直往良子的怀里钻。大家都被这个可怕的故事所吸引，或许正处于这条山路上，这种恐惧更为真实和清晰。

茂树讲完了故事，喝了口水，润了润嗓子，打开了收音机再一次沉浸在自己的世界里。

康虹问道："哎，你都是从哪儿听来的这些奇奇怪怪的故事？"

"一个民俗学家告诉我的。"茂树回答道，"我对民俗学很感兴趣，所以接触了一些民俗学家，其中有一个很喜欢研究朱雀怪的。"

"民俗学家？"康虹不屑地说，"你和那些民俗学家一样奇奇怪怪的。"

康虹和茂树聊着聊着，良子和直美走到了最前面，光太郎跟着康虹。茂树说完了，依旧自己一个人在中间走着，美代依旧落在最后头，精疲力竭地看着前面的众人。

突然，不知从哪里飘来了一句。

"喂。"

这一句话的出现使得所有人的脚步冻住了一般，空气里弥漫着一股静谧而可怕的气息，没有一个人敢出声儿。

几秒钟之后，前面的众人回过头，只看见了背着行李的美代。大家泄愤似的捡起山上的石头，狠狠地砸向美代，美代害怕地举起背包挡着这些石头。尽管如此，还是有不少石头砸在了美代的身上。

美代蹲了下来，痛苦又委屈地哭了出来，但是没有人搭理她，反而更加生气地扔着石头。

良子无疑是其中最气愤的,她恶狠狠地朝着美代大骂:"你是有多大的胆子,敢学朱雀怪的声音吓我们,想死是吗?"

美代不敢出声,更不敢抬头。

## 二

走了整整一个下午,每个人都筋疲力尽,好在总算是到了。一打开岩壁山庄的大门,走进山庄别墅里,所有人都一头栽进沙发里不愿起身。别墅的装潢简单朴素,却又不失古色古香,充满了历史气息。每个人的脸上都难掩疲惫,良子见美代终于晃晃悠悠地进了门,上前一把抢过她手上的背包,瞥了她一眼,一句谢谢也没有说,转头就去拿自己的洗漱用品。

"爬山搞得全身都是汗,累死了,我得先去洗个澡。"良子说完,便头也不回地走进了浴室。

其他人依旧东歪西斜地窝在沙发里,美代一个人蹲在墙角,看看这里,看看那里,始终不敢出声儿,只是擦着自己满额头的汗。毫无疑问,她想要稍稍休息一会儿。

但这也只是妄想而已,其他人又怎么会让她如愿?

"美代。"很快,康虹朝这边看过来,"你在那儿坐着干吗,还不赶紧过来给我们倒点儿饮料?"

美代赶紧站起来,道:"我,我不知道饮料在哪儿……"

"笨蛋!饮料还能在哪儿,当然是在冰箱里了!这都不知道,去,给我倒杯可乐。"

直美看了赶紧喊道:"我也要!我要橘子味儿的汽水。"

"那我要冰冻咖啡好了!"

大家兴致勃勃地点着自己想喝的饮料，就连正在洗澡的良子也没有放过这个使唤美代的机会。

没过一会儿，良子就洗完了澡，正巧看见美代端着一个大盘子，上面摆着各种饮料的杯子。

"你是猪吗？干吗多拿一个杯子？"

美代听了，赶紧把多余的杯子放回去。良子看着这样言听计从的美代，心里有些得意，说着"像她这种人就应该好好教训"的话。

美代听见了良子的话，心中的愤怒被燃起，却不敢发作，只是狠狠地咬着自己的嘴唇，小声地咕哝了一句："良子，你就等着吧……"

美代等大家都喝完，放完杯子回来，以为就没什么事了。

但是，良子的刁难却并没有结束："哎，你记得把其他人的行李都送到他们的房间里。"

美代看了看良子，没吭气。

"然后呢，你就收拾一下这里。"良子指了指客厅，继续说，"你晚上就睡这里吧。"

美代猛地抬头："只有我一个人吗？我……"

良子不屑地白了她一眼："不然呢，你想让我陪你睡客厅？你疯了吧。这么大的客厅让你一个人睡都是便宜你了。"

良子看着客厅，向美代指了指最长的一个沙发："哎，等会儿把这个搬到我的房间，这么多沙发真是多余。"

美代心里后悔极了，觉得自己还不如不问那一句，招来更多的麻烦。她不再说话，低头收拾了桌子上的茶杯和茶盘，默默地拿回了厨房，然后开始收拾大家的行李。

沙发太大，根本没有移动的空间，美代想了想，只好先把大家的行李挪出去腾出空位。于是她一件一件地把其他人的行李往楼梯口搬，然后走到那个最大的沙发跟前，使出了最大的力气推着沙发。

美代身体瘦小，拖了好久，沙发似乎也没怎么动。其他人就好像看不见她似的，只有光太郎小声地试探性说了一句："我来帮你吧。"但最终也被拒绝了。

康虹见了，哈哈大笑："光太郎，我看你就是对她有意思，该不是看上她这张脸了吧？"

光太郎涨红了脸，没有出声。

美代在众人的嘲讽之中，慢慢地，一点一点地将沙发推到了良子的房间，然后像是放下一切似的叹了口气。

这一声叹息，似乎预示着什么，是绝望，又仿佛是一种决定。

客厅里的众人没有在意，倒是聊得热火朝天。

"哎，你们知道蓑虫是什么吗？我听说乡下很多这种虫子呢。"明美说道。

"你该问良子，良子对虫子那可是知无不言、言无不尽呢。"

实际上，良子并不了解昆虫，康虹这么调侃自己，反而让良子有些难堪。一时间，客厅的气氛有些尴尬。良子只好临时想出一个游戏，和蓑虫有关。

"以前中野原高中倒是有一个和蓑虫有关的游戏呢。"良子开口说道，"有一件隐身蓑，只要有人穿上了它，便再也没有人能看见这个人。"

"哎，我好像听说过，好像在一本书上看见过这个。"

"反正都说披上蓑衣的人就会被完完全全地忽视了。"

"这是什么意思？"

"哎呀，这你都不懂，就是没人搭理啊，被所有人视而不见，没人愿意跟她说话交朋友。"

"真的吗？哪有这样的人？也太可怜了吧。"茂树插嘴说道。

"怎么没有，Y 不就是这样的人吗？"良子说的同时还看了一眼美代，"我倒是觉得，咱们美代也正朝着 Y 的方向在发展呢。"

"Y 是一只蠹虫，美代也快变成另一只蠹虫咯。"

光太郎弱弱地问道："那美代会不会也跟 Y 一样，从教学楼的楼顶跳下来啊？"

康虹回答说："高中女生嘛，很正常的，变成蠹虫了当然会跳楼了。你可小心点，我看你也快了，你要是再不注意，没准儿你比美代还快变成蠹虫呢。"

说起 Y 的自杀，良子一丝感情也没有，仿佛 Y 并不是自己认识的人一样。

"Y 的死还没个定论呢，所以，这对她来说，也是无所谓的事，反正还不一定是自杀呢。"

说起这个，明美倒是来了兴趣："你说，自杀都应该有遗书是吧，我都没见过遗书，我觉得不是自杀那么简单。"

"有啊，学校说有，还说什么不是因为个人原因。"良子一边说着一边笑了起来，仿佛这件事对她而言就是个笑话和谈资一般。

"哎哟，搞得这么隆重，Y 不会还给自己的人生辞职吧，还留了封辞职信。真好笑。"康虹打趣道。

良子也跟着开起玩笑来："哎，你们说，Y 会在自己的葬礼之前做些什么？"

"葬礼算什么，你们听说过火舞吗？火舞才厉害呢。"

"火舞又是什么？我都没听说过。"

"就是用火焚和灌水的两种刑罚。"知识渊博的茂树解释道。

"怎么惩罚？难不成把人绑起来用火烤吗？"

"我看你是饿了想吃烤肉了吧？明美，火舞就是把披在人身上的蓑衣点燃了，然后看着那人浑身是火满地乱跳，像是跳舞一样，可有意思了。"

明美听了，害怕极了："这可比朱雀怪还可怕啊。"

"中野原高中倒没这么危险可怕，只不过是在蓑虫经过的时候故意撞一下他的肩膀，然后就看着蓑虫东倒西歪的，更有趣。这都是我们改良过的火舞，是不是很棒？"

"良子你真厉害，真有想象力。"

良子看着明美一脸的崇拜，心里十分得意。

康虹却接道："单纯欺负人简直就是小儿科，欺负人也分很多个等级呢。你们听说过香典回礼吗？班上的同学，要是谁的家人死了，大家就去他家里上香，等到了第二天，大家都向他收钱。"

"为什么要收钱？"明美问道。

"当然是收回我们前一天的香火钱啦。"

"真的吗？天哪！"

康虹见明美一副不可思议的表情，笑了笑，说道："没这回事啦，都是我临时编的。"

大家正说说笑笑的，良子突然抓起茶几上的一个杯子，猛地砸向楼梯转角。

"你他妈是不是在偷听我们说话！给我滚出来！"

美代颤抖着站出来，她并不是想要偷听谁说话，只是因为刚刚把行李送到楼上，想要下来问问大家的房间分别是哪些，结果被良子发现。幸好杯子只是砸在了墙壁上，并没有伤到美代。

美代又气愤又害怕，抑制不住身体的颤抖，她只能不断地说服自己，一定不能像 Y 一样，不能变成蠛虫！

良子摔完了杯子，心情也稍稍好了些，于是又恢复平常的嘴脸，颐指气使地使唤美代去生炭火，一会儿他们好去露台烧烤。

美代没办法，只能咬牙抱着木炭，来到了露台。

大概是周围的树木太过茂密，风嗖嗖地吹着，小操场一般大的露台阴冷极了，半点灯光也没有。木炭有些潮湿，半天也没法生起火来，美代着急得要命，却不知道如何是好。

就在这时，只听见良子在背后冷嘲热讽道："你还不如 Y 呢，至少 Y 还能把这火生起来，毕竟人家是乡下来的。"

康虹也跟着抱怨："怎么还生不起来火啊？还吃不吃得成烤肉了，真是磨蹭死了。"

美代手脚一直没有停下来，光太郎走了过来，想要施以援手。美代看见他，并没有给他好脸色，而是把所有怒气发泄到了光太郎身上。

"走开，不用你帮忙！你和他们是一路人！"

光太郎见美代这样，不知如何是好，只能缩手缩脚地站在那里。

美代说完，从他身后绕过去拿了一把斧头，挥起斧子，把大块儿的木炭砍成两半。

终于，美代把炭火给生起来了。她拿着报纸，使劲儿地扇着风，眼看火越来越大，越烧越旺，美代这才松了一口气。

忽然，她发现自己身边站着一个人，抬头一看是茂树。他不声不响地站在那儿，似乎没有看见美代一样。

茂树是一个奇怪的人，他不像良子、康虹他们一样喜欢欺负美代，但他也从来没有对他们这种行为表示过什么，仿佛一个局外人一般。

"这个地方，只是比以前多了栋品味低俗的别墅而已。"

茂树只说了这句话，便把美代一个人扔在了露台。

生好了火并不是结束，美代还得伺候大家吃烤肉。众人坐在那里，有说有笑地吃着烤肉，美代一个人辛苦地来来回回忙个不停。

康虹见美代像热锅上的蚂蚁似的，打趣道："美代真是辛苦了，来，你也吃点烤肉吧。"说完，把碗里剩下的冷掉的肉扔给美代。

良子看了，赶紧嘲笑道："哎哟，你看康虹对你多好，还不赶紧吃了！"

说完，良子似乎发现少了一个人："茂树呢？光太郎，你去把茂树叫下来。"

一会儿，茂树便跟着光太郎过来了。大家又倒了不少酒，良子一口气喝了许多，酒量比以往大了不少。喝完酒，茂树难得挑起了话茬，问良子："二楼最里面的房间，是不是上锁了？"

良子有些意外："哦，你是说那个房间啊，那个是我爷爷的，他很少过来这边，就把他的房间锁上了。怎么了，干吗问这些？"

"哦，就是想问问，我不是对民俗比较感兴趣嘛，感觉那边也许会有很多民俗书，所以想进去看看。"

"怎么？要不要我带你进去看看？"良子像是喝醉了，脸上带着不像高中女生那般的谄媚和调戏的神情。

茂树却一口拒绝了良子的邀请。良子面子受挫感到气愤，于是沉下声音说道："以后没经过别人的允许不许到处乱跑，一点礼貌也没有。"

茂树像是没有听见良子的话似的："那间房间里是不是有一个朱雀怪的面具，我透过小窗看见了。"

良子虽然生气，却还是回答了他的话。

"是的，很恐怖吧？没有五官，只有一张长满了獠牙的血盆大口，那是我爷爷从神神栅村的某家人手里抢回来的。"

康虹此时已经完全醉了:"这么重要的东西你爷爷都能抢过来,真是太厉害了。"

良子才没有工夫理这个醉鬼,她还是一心扑在茂树身上,不停地给茂树暗送秋波:"不然我带你去看看?我看你挺感兴趣的。"

茂树摇摇头,再一次拒绝了良子,开始给大家讲朱雀怪的故事。

众人都听得津津有味,只有良子一个人不是滋味儿。

"我先去洗个澡。"没有丝毫兴致的良子起身,"等到了零点之后,咱们玩'狐狗狸'的游戏。"

大家纷纷应允。

## 三

到了零点,大家都来到了客厅,客厅里放着一张方形的大桌子,大伙儿们围坐在一起,良子拿了一张白纸和两支蜡烛,把它们放到了桌子上。大家看到这张白纸和一般的白纸并不同——纸上从左上角开始,写了一圈的平假名,顺序是按照五十音图来的,中间画着一个好像是牌坊的东西,牌坊两边又分别写着两个字:是、否。

良子坐在正中间,这个位置是"巫婆"的位置,其他的人依次挨着就座,美代自然是最后一个。

都坐下之后,良子开始介绍起游戏规则。

"把门开着,这样狐狗狸大仙才能进来房间里。"良子一边说着,一边关上了所有的灯,之后点燃了两支蜡烛,然后,她将一枚椭圆形的石头放在白纸的中央。

"这就是狐狗狸大仙和我们之间的联系。狐狗狸大仙要说的话,都会通过这个石头告诉我们。"

房间里弥漫着一股诡异而阴森的氛围。

游戏终于开始了。良子先是让所有人分别将右手的食指放在石头上，接着念了一句奇奇怪怪的像是咒语的话，仿佛是邀请狐狗狸大仙进来一般。

没有一个人说话，空气仿佛凝固了一般，恐惧慢慢地扩散在这个黑暗的空间之中。

"我，我不想玩了……"

"闭嘴！"良子严厉地呵斥，"现在已经晚了！"

忽然，蜡烛的火光亮了一亮，变得比之前更加耀眼明亮。良子十分欣喜："大仙！大仙来了！欢迎您！"

良子说完赶紧发问："大仙，请问您是人吗？"众人手指尖挨着的石头缓缓地移动，最后停留在了"是"这个字上。

过了一会儿，石头又再一次动起来，慢慢地移动回原处。

良子继续问道："美代今天表现如何？有没有好好干活？"

石子再一次动起来，缓缓地移动到了"否"这个字上。

良子恶狠狠地盯了一眼美代，然后继续地问着一些无关紧要的问题，而那枚神奇的石头也不停地移动着，大家的心情也稍稍放松了许多，没有了一开始的紧张与恐惧。

良子换了一个语气和腔调，像是在装作一个陌生人一般，提出了最后一个问题。

"请问大仙，Y是自杀吗？"

石头像一只行动缓慢的黑色蠕虫，一点一点地挪到了"否"字上。

"是有人杀了她？"

石头再一次移动起来，到了"是"这个字。

"Y是因为被人欺负，最后被人杀了吗？"

石头移动到了"是"字上。

"那 Y 究竟是被谁杀了？"

石头回答不了答案在"是"与"否"以外的问题，因此并没有移动。

然而，在如墓地一般寂静无声的房间里，突然传来了一个幽幽的声音。

"就是你啊……"

一瞬间，所有人的心都提到了嗓子眼儿，浑身的汗毛都一下子立了起来。

良子像是发了神经一样，一下从沙发旁边一把拽下西洋灯的灯罩，使劲地砸向美代。美代急忙躲开，良子却站了起来，冲向美代，满脸的愤怒无所遁形。

茂树见了，赶紧拽住良子。

良子更加生气："你他妈敢吓唬我，我看你是不要命了，我跟你说过什么！"

良子活像一个精神病人，美代吓得缩在角落里，不敢吱声，也不敢乱跑。康虹见状，抱住了已经不受控制的良子："别啊，你当心出人命，冷静一点。"

良子早已气急败坏："我告诉你，你他妈给我小心点，不然你的下场比 Y 还要惨！别不相信！开学之后我会让你好过的！"

说完，良子踹翻了身边的椅子，走出了客厅，回到了自己的房间。

其他人呆呆地愣在原地，没有一个人说话。

客厅里乱七八糟，美代一个人蜷缩在角落瑟瑟发抖。

过了五六分钟，明美打了个哈欠："我困了，我先去休息了。"

接着，其他人也挨个回了房间。美代一个人留在客厅，门依旧开着，冷风不断地灌入客厅，阴冷的气息却始终挥散不去。

美代挪到了长沙发上，像个僵尸一样，动作缓慢地倒在沙发上，眼睛却无法闭上。

一夜过去，清晨的光刚照进这座华美的别墅，康虹便起了床，饿死鬼一样跑到了客厅。餐桌依旧摆在露台没有收拾，只不过昨晚的烤肉变成了热腾腾美味可口的早餐。

康虹立刻跑了过去，拿起桌上的食物就开始胡吃海塞。不一会儿，光太郎和明美也醒了过来，两人洗漱一番，下了楼，看见康虹正在吃早饭，便也走了过去。

"看你饿的，其他人呢？"

"良子、茂树和直美好像还在睡。"康虹一边吃一边说，"美代嘛，没准儿做完早饭又躲哪儿睡去了吧。"

明美看着早饭，没什么胃口。

"给我倒杯咖啡吧，我还不饿，昨天吃太多了。"

"我也要咖啡。"

康虹拍拍手："那我也来一杯饭后咖啡吧。"说完，便起身倒了三杯热咖啡。

不自觉地，康虹又想起了昨晚可怕的场景："你们说，回到学校之后，良子会怎么对美代？"

明美接过咖啡："良子是什么性格你们又不是不知道，这还用问吗？"

康虹看着默不作声的光太郎，不禁打趣道："哎，你平时不是挺喜欢帮美代嘛，你倒是说说怎么办啊。"

光太郎支支吾吾，把头埋得更低了。康虹见了，忙取笑道："我看你就是假心假意，你要真是想帮她，干吗还是让人家给你拿行李，切。"

光太郎不知说什么好，像是被抓到了把柄似的。

"我看，咱们以后就欺负你吧，你来代替美代。"

"这主意好！哈哈哈！"

光太郎急了，终于开口反驳："你们……其实我觉得……"

话音未落，光太郎一口鲜血喷了出来，"咚"的一声倒在了餐桌上。

"喂！你怎么了光太郎！"康虹使劲摇晃着光太郎的身体。

又是"咚"的一声，明美向后倒去，鲜血顺着她的嘴角流在地板上。

## 四

这起惨案，直到一天之后，警方才发现。整个案件涉及七名死者，康虹、明美和光太郎三人死于食物中毒，经警方调查取证，在他们喝过的咖啡中发现了剧毒农药；茂树和直美在各自的房间窒息而死，大火将他们的尸骨烧得几乎无法辨认；良子则死在了厨房，被凶手大卸八块，头颅不知去向；另一个受害人美代，则被警察在悬崖下发现了尸体，原本被当成犯罪嫌疑人的她，却是法医给出的结果中，死亡时间最早的一个。

原本人们以为美代杀害了所有人之后畏罪自杀，跳下了悬崖，结果鉴定报告却将此全盘推翻，一切线索都断掉了。

究竟是谁用如此残忍的手法杀掉了他们？美代的死是自杀还是他杀？凶手潜伏在他们身边，还是在一旁等着杀害他们的机会呢？他会是为美代报仇的人吗？

疑团重重，无处捉摸。案件如同电影一般在我的脑海里放映，一种难以言说的情绪久久不能消散。

我轻轻地合上了这本神秘的笔记本，大脑却没有停止对这个案件所有细节的思考，线索错综复杂，交织在一起。

一个灵感如火花般闪过。

难道说……

我死死地盯着眼前这本笔记，它是我在民俗资料档案馆中无意中寻到的，上面除了记录了案件经过，其他的什么也没有，没有署名，没有记录时间。

难道……这本笔记是凶手记录下来的？

尽管这个想法有些异想天开，估计没有多少人会相信，可除了凶手以外，又有谁能够如此详细地将这过程全部写下呢？

忽然，我想到了一直贯穿整个笔记的Y。

你一定会觉得我疯了，Y明明已经死了，怎么可能是凶手呢？话虽如此，但笔记之中还是有许多细节表明，跳楼身亡的Y并没有死。尽管作者的思维和笔触都十分缜密，却也难免有一些纰漏。

例如良子在谈起Y的时候说的一句话："Y在葬礼之前会做什么……"

这一句话可以说是作者所露出的最大的马脚，Y在故事之中已经死了，但作者毕竟就是她本人，一时之间站在了自己的角度去撰写，不小心留下了这样一句不合常理的话。

还有笔记之中光太郎对待美代的态度，文中提到过——Y虽然是班上最不受欢迎的人，但她的外貌却是非常可爱的。因此我们可以推测，光太郎有好感的并不是美代，而是同行的Y，Y没有自杀，而是和其他的七个人一起去了岩壁庄。这也就能够解释为什么所有人会把所有的行李都推给瘦弱的美代，为什么美代怎么也无法生好的火，突然一下子就生着了——原因正是因为，同去的不止美代一人，还有Y在旁边跟她一起被欺负，一起拿行李，一起生火！

而笔记里所提到的回香典礼，还有隐身的事，实际上都是自己的东西被其他人无所畏惧地占有，既表达了她对这些欺凌的恐惧，又表明这些欺凌早已超出了法律范围。

而山坡上因"喂，你好啊"以及后来狐狗狸游戏中的那句"就是你"而饱受良子发疯折磨的美代，实际上应当是 Y 的遭遇。美代在故事中，很多时候只是 Y 的一个影子而已。

不知道是不是这些想法太过离奇，我的眼前好像开始出现了幻觉。我仿佛看到了那个一身黑色、只有一张血盆大口的怪物，他站在我的面前，一字一句地告诉我。

Y 杀死了所有人之后，躲在了别墅底下的地窖里，颤抖着写完了这本笔记。

而我，是第一个读完它的人，也会是最后一个。

说完，那个黑影消失在眼前，再也没有出现。

# 帆村侦探纪实

[日]海野十三 著

市里最近发生了两起离奇的案件，列车枪杀案和动物园园长失踪案。

第一个案子令人匪夷所思：深夜行驶的电车上莫名出现一具女尸，死因被鉴定为枪杀。但经过调查，现场不曾出现任何枪击的迹象，没有火药气味，没有枪响，凶手如鬼魅一般无迹可寻。

然而，这两件看上去毫无关联的事情，却并非全然如此。

## 一

为了解决这个案子，警方可是费尽心思。虽然负责这起案件的大江山警官有着十分丰富的刑侦经验，奈何也没有能很快找出这诡异的凶手，甚至在搜寻出几乎所有可能找出的线索之后，也没能搞明白凶手的作案手法。

身处犯罪现场的目击证人为警方提供了案件发生的大致经过，其中一个证人便是一位中年侦探小说家户江三四郎先生。

据他描述，这起案件发生在深夜，那是最后一班开往目黑的有轨电车。

或许正因为是末班车，车厢里的人还不少，吵吵嚷嚷的。与车厢里的热闹不同的是，外面的景致幽黑萧条，让户江觉得有些阴冷，索性看向对面坐着的两位年轻动人的美人，其中一个坐在他的斜对面。令他印象深刻的是，她的穿着打扮十分古典，梳着典型日本传统女性的发型，沉默不语。

那是 9 月底，夏天的尾巴还没有过去，天气十分闷热，这个古典美人倒是给户江带来了一丝清凉。他一贯都喜欢那些年轻的女孩子，看着这些青春的面孔，他就会觉得十分舒心，感觉自己好像也年轻了许多。

在列车穿越隧道时，大概是因为铁轨年久失修，行驶起来没有新轨那么顺畅，列车剧烈地摇晃了许久，一直哐当哐当地作响，忽的一下，那个古典美人竟随着列车的摇晃一下子倒在了地上。而且，过了好久，也没有半点要起来的迹象。

似乎有些不对劲。户江正要起身查看，却被身旁另一个中年男子抢了先。那个男子上前去扶起了那位古典美人，轻轻地摇晃着她的身子，询问她有没有受伤。

然而，那人却发现自己的手上沾染上了血迹，心一惊，下意识地把她给推了出去，大叫了起来。这么一来，车厢里的乘客全部朝着这个方向看过来——一个倒地不起身染鲜血的女人，她的心口涌着一股血泉。慌乱之际，户江赶紧向列车员呼救。

赶到现场的列车员看到眼前的一切，完全不知道该如何是好。最后，他先是联系了医院，又看了一眼女人的样子恐怕是不行了，于是给警察局打了一个电话。等到了目黑站，列车员抱起左胸中枪的女人飞奔至医院，经医院鉴定，女人死于枪击，子弹击中了心脏。

这就是案件的全部经过。

负责案件的大江山警官从列车员那里得来了车厢构造图，还原出案发当时的乘客分布，他还就案发当时现场的一些诸如窗户是否关闭、车厢内是否听见枪声之类的问题对列车员进行提问。

"子弹……我想，应该是从车内射入的吧。"列车员草草回答道。实际上，案发当时他身处驾驶室，根本没有目睹枪案发生时的一切，这些问题由他来回答根本没有意义。不过，既然警方调查，他也只有配合。

"车内？"警方觉得这答案不怎么靠谱，"案发后车上的乘客呢？"

"都走了。"

"你放走的？"

"还需要我放走吗？"列车员叹了口气，"那种情况下谁不害怕？一靠站都跑了，就只剩下两个人了。"

"哪两个人？"

"就当时发现那个女人不对劲的一个中年男人，还有那个小说家。"

警官传唤了两个证人。中年男人颇为急躁，在听说了列车员的回答之后十分不满，认为他一个不在现场的人说的话都不可信，尤其是子弹从哪里射入这一点，他的想法完全没有列车员那样笃定。

"他可不在现场，怎么就断定子弹从车内射入的？我在现场目睹了一切都不能确定，因为当时既没有听见枪声，也根本闻不到什么火药气味，那个女孩就这么悄无声息地倒下了！他倒好，一到站就放走了所有乘客，就算有凶手，估计也早就逃跑了，这个不靠谱的列车员！"

大江山警官安抚了一下这个男人的情绪，记录下他所说的，然后开始询问另一位目击证人。

另一位证人户江先生也陈述了自己的观点，或许是因为他的侦探小说家身份，他观察得更为仔细些。据他所说，当时车上有些吵闹，又正好是过隧道，案发时并没有明显的枪声，因此根本没有乘客发现，但他似乎听见自己右后方传来钝钝的声音,他甚至感觉到了什么东西从自己右边飞过。

大江山警官看了一下车厢构造图,如果是从户江三四郎的右边飞过,那么子弹只有一个可能。

"你的意思是子弹是从外面射进来的?"

"我更倾向于这种观点。如果真按照列车员所设想的,那么车上的任何一位乘客都有可能犯案。"

或许由于职业习惯,户江给出了更多的设想:例如排查当时所有的乘客,看看他们身上有没有枪支可疑物之类的;搜索一下车上还有没有其他的子弹,也许凶手不仅仅发射了一枚子弹;并且他提出要进行仔细的尸检,看看尸体有没有异常之类的,等等。

而大江山警官却并没有把这些有些异想天开的想法放在心上——这个侦探小说家似乎在写作中遇到了瓶颈,企图通过参与现实案件的破案经过来积累一些素材。

尽管如此,大江山警官还是重视起尸检报告,这一下,他倒是发现了新线索。

死去女孩的左前胸口袋里放着一个小布条,上面绣着一个十字架,还有一个红色的骷髅头。

警方怀疑起来,于是对这个符号以及死者的身份进行了调查,但最终一无所获。这个女孩并不如他们所想的是什么不良少女,也没有加入任何黑社会组织。

因此,这条线索又断了。

接下来,大江山警官又从车内射杀这个角度进行分析。这种情况下,车内的乘客甚至列车员都有嫌疑,但是,除了那个能够找到的目击证人,其他乘客早已不在,这两人不论从证词还是现场可能性来说都不具备太多嫌疑。

列车员的嫌疑似乎更大。因为他熟悉车厢的构造，也可以打开连接驾驶室和车厢的门，然后开枪。

至于枪声的话，安装好消音器似乎就能够解决。

但是，子弹射入的角度呢？

从这一点来考虑，似乎又不太可能，他总不能向倒挂的蝙蝠一样一只手抓住车厢顶部另一只手开枪吧，这也太高难度了。

大江山警官觉得这件案子有些棘手。

## 二

子弹从车内射入这一个角度的线索几乎是断掉了。既然如此，警方只好从另一个角度进行分析。

假如子弹是从列车外射入车厢的，那么居住在车轨附近的一些人就有了嫌疑。警方只好对此进行排查。

正在负责的大江山警官头疼之际，他的助理破门而入，为他带来了令人惊喜的新线索——他们在案发地附近居住的屉木光吉的家中发现了两个弹壳，与击中凶手的子弹几乎可以完全匹配。

"两个弹壳？可是我们只有一颗子弹啊。"

助手听了质问有些哑口无言，大江山警官拍拍他的肩膀以示鼓励："没事儿，我们去那个人家里看看吧。"

屉木的家看起来有些年头了，布置得古香古色的，里面有很多老式家具，看起来倒不是很陈旧。

屉木光吉约莫三十岁，看起来斯斯文文的。

大江山警官向这位主人示明了来意，并向他出示了之前在他家搜出的两个弹壳以及那颗子弹。

"这两个弹壳是在您家中的墙角发现的，屉木先生，我可以请问一下，9月21日的晚上10点半您在什么地方？"

屉木回答道："我那时正在家中睡觉。"

大江山警官询问是否有可以证明的证人，屉木回答道："这个，我是单身，没有人能够为我证明。"

大江山警官点点头，进而又问道："那你有没有听见枪声之类的奇怪声音？或者有没有什么可疑的人出现？"

"警察先生，从来没有人的脸上写着'我很可疑'四个字，我也没有听到任何枪声。"

"好吧，那你这间房子有没有出租给别人？"

屉木摇摇头："我一直一个人住。"

在警察的询问下，屉木光吉交代了自己的身份：他的工作与无线电相关，在一个名叫JOAK的公司上班。除此之外，警察并没有得到什么有效的线索。

反而是屉木问了几个与案件相关的问题。

"大江山警官先生，请问现在你们确定子弹的射出位置了吗？"

警官感到有些难堪，答案自然是否定的。

"那么子弹的入射角度呢？"

这个问题可算把他们问住了，这方面警方还没有注意到呢。

接着，屉木拿出一张白纸在上面画了起来。"我可以试着帮你们分析一下，列车是这样行驶的，我们用向量来表示，根据子弹的入射角，运用分解公式，应该就能够得到子弹的入射角度。您可以试着算算，说不定有收获。"

警官对此表示了感谢，屉木又问了一句："死者是不是身体微微右倾倒下的？"

大江山警官有些惊讶："你怎么知道？"

"哦，一个住在涉谷的女性朋友告诉我的，她当时就坐在死者的对面。"

"你的朋友叫什么名字？"

"赤兴龙子。"

随着案件的深入调查，大江山警官越发觉得有意思。那个名叫屉木光吉的人也是十分有趣，明明是警方的怀疑对象，却还那么积极地提供了一些线索和思路。

某一天，大江山警官收到了一份快递，打开来看，是一本科学杂志，里面都是些无线电相关知识。其中有一篇文章引起了他的注意，讲述的是一个住在铁轨附近的人，每天的爱好就是听收音机，但是收音机总是在十分固定的时间出现几十次噪音。后来他发现这些噪音可能与经过的列车有关系，尤其是经过高架桥时。久而久之，他就能够根据这些噪音来判断列车的行驶速度以及到达何处。

他还用了大量的图解来佐证自己的观点。

这个有趣的现象让大江山警官非常感兴趣，甚至觉得这些知识与这一案件有一定的关系，无奈自己的知识范围实在有限，无法深入研究。于是，大江山警官只好将一切交给警察局的技术科，让他们计算出子弹的飞行角度。

在经过一系列计算之后，最终，他们得出了结论：子弹的飞行角度与列车行驶的角度几乎垂直，子弹穿过了距离列车五十米的屉木家的北面，打中了墙壁，最后遗留下来。

这个结论实在是让大江山警官困惑。来不及多想，他接到了助手打来的电话，助手的声音慌慌张张，他一直负责跟踪屉木的朋友赤兴龙子。

"大江山警官，赤兴龙子乘坐的列车又发生了类似的枪杀案！"

"什么？那车上的乘客呢？"

"没能控制住，一停车都走了，根本拦不住！"

大江山警官心中暗暗咒骂，只好嘱咐他务必守住赤兴龙子，保护好她，自己立刻赶赴现场。

一波未平一波又起，真是叫人头疼啊。

三

这一次的死者是个二十多岁的少妇，名叫二二木剪子，死因与之前的那位一模一样，口袋里依然有一个蓝色布条。大江山警官对列车员身份进行了核实，发现与上次的列车员并不是同一个人，因此可以排除上次那个列车员的嫌疑。

正在此时，大江山警官又收到了一个噩耗：另一辆列车上又发生了枪击事件。这个消息是值班的站长告诉警方的，死者依然是个年轻女性，二十四五岁的模样。

大江山警官知道了以后，一下子就冒了一身冷汗，差点没一屁股坐在地上，好不容易冷静下来，赶紧吩咐让列车员关闭窗户。

尽管天气实在是炎热难当，在大江山警官的严正要求之下，列车工作人员也只好照做了。

大江山警官又赶到了第三个案发点。这一次的死者同样是女性，个子高大，死因死状都与前者别无两样，同样有一个蓝色布条，仅仅是子弹射入的地方稍稍高了一些。

"这个蓝布条究竟是什么意思？难道是什么死亡预言之类的？被放上

这个布条的人就会被当成目标杀死。"

可是，凶手怎么会有这么精准的枪法呢？怎么能每次都射在同一个地方？

种种疑团简直快让大江山警官头疼死了。

正在这时，他看见一个男人朝着自己跑来，十分匆忙的样子。他定睛一看，这不是上次那个目击证人、侦探小说家户江三四郎嘛。

大江山警官询问他的来意，户江拿出手中的报纸，道："您看看，东京报已经对前两起枪杀案进行了报道，我估计第三起案件很快也会有报道了。这些案件都被命名为'射击手事件'了。"

大江山警官看了看报纸的报道，脸色更加难看。

户江继续说道："据我所知，这三起案件有着惊人的相似，死者的性别和死因完全一样，年龄也大致相似。而且她们的口袋里都有一个蓝色十字架布条，我想，这个可能就是这些案件的突破点。这一定是一起连环杀人案。至于子弹是从哪里射入的，我之前说有可能是车外射入的，现在我改变了看法，我觉得子弹很可能是从车内发射的。如果子弹是从车外射入的，基本不可能做到每一个都如此精准地射在同一个位置。要达到这种效果，凶手只可能在车内，我觉得凶手应该使用的是市面上较为罕见的4.5口径的手枪。至于为什么听不到声音，我想，大约是安装了消音器。"

大江山警官有些惊讶："你很了解手枪的知识？"

"我毕竟也是写侦探小说的嘛，这些知识对我的写作很有必要。我有一个朋友是很厉害的法医，我昨天就这个案件向他咨询，他断定凶手使用了一种能够隐蔽火光又自带消音功能的新型科技手枪。很重要的一点是，这个手枪是用电发射的。像这种特殊装置想要安装还是有一定难度的，所以您看，每一次的案发都是在晚上，相比白天而言，晚上的车厢乘客更多，很容易隐蔽自己的动作。"

大江山警官打趣道："看来你对这个案子挺感兴趣的嘛，挖掘了这么多信息，不愧是侦探小说家啊，想象力就是丰富。"

"我这不也是想为破案出份力嘛，我当时也在车上，有这个嫌疑，早点破案，我也能早点安心。"

正聊着，助手又跑了过来，凑到大江山警官耳边，小声说道："局长来电话了，总部的局长。"

大江山警官脸色一暗，心里暗叫不好，这下子又得挨一顿狠骂了。

果不其然，一接电话，便听见局长破口大骂，无非是指责他办事不力，到现在都没能破案。

局长骂完后，又就案件的一些线索对他进行质问："你知道赤兴龙子是犀木光吉的情妇吗？她每天都要去看耳病，这些你都知道吗？"

要不是局长说起，他完全不知道赤兴龙子竟然是犀木的情人！

"那户江三四郎呢，你又知不知道他在写小说前的职业是老师？教授电气课程的。"

大江山警官支支吾吾，换来的只有局长更为气愤的破口大骂："真不知道你们一天天都调查了些什么！什么都不知道！要不是帆村先生找到了这些线索告诉了我，都不知道靠你们这些废物得查到什么时候！"

帆村？帆村庄六？这个名字大江山警官有所耳闻。他是一个业余侦探，虽刚入行不久，但已经破了一些案件，因此也有了些许名气。没想到他竟然发觉了自己完全没有意识到的这些线索，心虚不已的大江山警官不禁开始流汗。

正在沉思之际，又接到了一个噩耗。

没错，又一起命案发生了，听到死者的名字，大江山警官差点晕死过去。

这一次的受害人是赤兴龙子。

上一刻他还在怀疑赤兴龙子是否就是嫌疑人，毕竟她和屉木光吉的暧昧关系着实可疑，没想到她现在就成为了连环杀人凶手新的目标。

"难道这一次门窗还没有关好？我说过多少次了！"火速赶到现场的警官冲着向他报告的警员发怒。

"这次关好了，就只有一会儿打开了，一个老人觉得闷热，打开透了会儿气，在啤酒厂附近。谁知道就在这时候枪杀案发生了。乘客们也都控制好了，没有让他们离开，都在这儿呢。"

老人？警官心里有些怀疑，环顾了车厢四周。

"那那个老人现在哪儿呢？"

"他走到了和另一个车厢连接的地方，然后……"警员四处看了看，竟没有发现老大爷的身影，"现在……"

看来这个老人不见了！大江山简直要气得跳脚，正要冲着这个连个老人都看不住的警员发火，却见一个人从拥挤的人群中走来。

他看了过去，原来是帆村庄六，这么快就赶来了。

帆村庄六倒是非常客气，上来就伸出手向他问好，说是受局长委托。大江山原本还心有芥蒂，认为自己堂堂一个有十年刑侦经验的警官，根本不需要借助什么业余侦探的力量。可是直到现在案件迟迟没有进展，他也不再那么固执了。

两个人碰面，凑到耳边商量了一会儿。

"赤兴龙子呢？"

"奄奄一息了，在担架上躺着。"

"赶紧把赤兴龙子小姐送到离这里最近的医院进行抢救，无论如何都要把她救醒，我一会儿就赶到医院。"

这一下子，守在犯罪现场的警员们都炸了锅，心里面都在胡思乱想：这个时候大江山警官居然不留在现场进行勘察指挥，难道他觉得龙子小姐就是在自导自演，故意装作不知情而被枪杀？现在几次案发的时间都这么密集，万一等会儿再发生命案怎么办？大江山警官究竟在想什么？

## 四

龙子小姐治疗的医院在一片树林之中，十分幽静，是一个很适合养生休息的地方。在赶往医院的时候，帆村侦探决定将他的所有想法告诉大江山警官。

就他目前的观察，他已经可以肯定，凶手根本不是从车外进行射击的，凶手就在车内。

"车内？"

"没错，凶手一定是精心策划了很久，想要依靠子弹从窗外射出的假象。瞒骗了几乎所有人。他一直很成功，可是，他没有想到的是，最后这一个案子却暴露了他的马脚。"

"为什么这么说？"

"如果说子弹是从窗外射入的，要射中坐在车厢靠前位置的龙子小姐，一定是先射中右胸，而龙子小姐却是左胸中枪，和其他受害人一样。其他受害人的话，如果子弹从外面射入，假如列车静止，倒是有可能直接射中左胸，但是命案电车可都是在高速行驶的，车窗上也没有任何子弹孔。因此，从这些疑点都可以断定，凶手一定在车内行凶。"帆村知道大江山一定好奇为什么龙子的案件会不一样，他又继续解释道，"龙子小姐恐怕是凶手唯一一个确定下来的目标。"

"这是什么意思？"

"您发现了吗？之前的三个受害人有一个非常重要的共同点，她们都坐在同一个位置。也就是说，这三个被害人是随机的，凶手并不是要专门去杀她们，而是因为她们三个正好坐在那个位子上。只有赤兴龙子小姐是凶手唯一确定要杀掉的人，而龙子小姐的位置和之前的三个被害人都不同，她受伤的同时也暴露了凶手隐藏的作案手法。至于这些受害人口袋里的蓝色布条，只不过是凶手用来混淆视听、转移警方注意力的小把戏罢了。"

大江山警官越听越激动，觉得凶手的名字马上就要呼之欲出了。

正在这时，大江山的助手警员押着屉木光吉走了过来。

"警官，我们在他家发现了一把4.5口径的手枪，和案发现场的子弹是完全吻合的，出弹痕迹也检查过了，一样。"

"在哪儿发现的？"大江山警官激动万分，总算是找到凶手了！

"在他家的榉树洞里。"

大江山看了看手枪，问屉木光吉这究竟是怎么回事。屉木光吉急急忙忙矢口否认，说自己从未见过这把手枪，更不知道它是怎么突然出现在他家的树洞里。

正在胶着之际，帆村先生开口道："这是个圈套，凶手为了找个替罪羊故意连开了两枪，留下两个弹壳，也就是你们一开始在屉木家找到的两个弹壳，这把枪也并不是他行凶的那把枪。"

空欢喜一场，大江山警官十分丧气。突然一声巨响，病房被人砸出了一个大洞，有人发射了散弹，躺在床上的赤兴龙子小姐身上满是弹孔，惨不忍睹。

帆村先生目睹眼前的一切，脸色十分平静。

"看来凶手已经找到了。"

所有人都十分疑惑："那凶手究竟是谁？"

"户江三四郎。"

那个热心的侦探小说家？

帆村的回答十分笃定，他顿了顿，继续解释道："刚刚赤兴龙子小姐遇害时不是有一个开窗的老人吗？他就是户江假扮的。他知道赤兴龙子有耳疾，前几个案子她坐在他的旁边，就是这样，他连续杀死了几个离自己最近的女人。可是龙子每天都在看病治疗，她的听力已经有了很大的恢复，她已经察觉到户江就是凶手。怕龙子小姐揭发他的恶行，户江决定斩草除根，杀人灭口。刚刚龙子小姐在车里的时候，其实就已经去世了。为了引鱼上钩，我和大江山警官装作龙子小姐还没有死的样子，将她送来抢救，目的就是把凶手引来。"

原来是这样。大家吃惊之余又有些豁然开朗。

可是，作案方式呢？

"那凶手究竟是怎么作案的？是什么高科技的枪吗？"

帆村摇摇头："其实真相非常简单，凶手仅仅是将自己的衣袖剪了个洞，以便枪口出弹，他的枪上安装了消声器，所以车上的乘客听不到异常，而坐在她旁边的龙子小姐又有一定程度的听力障碍，于是凶手就得逞了。"

所有在场的人终于明白了一切，原来户江三四郎是被毫无灵感的写作折磨太久，竟走上了极端，想要自己制造出一起连环杀人案来激发自己小说的灵感。

就这样，原本笼罩在城市之上恐怖的阴霾终于消散，这一个可怕的连环电车杀人案终于得以破案。而破解这一系列案件的帆村庄六也因这一桩射击手案名声大噪，成为了市里炙手可热的名侦探。

## 五

帆村庄六因为上一次的案件有了不小的名气，这也意味着他的平静时光要成为泡影，越来越多的人慕名而来，希望能够请帆村先生为他们解决难题。

这一天，正躺在床上闭目养神的他被助手叫醒。

"一个二十多岁的姑娘要见您，帆村探长。"

帆村有些埋怨，但还是起身，告诉助手让那个小姐稍等片刻，自己去了浴室。

帆村有洗冷水澡的习惯，就算是非常寒冷的冬天，他也习惯用冷水洗澡。

帆村在浴室里脱光了衣服，稍稍活动了一会儿，便跳进浴缸里。刺骨的冷水没过了他的身体。十分钟左右，帆村便从浴室出来，换上了一套得体的西装。

"让您久等了，十分抱歉。"帆村向坐在候客厅的那个年轻小姐以示歉意。

"没事，帆村先生，我这次来，是有事需要麻烦您，非常重要的事。我的名字是河内贞子，也就是动物园园长河内武太夫的女儿。"

帆村先生点点头："我明白了，你是为了找你的父亲才求助于我的。对吧？"他也看到了昨晚晚报上关于动物园园长诡异消失的新闻报道。贞子小姐此次前来，一定是为了自己的父亲。

"是的，先生，就在10月30日的中午，我的父亲失踪了。那天和平常也没有什么不同，父亲早上8点去动物园上班，午饭后便独自出来散步，没想到后来就消失了。但他在消失之前还是有很多人见过他的。父亲性格比较奇怪，总是喜欢独来独往。你知道的，动物园的工作并不是非常忙碌，有一些自己的空闲时间，因此，父亲总会去一些书店或者寿司店之类的地方。他也曾经晚归过，大概是凌晨的样子，但是从来没有彻夜不归的先例。这都已经两天没有回家了，我们很担心他。"

帆村听后，便问贞子有没有报警，贞子的回答更加让人绝望。

"当然报警了，可是警察们一点也不着急，父亲失踪的当天我就找了他们，可是他们说可能今晚就会回来，让我不要慌，他们看起来有些不耐烦。"

帆村点点头道："你父亲失踪之前有没有什么异常的表现？有什么和平时不同的？"

"没有，我父亲的生活作息是很规律的，他失踪之后我去过他的办公室，他走的那天穿的衣服和帽子都还在衣架上，散步之后父亲就不见了。虽然他性格古怪，但失踪之前都一如往常，没有什么大的改变。"贞子说完，眼中露出满满的乞求，"帆村先生，请您一定要帮帮我，这关系到我父亲的生死啊。"

"好吧，我再问几个问题，再正式接下这个案子。"

贞子听见帆村这么说，知道他是要答应帮她，欣喜不已："可以的，您问。"

"在你父亲失踪之后，有没有搜索动物园？"

"有的，失踪当天，动物园都整体搜寻了一遍，今天上午又找了一遍。"贞子点头，"父亲不见的那天，动物园副园长西乡先生立刻封园了。"

帆村听到西乡先生这个人，立刻敏感起来，询问贞子西乡先生对此事是否上心，得到的是十分肯定的回答，帆村便让贞子介绍一下西乡先生。

"西乡先生很上心的，他是一个很优秀的人，毕业于早稻田大学，独自一人住在浅草今户的一个公寓里。"贞子有些不解,"难道您怀疑西乡先生吗?"

帆村摇头。"我只是大体了解一下情况。"

这个案子看起来有些棘手,警察局估计也会相当难堪,假如园长真的出现什么不测的话。

刚才贞子说到自己的父亲和别人的作息不太一样,帆村就此仔细地问了问,贞子竟说他有时候凌晨一两点才会回家。这对于一个六旬老人而言,确实是有些奇怪了。

贞子立刻解释道:"父亲晚归是有原因的,他会去找他的一个老战友喝酒叙旧。"

"你的父亲曾经参过军?"

"没错,他当年曾经是一个行军打仗的上士,他之所以和这个老战友的感情这么深厚,是因为他当年身中数弹的时候,是这位战友不离不弃,将他背到了战地医院进行治疗,这才捡回一条命。"尽管贞子觉得帆村总是在问自己一些无关紧要的问题,但是越是这样看似不经意的问题才越是关键。

"你父亲失踪前的外套在哪儿?"

"在我家里。"

帆村听后便决定去贞子的家中拜访,顺道也多了解一下园长老战友的故事。

贞子小姐无意中说出了这个老战友的名字,半崎甲平。帆村将这个名字记了下来,跟随贞子小姐来到她的家中。

## 六

帆村见到了园长最后穿的那一件上衣,他还发现了一张相片,对上面的指纹进行了提取。接着,帆村便前往动物园,去找西乡副园长,看看能有什么新的发现。

据西乡副园长所说,园长每天的工作都是十分固定的,早上8点上班,巡视动物园一小时;接着会回到办公室整理文件;中午再巡视一次,特别看望一些生病的动物,大约是11点的样子。

"失踪那天,园长有没有去看望动物呢?最后见到园长的人是谁?"

"失踪那天,园长没有去看望动物,至于最后见到他的,应该有两个人,他们差不多都是在11点半见的园长。一个是我们动物园负责鸟类温室营养工作的椋岛二郎主管,还有一个是爬虫馆研究员鸭田兔三夫。"

"鸟类温室和爬虫馆之间的距离是多少?"

"这两个地方中间还隔着一些房间,相隔约120米,其中还有饵料室之类的。"说着,西乡先生将动物园的地图拿给帆村探长。

"饵料室?那院长上午有没有去饵料室呢?"

"没有,这个我已经问过了饲养员北外星吉。"

帆村了解过后,又问起园长失踪之后动物园的情况。

西乡回答说:"我看园长一直没回,都要闭园了,可是他的衣帽都还在办公室,不像是回家了。于是,我就派员工在动物园里找,尤其是野兽区的地方,但是也没能找到园长。"

帆村听见野兽区,便想起来鳄鱼,于是提醒西乡找一找鳄鱼湖里,说不定能找到园长的尸体。西乡听了觉得有道理,于是准备带人去找。

帆村表示自己也想一起去,西乡有些犹豫,鳄鱼区还是十分危险的。

但是帆村表示，有专业的工作人员，自己并不担心。于是，西乡也就同意了帆村一同前去。

路上，帆村突然问道："院长的女儿贞子小姐现在是单身吗？"

西乡听了有些不知所措，不明白帆村的意思，帆村解释道："我就是随便问问，开个玩笑。"

西乡笑笑："这个问题你可别问鸭田，否则他一定会用蟒蛇咬你的。他是个很奇怪的人，总是分不清别人说的是玩笑话还是真话。"

"你很了解他啊。"

"他是我同学，这家伙非常喜欢昆虫类、蛇类，他以前在苏门答腊生活了三年，专门研究那儿的蛇，动物园里现有的十分稀有的几条锦蛇都是他培育出来的。我特别佩服他，他已经有理学士和医学士双学位了，现在还要考博呢，家里也很有钱，爬虫馆有一半都是他自己掏腰包筹建的。这几天爬虫馆主任请了病假，鸭田就临时代替了主任的位置。"

帆村听了十分激动，表示自己很想看看那些蛇。西乡问道："难道您是怀疑这些蛇将园长吃了？"

"不是没有这种可能，所有可能的情况我们都不能放过，如果蛇的胃口够大，或许园长真的在里面。"

爬虫馆的气味着实刺鼻，一进去就是一股扑面而来的气味，让人反胃。映入眼帘的就是六条十分粗壮可怕的花蛇，它们一一盘起，缩在墙角黑暗处。帆村原本就有些惧蛇，这么大的蛇还是第一次见，不禁冷汗涔涔。

西乡向帆村介绍了鸭田研究员。

"探长你好。"

鸭田长得十分矮小，还有些秃顶，看起来就是一副醉心研究的模样。他的声音像蛇一样滑润，透着一丝凉意。

"请问您最后一次见探长是什么情形？"

"那天 11 点半，汽笛声响过后，园长就过来了，查看动物时，他说有一条蛇看起来好像生病了。"

"然后呢？"

"然后园长就走了，他也就在我这儿待了两三分钟的样子。他是从这个小门走的。"鸭田指了指，"我没有送他出去，但他确实是从这里离开的。"

"那没有什么不对劲的地方吗？比如说奇怪的声音之类的。"

鸭田沉思片刻，说道："大约是 11 点 40 分的时候，我好像听见什么声音，好像是运送动物饲料的卡车到达饵料室的声音。"

帆村话锋一转："动物园里的饲料种类有哪些？应该很丰富吧？"

"是的，有很多种蔬菜水果，野兽类的食物是各种肉类，还有牛奶等。"

"蛇应该是食肉的吧，那它会不会吃人呢？"

鸭田一脸惊讶："蛇一般来说是不吃人的，这不符合它们的习性。但是，如果它们饿到了极点，我想……但是，这不大可能吧。"他知道帆村可能会怀疑是这些蛇吃了园长，"蛇是没办法吞下整个人的，这不仅费时间，而且它们的肚子也会变得非常大，很容易发现的。"

帆村赞同这一点，不过他还是有些怀疑，整个人吃不了是绝对的，但如果有人将园长分尸之后，喂给这些蛇呢？这样的话，估计就不会被人发现了。这样想着，帆村觉得应该去看看这六条蛇的肚子有什么不对劲。于是，他跟着副园长和研究员来到了工作间。

这个地方和蟒蛇的蛇舍之间有一个透明的小门，每当鸭田需要观察这些家伙们时，他就会穿过这个小门，来到蟒蛇室。

帆村观察了一下他的工作室。麻雀虽小，五脏俱全，这里看起来也就三十多平方，里面什么都有。不过，与普通的办公室不大一样的是，这里离蟒蛇太近了，所以隐约透着些许凉意。帆村隔着栅栏观察那些蟒蛇，他仔细地看着这些蟒蛇的肚子，问道："鸭田先生，假如喂给它一只大山羊，多少天可以消化完？"

"成年山羊差不多四十公斤，大概需要三天吧。"

三天，那如果凶手将碎尸喂给这些蛇，距离园长失踪到现在正好两天，大概也能消化得差不多了。至于凶手的人选，他开始怀疑其身边的鸭田研究员了。

正在这时，鸭田好像想起什么似的，从身上掏出了一支钢笔："副园长，我那天捡到了一支钢笔，也许是园长来时不小心落下的。"

副园长西乡先生平静地回了一句"是吗"，然后淡然转头，看了看帆村庄六。

帆村知道这事儿，但让他奇怪的是西乡过于平静的反应，这两人之间好像有什么奇怪的气氛。这支钢笔的出现更加加深了鸭田的可疑程度。根据他的调查，园长是一个做事极稳重的人，应该不会不小心把钢笔丢在这儿而不自知。他的心里出现了两种可能：或许是有人陷害鸭田，又或许是鸭田用这支钢笔帮助自己摆脱嫌疑。如果是前者的话，是谁会想要陷害给鸭田，难道他与人有仇？如果是鸭田自己算计，那就必须好好调查调查了。

正想着，帆村看了看四周围，目光落在三个巨大的管子上，他指着这些管子向鸭田询问他们的用途。

"哦，这些是我为了博士论文自主设计的装置，可以给蛇做蒸汽治疗，不过现在里面什么也没有。"

帆村有些好奇："那么方便透露一下你的研究方向吗？"

"与蟒蛇的内分泌有关。"

帆村点头，仔细地观察了这个大型装置。"这里面是不是需要注入什么液体的，你刚刚说蒸汽治疗，蛇可以被放置到热水中吗？它们能呼吸吗？"

鸭田显得有些为难："帆村先生，由于学术专利的问题，这些在我的论文发表之前都是不能透露给您的。"

正在这时来了几个警察，他们是奉命在园里搜查的，到目前为止，没有找到什么有效的线索。

"既然鸭田先生说不能让我们仔细查看装置，那就算了吧，应该也没什么东西可看的。"其中一个警察说道。

话音刚落，他的话就遭到了帆村的严正反驳："不行，这个管子很重要，必须打开来检查。"

"可是现在打开管子温度会突然降低，会严重影响蟒蛇的生存，这些蟒蛇都是很宝贵的。"

"这都不是要紧事，难道降低些温度比园长的安危更加重要吗？"

"保护这些动物是我的职责，我不能就这样贸然行动，如果您一定要看，必须先等我把这些动物转移到保暖的地方然后再打开。否则，出了什么事，我们都负不起责任。"

帆村点头应允："那你们转移蟒蛇要多长时间？"

"五六个小时。"

正好帆村也准备去饵料室看看，于是也就同意了鸭田的转移方案。

## 七

帆村一路上都沉浸在沉思之中，他考虑到了各种可能。

如果说鸭田是凶手，那么他一直不肯让别人看的管子里有可能就放着园长带血的衣服鞋之类的证据，那只钢笔应该就是他刻意拿出来为自己洗脱罪名的工具。可是，西乡先生为什么在看到那个钢笔的时候没有一点点吃惊呢？回想起园长的女儿贞子小姐当时对西乡先生的描述——一个优秀的人，可是她都完全没有提及鸭田先生。难道说，他们三个之间有什么不可告人的秘密？或者有什么特殊关系？

终于到了饵料室，正当帆村准备进门时，他在门口的地上发现了一粒扣子，是园长落下的。

钢笔掉了，接着是纽扣。

或许是园长被人杀害以后，从爬虫馆一路拖到了饵料室，所以才掉了这颗扣子。可是那时是中午啊，这样做绝对会被很多人看到的。

刚才鸭田提到11点40的卡车声，难道是有人杀掉园长之后用卡车运送尸体？

疑团重重，帆村越来越觉得事情不简单，尤其是这两间房子之间。

饵料室里的场景着实把帆村吓了一大跳，这里看起来比屠宰场还要可怕，里面的桌子上摆放着各种宰杀工具，墙上挂着一匹对半劈开的马，地上还放着一桶桶血淋淋的肉，不知道是什么动物的肉，没准儿是园长的也不一定。

这样一想，帆村不禁打了个冷战。他朝窗边一看，上面一排排关在笼子里的野鸡兔子，大概是要被做成饵料。

这个地方实在是太恐怖了，帆村看着那些小动物绝望的眼神，又见几个工作人员将那些血肉模糊的桶搬上车，准备运到野兽区去，这场景不得不让帆村想象园长被人分尸的画面。

副园长立刻为帆村介绍了饵料室的主任北外星吉。这个男人皮肤黝黑，身材矮胖，像个缩小版的相扑运动员。他倒是十分客气，满脸带笑地上前向帆村打招呼，不停地说着"久仰大名"之类的客气话。

帆村觉得有些讽刺。不过，北外先生长得十分敦厚，实在是无法将他和那种分尸杀人狂联系起来。只是，人不可貌相，帆村略过了那些寒暄，开门见山地进行调查。

"请问一下，园长失踪的那天，11点半左右吧，您那时候在忙些什么？"

"当然是工作啦。"北外回答道，"我和我们饵料室的六个同事那时候正忙着呢，隔一个时段就会有车过来接饲料。我们是绝对不能擅自离岗的，大家都各忙各的，磨刀啊，煮食物啊，装食物啊，还有清点数目……每天中午，我们科室忙得连口正经饭也吃不上。不过这都不算什么，我们的工作就是得保证这些动物们能吃饱。"

帆村试着提问："那北村先生，蟒蛇吃的应该都是肉吧。您说，假如有人被分尸了，喂给这些蟒蛇，它们会喜欢吗？"

北外一下子就看出了帆村的心思，他不禁大笑："探长先生，你办案有经验，可是这方面就外行多了。我知道您可能怀疑园长被分尸了，要真是这样，你把碎尸扔给这些蟒蛇，它们连闻都不会闻的。它们的嘴刁得很，只吃活物。"

帆村觉得场面有些窘迫，碰了一鼻子灰的他离开了饵料室，寻了个安静清幽的地方，静下心来整理现有的线索。

他坐在藤堂墓园的草坪上，看着四处青草悠悠，一排排柏树郁郁葱葱，他的心情也随之平静许多。他知道，现在破案的关键就在于两点，一是鸭田工作室里不愿意让人打开的三根管子。还有一点，也就是最初贞子小姐所提到的，园长先生的老战友半崎甲平。

那三个管子始终让帆村如鲠在喉。他拍拍屁股爬了起来，立刻又回到爬虫馆。他气喘吁吁地赶到时，鸭田正做着什么实验，手里拿着两支装有淡褐色液体的试管摇来摇去，颇有几分化学家的派头。接着，他把其中一支试管里的液体倒入另一只里，突然，试管竟冒出一阵白烟，这试管里的液体应该是某种强酸化学试剂。

帆村不得不打断了鸭田，鸭田见他来了，一面将自己刚刚做实验的试管洗洗干净，一面问他又来找自己干什么。

谁知帆村这次还是一样的回答："想让您打开那个管子给我看看。"

"我都说过了，这对那些动物来说很危险。"

帆村有些急了："那究竟是这些蟒蛇重要还是人命重要！"

鸭田见他如此坚持，只能叹口气："我还是那句话，打开管子可以，不过必须得先把动物转移到别的地方，你能等吗？"

帆村表示同意，只不过，照这个时间算下去，自己得等到晚上10点了。鸭田见他如此，没办法也只能松口答应。

帆村首先通知了警局和副园长西乡先生，告诉他们10点钟一起来爬虫馆进行查看，接着他吩咐了自己的助手，叫他务必守好爬虫馆的大门。做完这些，帆村就离开了动物园，到了很晚也没有回来。

警察和西乡先生都准时地到了爬虫馆等着，却不见帆村的人影。难道说帆村忘了这件事了？总之大家都多多少少有些不耐烦。时间越来越晚，几个人熬不住了，想走，被帆村的助手拦下留住，希望他们能再等一等。

"如果老师不来，那我来替他打开这些管子。"

鸭田听了坚决反对："这怎么行？"

话音刚落，门口进来一个人，原来是帆村。

"让大家久等了，真是抱歉，我看这么晚了，这些动物也转移得差不多了。那么，鸭田先生，您应该还记得我们之间的约定吧。"

鸭田脸色阴沉地走到装置跟前，在众目睽睽之下打开了第一根管子。

里面空空如也！

鸭田又"咔"的一声打开了另一根管子。令人吃惊的是，里面仍旧是空的。终于，鸭田打开了最后一根管子，里面仍旧空空荡荡。在场所有的人都面露失望之色，大家都以为能在管子里发现什么不得了的证据，没想到竟然真的只是三个空管子。

然而事情没有结束，帆村命助手拿着吸管和玻璃烧杯仔仔细细地检查这三个大管子，不一会儿，助手竟发现了一枚看起来有些像子弹的东西。

帆村接了过来，拿起子弹头闻了闻："上面还残留着血腥味呢。"

大家都十分疑惑：这是什么？

帆村一字一顿地说道："这个就是园长先生体内的子弹头。这枚军用子弹是园长三十年前参军所遗留下来的，一直在他的体内。若不是园长的身体消融，这枚子弹不可能出现。"

帆村转身，看着脸色惨白的鸭田。

"鸭田先生，你机关算尽，偏偏在这一枚小小的子弹头上栽了跟头，你大概也是没想到吧。"

"你胡说！跟我有什么关系！"

"有什么关系？你再清楚不过了，你处心积虑这么多年，为了杀园长，学习物理学和医学，拿到了双学位，甚至进入动物园里，花大价钱投资建设这个爬虫馆。你在蟒蛇肚子里开了个洞，小心翼翼地收集着这些蟒蛇的消化液放到这个大管子里，就是为了能够将园长的尸体用这些液体消化干净！"

帆村指了指那些大管子说："你把园长的衣服、戒指等这些难以消化的东西弄了下来，将尸体放进第三个管子里，封闭起来，用蟒蛇的胃液一点点将园长消化干净。你为了不被人发现，只留了一点点水流，让这些消化后的液体排出来流到下水道。正是如此，这枚子弹才卡在了管子里没有消失，成为你的百密一疏！"

在座的所有人都惊呆了，没有一个人想过竟然是这样的作案手法！

而凶手鸭田却一句话也不说，低头沉默。

帆村继续解释："遗落在这里的钢笔，还有饵料室门口的那枚纽扣，都不过是你混淆视听的把戏而已。在今晚之前，你一直不愿意让我们打开管子，就是害怕园长的尸体没有消化干净，所以才会一直等着！"

"我相信大家一定很好奇，鸭田先生为什么一定要这么处心积虑地杀死园长先生呢？这就说来话长了。鸭田先生原姓栅山，他的父亲也曾经参军，但由于军事上的失误，栅山的父亲导致了非常严重的军事损失，于是他被指挥官处死。而栅山的母亲知道此事后，从小就一直将仇恨灌输给自己的孩子，也就是鸭田先生。于是他从小就立志为父亲报仇，而当年的那位指挥官，就是现在的园长先生。"

鸭田听罢，没有任何反驳的余地。

"多亏了园长的老战友半崎甲平先生说出了这段往事，否则没有人能够猜到凶手的目的，所以我也把半崎先生请了过来。"

帆村微微转身，手指向门外，却没有看见任何人影。

就在此时，房间里的人们开始惊呼，发现鸭田倒在地上痛苦地抽搐，然后再也没有了气息。

他已经自杀了。

身为侦探的帆村早已习惯这样的心情，水落石出的一丝丝自豪，交杂着死亡的沉重，无论死去的人有多么深重的罪恶，总归是生命的逝去。

死亡高高在上，没有什么能够逆转和挽回，也没有任何逻辑推理能够凌驾在死亡之上。

他没有回头去看自杀的鸭田，只是依旧静静地望着门前清冷的夜色。

# 地狱旅馆

[美]斯蒂芬·金 著

## 一

上山的公路了无人烟，只有寒冬的荒芜充斥两旁。杰里·塔伦斯驾着车行驶了很久，只为了一件事——前往那个名为"眺望"的旅馆应聘。如果不是因为酗酒导致情绪失控发生了殴打学生的事件，他完全可以舒舒服服地待在大学教室授课，而不是历经辛苦来这里。

旅店建在雪山的山腰上，原先是印第安人的墓地。二十世纪早期，这里来了一群白种人，用独特的方法驱逐了印第安人，并在他们先人的墓上建立了这座旅店。

杰里走进旅店，周边环境面目全新，令他感觉畅快了些。他向着旅店前台负责人说道："我是杰里·塔伦斯，与乌曼先生约好了的。"

"请往左面走，第一个房间就是。"负责人微笑着回答。

杰里沿着负责人所指的方向来到乌曼先生的办公室前，使情绪安定下来。上次酗酒事件后，他已从未碰过酒，可一想到酒精，他依然有些亢奋。

"乌曼先生吗？你好，我是……"

话未讲完，乌曼先生已认出了他，并热情地将他迎入办公室："快请进！"

"很高兴和你见面！"

"我也是。"杰里开心地说。

"这位是我的秘书，露西。"乌曼转过头，向杰里介绍旁边的一位女士。

"露西，你好。"杰里彬彬有礼地打招呼。

"到这边来还容易吗？"乌曼先生问道。

"是的，很容易，才花费了四个钟头而已。"杰里开始幽默起来。

"请比尔·华生进来。"乌曼先生向露西吩咐道。

"好的，先生。"

而另一边，杰里的家里，妻子玛迪和儿子尼可正待在一起。玛迪虽不免为丈夫的失业发愁，但乐观的她认为，烦恼的事情都会过去，情况会慢慢好转。

但很快，玛迪的思绪被儿子打断了。

"妈妈？"耳边响起年幼的儿子尼可的声音。

"怎么了尼可，有事吗？"

"我们真的要去那家旅店过冬吗？"尼可问道。

"是啊！不过，那里肯定很有意思。"玛迪希望儿子会喜欢那里。

"可是，那边没有朋友和我一起玩。"尼可显得很无奈。

"尼乐有什么想法呢？我猜他也想去那边生活的。"

尼乐并不是真实存在的，他是尼可幻想中的小伙伴，实际上不过是尼可的一只手指头。

"塔伦斯太太,你想错啦,我可不想去。"孩子模仿着另一种声音说道。

"尼可,不要这样,别再闹了。"

"但是妈妈,我不愿意去!"尼可很坚决!

"有原因吗?"

"不愿意就是不愿意。"尼可的声音中隐匿着一丝惊恐。

旅店的办公室那里,他们几个人的谈话已经进行了一阵子,不过谈得似乎比较轻松。除了必要的工作事项,乌曼先生还细心地询问了杰里家人的想法,因为冬天在这里工作非常寂寞,乌曼很担心他们受不了。不过杰里表达了自己和家人对寂静环境的喜欢,还打算用这些时间进行写作。

杰里的回答很让乌曼先生喜欢,可乌曼先生还是在不停地斟酌后,讲出了那件事情。

"在你开始工作前,有件事还是得让你了解,虽然这件事没有很惊悚。"

"请说吧,我还挺好奇。"杰里脸上显得还是很高兴。

"我猜,应该没有人给你讲过,1970年的冬天,在这儿发生过一件悲惨的故事。"

"是的,我从未听谁说过。"

"过去这里曾雇佣过一位各方面都看着很正常的人来看管旅店,他叫戴伯·戈兰迪。一起来的还有他的家人:他太太和两个小女儿,一个才八岁,另一个才十岁。可就在冬天,不知是发生了什么,他好像突然疯掉,用斧子杀了全家,最后,他开枪杀死了自己。警察说这是因为长期封闭在一个屋子里,使他得了一种恐惧症,叫'狭窄空间症',所以才会出现这样的惨剧。这件事很不可思议,可它实实在在发生了。我想你一定知道,我为什么告诉你这些。"乌曼笑了起来。

杰里露出自信的笑容,说道:"请不必担心,这种事出现在我这儿的可能性为零。"

## 二

房间的洗手间里，尼可正举着自己的手指，和虚幻的小伙伴尼乐交流着。

"你认为爸爸会不会去旅店做事呢？"

"他已经同意了，过不了多久，他就会和玛迪通电话，跟她说这件事。"

话刚说完，另一边的房间处就传来了电话铃声。电话的确是从旅店打过来的，尼可都听到了，杰里很高兴地向家人汇报这个好消息。

"嗨，宝贝儿。"

"嗨，你那里都还好吗？"

"没有任何问题。"

"听你这样讲，就是你已经找到工作了吧？"

"不错，旅店这边很漂亮！我相信，你和儿子一定会喜欢的。"

但是小小的孩子却不像爸爸妈妈那样兴高采烈，反而感到有些沮丧。

"尼乐，我知道你不想去旅店，可原因是什么？"

"我也想不明白。"

"不能讲给我听吗？我很想知道。"

"不能，我不想讲。"

"告诉我吧，求你了，好不好？"

"绝不。"

"尼乐，快说吧！尼乐！"尼可很期望尼乐能告诉他原因。

猛然间，尼可整个人都愣住了。一股血腥气传来，刺激着他的鼻子。尼可四处张望，想要找出气味的源头，却没有找到。忽然，脑海里浮现出一幕场景：红色大门前，两股鲜血从两旁喷薄而出，涌向自己！就在门前，还有两个小女孩，穿着同样裙子，手拉手笑着望向尼可，这微笑令尼可窒息！

不过，就算是这样，杰里带着一家三口搬去旅店的决定是不会动摇的。他们挑了一个合适的日子，开车载着一堆行李驶向旅店。

汽车在公路上飞驰着，尼可正坐在车子的后排。他一直没有说话，几天前呈现在眼前的场面令他毛骨悚然。不过，他是不会将此事告诉父母的，因为他们很难相信。为了有勇气抵挡恐怖与不安，他觉得只有吃得饱饱的才行，这样才能带给他安全感。

"爸？"

"怎么？"杰里从后视镜里看着尼可。

"爸爸，我觉得很饿。"

"你早晨应该吃点东西再出发的。"杰里对孩子有些厌烦，语气不快地说道。

"等到了爸爸工作的旅店，再给你找点吃的好吗？"玛迪轻声安慰着尼可。

"那好吧，妈妈。"

玛迪发现杰里面露不满，于是，她换了个话题："过去是不是有多纳党在这里活动？"

"不，大概还要在山谷更深处。"

"爸爸，什么叫作多纳党？"孩子问。

"他们是有挑战精神的冒险者，来这里拓荒。一年冬天，他们不幸被困在山里，要靠吃人才能活命。"

"你的意思是讲，他们做了人吃人的事吗？"孩子问。

"这是没有办法的，想要活下去，就只有这样。"杰里仍然轻松地回答着孩子。

"杰里……"玛迪担心孩子难以接受，打断了丈夫的话。

"妈，放心吧！我知道的，我从电视机里看到过。"

"看吧，没事的！"

终于，他们抵达了目的地。

不过，旅店里的人们都在匆匆忙忙地收拾行李，他们一刻也不想在这里多待。管理员和乌曼先生走了过来，停在杰里那里。

"真抱歉，让你久等了。"乌曼缓慢有礼地讲。

"没事儿的，我们没有吃饭，所以刚好有了时间吃点东西。"杰里微笑着答道。

"很高兴你们来得很及时，你的家人看过整个旅店了吗？"乌曼先生问。

"不好意思，还没有，我儿子尼可发现了游戏室。"

"可得记住我们讲过的工作，等过会儿看完你们的住所，再来介绍整座旅店吧。"

"那好，不过我得先把家人集合起来。"

游戏厅内，尼可手里拿着飞镖掷了出去，落在距离红心只有一圈的位置。尼可觉得这成绩还不错。可就是这时候，一股诡异的气息突然袭来，身后好像有什么似的，这令他感到十分恐惧。

"妈妈！"尼可控制不住恐惧，叫了出来。

此时，尼可身后传来阵阵响动。听到声响的尼可回过头去，恐惧紧抓着他。那两个曾经出现在他脑海中的女孩子，此刻就站立在门口！

尼可吓得一动也不能动，而那一对姐妹则望望尼可，再互相看看，手拉手走掉了。尼可看向门口，呆在那里，一句话也说不出来。

另一边，几个大人来到员工休息室。

"这里是员工休息室，里面就是你们的房间。旁边那个小房子就是孩子的卧室。"乌曼边说边向里面走去。

"这里好极了！"玛迪很开心。

他们走出旅店，进入院子。

"旅店是何时建好的？"玛迪问道。

"1907年开工，才过了两年，旅店就完工了。听说旅店建在印第安人的坟墓上，建旅店时，还曾遭遇了印第安人的攻击，有很多人受伤。"乌曼先生回答。

"这里有辆雪车，你们会开吗？"乌曼指着那辆红色的大车。

"是的。"两人同时开口回答。

这里雪车的用处很大，在将来的几个月里，积雪很深的时候，其他车都不能行驶，只有雪车能开得出去。

## 三

他们来到了工作间，尼可也刚从游戏室出来。玛迪见到了尼可，看出了他的异样，刚想问他是不是发生了什么，就被一位名叫迪克·哈洛安的黑人老厨师打断了，他将带着玛迪和尼可去看看厨房。

"你们可以放心，这里的食物很充足，能够吃上一整年的。"老厨师边说边打开了冰库的大门，"瞧！肉都冻在这里。你喜欢吃鸡肉吗，博士？"老厨师很轻松地问着尼可。

"不，我不喜欢。"尼可认真地回答。

"哦？"老厨师有点意外，"那你最喜欢吃什么？"

"比萨。"想到这儿，尼可觉得自己有点饿了。

"没问题，博士，我想我能帮你解决。"老厨师领着他们走出去。

"我们也是叫他'博士'的，你也知道这件事吗？"刚从冰库出来，玛迪便好奇地问向老厨师。

"有这回事吗？"

"当然，你刚刚这样称呼了他两次。"玛迪说。

"我猜，我兴许是不经意间听你这样称呼过他。"老厨师笑了笑，不经意地说着。

"有这个可能，但是，我也不太记得了。"玛迪的确记不住了，这家旅店带来的新鲜感还在挑动着她的神经，令她兴奋不已。

"不过他看着很像个博士，对不对？尼可。"哈洛安先生和尼可开着玩笑。

尼可也很开心，自从来到这里，他还没有感到这样舒服过。

"这边就是储藏室了。"哈洛安先生又领着母子俩来到储藏室，并不住地给玛迪讲着储藏室的情况。同时，一种难以言说的异样感纠缠上尼可。

尼可想不明白是怎么回事，但他的眼神却从未离开过老厨师半分。

侃侃而谈的老厨师回头看了尼可一眼。尼可听到一个陌生的声音对他讲："尼可，要吃冰淇淋吗？"

尼可瞬间呆住了，直望着老厨师，可是，他却没有丝毫反常的地方。

正巧，乌曼先生同杰里也来到储藏室门口，于是，大家在这里会合了。接着，玛迪跟着丈夫和乌曼去了地下室，尼可便和老厨师待在一起。

老厨师好像很了解他的心思，请他吃了一份冰淇淋。

老厨师看着坐在身旁的尼可："有没有感到奇怪，我是怎么知道你父母为你取的外号的？"

但是，尼可好像不明白他在说什么。

老厨师继续说："以前我年纪还很小的时候，我的嘴巴根本一动不动，却能正常地同我的祖母交流。这种特殊的本领被称为'精神的念力'。这么久以来，我只遇到一个和我有相同本领的人，那人就是你。"

精神的念力，其实，就是一种预见未来的能力。只有少数人才能把念力触及的场面贮存起来，就是预感到未来，然而，年仅五岁的尼可拥有的这种能力已经非常强大。

尼可听了老厨师的话，想说点什么，却又犹豫起来。

"为什么一句话也不说？我们一起交流下不好吗？"他好像很想听听尼可的想法。

"不！我不可以讲。"

"有人不让你讲出来吗？是谁？"

"是尼乐。"尼可说道。

"尼乐，他是谁？"老厨师有点发懵。

"他就住在我的嘴巴里。"

老厨师恍然大悟，孩子年纪太小，不能理解自己身体里潜藏着另一个意识，而是将那个"意识"幻想成自己的小伙伴。

"所有事情都是尼乐给你讲的吗？"老厨师问道。

"嗯，没错。"

"那么，他是用什么方式告诉你的？"

"晚上睡着的时候，他会领着我去看。不过，等我从梦里醒来，就什么都不记得了。"

"尼可，你的爸爸妈妈知道关于尼乐的事情吗？"

"他们知道。"

"你有把你见到的这些事讲给爸爸妈妈听过吗？"老厨师问。

"没有，尼乐不想我给他们讲这些。"

很明显，尼可拥有的这种能力，令自己的意识受到灵魂的控制。

"我想，尼乐也告诉过你关于这家旅店的事情吧？"

"我不知道。"尼可有点心虚，说着就低下了头。

"细细想一想。"

"这里有什么秘密吗？"尼可急忙问道。他很想知道发生过什么。

"这里曾经发生过许许多多的事情，有好事，也有坏事。"

"215？"尼可轻轻吐出这三个数字。几天来，它们在尼可的脑袋里屡屡出现。

"215？"老厨师感到很吃惊，他望着尼可，觉得自己想得太简单了，这孩子一定知道很多事情。

"你是不是害怕215号房？哈洛安先生，那间房里有什么？"尼可纯真无邪地说道。

"并不是，孩子。"老厨师的声音有些颤抖，"那儿什么也没有，无论如何，你都不要到那间房子里去！远离它，知道吗？离它远些！"

215号房，尼可反复想着。

## 四

时间过得很快，转眼一个月过去了。

尼可骑着三轮小车，在旅店宽阔曲折的走廊里来回穿梭，这样的游戏令他觉得很愉快。妈妈玛迪身着睡衣，推着一辆餐车回到房间，上面载满了美食，杰里还在房中睡觉。

"早上好！"玛迪叫醒了丈夫，然后送上他喜欢的食物，并希望早餐过后可以和他一起去散散步。

杰里并没有那样的好心情，自从他来到这家旅店，他觉得自己一直在虚度时光，自己得做些什么。于是，他对玛迪说要开始写书了，玛迪只好离开。可杰里没有什么灵感，他需要酒，酒精可以给他极大的刺激，但玛迪早已把酒全部藏起来了。

想到这里，愤怒的杰里抓起一个壁球抛向了墙壁，差点砸到墙上挂着的照片。

玛迪和尼可结伴出门了，他们穿着又厚又重的冬装，跑向旅店外面巨大的树林迷宫。尼可好多次都想要玛迪带他来这里玩，但是因为玛迪有事而推迟了。

现在，尼可终于得偿所愿。

"小心点儿，我就要抓到你啦，别跑得太快！"玛迪装出要抓住尼可的样子。

"你赢了。剩下的路走着就好，我实在跑不动了。"玛迪跑不过尼可，假装向他求饶。

"那好吧，妈妈。"

"这里漂亮吗？"妈妈牵着尼可的手在转来转去，寻找着迷宫的出口。

房里的杰里还在烦躁地抛着壁球，撞击墙壁的声音令他不断发泄着情绪。过了一会儿，他走出来想要透口气，站在窗边向下看去。

下面正是那座巨大的树林迷宫，迷宫左右对称的格局很得杰里喜欢。这样的俯视令杰里兴奋起来，因为这令他产生了操控他人命运的快感。他笑了笑，自己终于有了写作的灵感。

星期二，尼可蹬着三轮小车，依然在走廊里穿梭，可他突然停了下来，那股腐臭的气息再次席卷而来。尼可缓缓回头望向身后，面前正是 215 号房！那房间似乎有强大的引力，吸引着尼可过来。尼可努力保持平静，走了过去，他想要打开那扇房门，可门没有被打开，就和其他房间一样，它是上了锁的。尼可长舒一口气，打算回到自己的小车上。

这时，那对小姐妹再次出现了。尼可害怕极了，他骑上车，慌忙离开了。

工作室内，杰里思路通畅，他的书写得很顺利，已经写完了不少。

"嗨！"玛迪过来招呼着杰里。

愤怒的火焰在杰里心头燃起，难以抑制。他的思绪中断，灵感消失，再无法将写作继续下去。

他克制着自己的怒火，竟对玛迪露出微笑。

"亲爱的，写得还好吗？"玛迪接着问道。

"是的，还不错。"杰里的语气虽然很好，却将一张稿纸使劲地从打字机上撕了下来。

"今天要写的东西很多吗？天气预报说今晚要下雪。"玛迪还想在一旁嘘寒问暖。

"是吗？"杰里的话越来越短，那勉强挤出来的笑容透着邪恶。

玛迪总算意识到丈夫的怒气："我懂了。我会晚点再来，也许你打算给我看看你的作品。"

忍无可忍的杰里一把撕碎了手中的纸，冲着玛迪大声咆哮："你在这我什么也做不了，所以，只要我在这儿，就是在工作，别进来！你听见了吗？一步也别踏进来！你办得到吗？"

"嗯……嗯，好的。"玛迪小声应答着，站在那里一动不动，面如土色，那副可怜的样子令杰里觉得非常痛快。

"那现在就立刻滚出去！"

玛迪仓皇逃走了。

杰里摆正姿势，重新开始写作。他觉得她应该为自己的愚蠢付出代价，受到最重的惩罚。

他盯着窗外，大雪早已覆盖上一切。杰里再也找不回写作的激情，愤怒损失了他的灵感。他把眼睛收回来，却看到玛迪和尼可正在打雪仗。

杰里走到窗前，想，下次再有这种事情，他一定会加倍教训她！

星期六，大雪封山。旅店厅堂里，杰里正打算开始写作。玛迪再也不会随便进来，做出干扰自己的工作的事情。杰里很是得意地想：上次的教训，总算是让她长了记性。

玛迪正在旅店的通讯室内，她花费很大一番力气才接通线路，和外面的人联系上。在仿佛与世隔绝的环境里，玛迪觉得很愉快。

尼可蹬着三轮小车在长长的走廊行驶，那股不安再次袭来。他才刚拐了个弯，便猛地停下车。

那一大一小两个姐妹站在走廊的中间，挡住了尼可的路，用那副诡异的微笑，死死瞪着尼可。

尼可打算再次逃跑的时候，姐妹俩张嘴说话："嗨，尼可！来啊……来和我们玩儿！"

尼可感觉控制不住自己，想要跟随她们而去。

"跟我们一起玩儿……永远！"姐妹俩的声音在空中回荡。

尼可吓得气力全无，动弹不得，喊不出一句话来。

"永远……永远……"

然而，那对姐妹还在慢慢靠向尼可。

尼可使劲捂住双眼，告诉自己这一切都是假象。

然而，当他大着胆子从指缝里去看时，发现面前什么都没有。

## 五

星期一，尼可轻手轻脚地来到房里四处张望。

杰里的头发凌乱不堪，呆呆地坐在床边。他从床对面的镜子看到自己邋里邋遢的模样，竟露出一丝微笑。

看见杰里怪异的笑容，尼可浑身发毛！爸爸的笑容，和那两个女孩的笑容，竟然完全一样！

尼可马上移开目光，打算躲着杰里悄悄溜入自己的小卧室，可还是让杰里瞧见了。

"我能回我的卧室拿点东西吗？"尼可的声音轻微发颤。

"先来我这儿。"杰里用命令的语气说道。

尼可稍稍迟疑了下，还是过去了。

"在旅店过得好吗，博士？"

"还行，爸爸。"

"这里好玩吗？"杰里笑着问。

"嗯，还不错。"尼可老老实实地回答。

"你在这里高兴就好，我希望咱们可以永远在这里，永远……"

尼可惊恐地抬起头，听完父亲最后说的那句话，尼可想到了走廊里那两个笑容诡异的小女孩。

"爸爸？"尼可害怕地问道。

"怎么？"

"你身体不舒服吗？"

"不是，有点疲惫而已。"

"那你不去睡会儿，休息下身体吗？"

"尼可，我还不能睡觉，我还要做很多事。"杰里说。

"爸爸，你喜欢这儿吗？"尼可大着胆子，总算问出这句。

"当然了。怎么，你不喜欢这里吗？"

"我……我喜欢。"尼可想要父亲高兴，违心地说。

"爸，你会一直爱护我和妈妈，永远都不会伤害我和妈妈吗？"尼可又想起走廊里的场景，惊恐地问着。他总觉得会有什么不好的事情发生。

"你这是在说什么？"杰里愣住了，愤怒地讲，"是不是你妈跟你说我会伤害你们？"

"不，没有。"

杰里强压着自己的怒火："真的吗？尼可。"

"真的，爸爸。"尼可的回答很坚决。

"尼可，我爱你。在我心中，没有任何一个人比得过你。无论如何，我绝不可能伤害你，绝不会！你知道的，是吗？"

"我明白。"

杰里望着搂在怀里的尼可，然而，他的语气和神色都让杰里明白：尼可没有那么相信自己。

星期三，外面依然是大雪满天。

旅店的过道空荡荡的，尼可正在那儿玩着玩具汽车比赛的游戏。猛然间，一阵声响从前方传来，他抬头望去，什么都没看见。

可是，尼可觉得一定有些什么藏在那儿。

"妈妈？"尼可边问边向前走。

"妈妈？"尼可接着喊了一声。

依然没人回他。

那道门是打开的！门上的钥匙孔里插着钥匙。尼可清晰地看到，钥匙号码牌上，三个数字排列分明：215！

锅炉房里，玛迪正在查看锅炉的各项仪表，突然，耳畔清楚地传来杰里的嘶叫声。

玛迪竭力地跑向杰里。

杰里好像梦魇了，浑身抽动，在梦里发出恐怖的喊叫。玛迪拼命将杰里摇醒。

"我刚刚做了噩梦，梦到一些很恐怖的事情。"杰里喘着粗气。

"现在没事了，放心吧。"

"我梦见我把你和尼可都给杀死了，我杀了你，将你分尸！天啊！我想，我肯定是疯掉了！"逼真的梦境让杰里还陷在痛苦的回忆中。

玛迪安慰着杰里，扶着他坐在椅子上。

这时，尼可面无表情地慢慢走了过来，好像受到了什么惊吓。

玛迪看到了尼可，她不想孩子见到这种场面，所以劝说尼可回去，但是尼可好像没有听见一样，继续向前走着。玛迪只好再次劝尼可回自己房间去，不过，尼可还是没有半点儿反应。

玛迪终于察觉尼可的异常，赶紧跑去看他。

"我说的话你怎么也不听？"玛迪责怪着他。

接着，她就看到尼可衣服凌乱，脖子上还有一条深深的伤痕。

"天啊！"玛迪叫起来，"尼可！你的脖子怎么了？你脖子怎么了？"

玛迪使劲晃着孩子，然而，尼可却一言不发。玛迪突然醒悟了，对着杰里喊道："是不是你做的？你这可恶的东西！怎么可以这样对他！"

玛迪抱起尼可跑了出去，不再理会杰里，把杰里扔在了那里。

杰里愤怒极了，却无处宣泄自己的怒火，他再次想到了酒精的刺激带来的快感。于是，杰里向着酒吧走去，可面前空荡荡的吧台令他十分失望。

"天啊，用什么可以让我换点酒喝呢？"他渴求着酒精给他的刺激，"就算是用灵魂做交换！只要能换来一杯酒就行！"杰里闭上双眼，徒然地喊着。当杰里再次睁开眼的时候，他发现他来到了自己最喜欢的"金房"酒吧。他和这里的调酒师洛伊开始了愉快的交流，洛伊为他调制了一杯他喜欢的酒。酒精的作用令杰里兴奋起来，他们在这里边喝边聊。

　　突然，玛迪出现了，她拿着一根棒球棍跑了过来。她在这里看到了杰里，他独自一人在吧台前坐着，手里空空如也。

　　"太好了，你果然在这儿！旅店里不止我们，另一间房里住着一个疯女人，她想要把尼可勒死！"玛迪哭个不停，条理不清地讲着。

　　"我说的是真话，我保证！尼可说他跑进一个开着门的房间，那里的一个疯女人要勒死尼可。"

　　"那间房在哪儿？"杰里问道。

　　老厨师的家里，电视机播放着那家旅店被暴风雪肆虐的新闻，老厨师还在享受着假期的悠闲。

　　突然，一股强烈的恐惧冲击着老厨师，他睁大双眼，看到了一幕令人阴森可怖的场景……

　　它发生在215号房间！

　　小卧室里的尼可，也看到了同样的场景！

# 六

　　房间的门开着，杰里推开门，缓步进入。房里的浴室显然有人在洗澡，好像是个女人，身体若隐若现。杰里走了进去，他看到一个全身赤裸的女人，并被她深深吸引了。他和那女人陷入缠绵，却闻到一股异常难闻的气味。

　　从浴室的镜子里杰里看到，她的后背上，几块尸斑一目了然。瞬间，他面前的年轻女子变成了一个形容枯槁的老妇人。杰里恐惧地向后退去。另一具尸体也出现了,她瞪着缺少眼珠的双目,从浴缸的水里慢慢漂浮起来。老妇人不断向杰里逼近,发出阵阵凄厉的笑声,杰里吓得不住颤抖,慌忙逃出了房间。可是,那老妇还在不停大笑,凄怨狠戾的声音在空旷的旅馆里飘荡。

而这一切,都让尼可看了个一清二楚。

老厨师赶忙试图和旅店联系上,可惜电话无人接听。他下定决心,一定要和他们联络上。

卧室里,玛迪紧抓着棒球棒,慌忙地走来走去。

终于,敲门声响了。

"是不是杰里?"玛迪恐惧地问。

"是,是我。"杰里努力平静着自己的慌张和恐惧。

玛迪打开门:"杰里,你看到什么了吗?"

杰里不敢说出实情,他决定撒谎:"房间里什么都没有,我什么都没看见。"

"你确定吗?你是去的尼可说过的 215 号房?"

"是的,我确定。"

"怎么会?你在那里什么都没看见?"玛迪难以置信地问。

"对,什么都没见。尼可还好吗?"

杰里想要转移话题,但玛迪还是不相信杰里说的话,她无论如何都不相信尼可会自己把自己弄伤。

小卧室里的尼可睁着眼睛,脑海里却呈现另一幅场景:他看到了一个黄色的门上写有几个红色的字母:REDRUM。他实在搞不懂这是什么意思。

"杰里,这里处处都很反常,我们带着尼可离开这里吧!"

玛迪话音刚落，杰里立刻大声叫嚷："你说什么！我们带尼可离开？离开这家旅店？"

尼可却听不见父母的声音，他惊恐地看着那幅画面——鲜血喷涌而出，很快就充满了整个视线，眼前能见的唯有一片血红！

"你总会自找麻烦！总是这样干扰我！"杰里愤怒疯狂地叫喊着离开了房间。

他是绝对不可能离开这家旅店的！

不知不觉间，杰里走到了酒吧门口。酒吧里到处都是客人，很是热闹，人们也纷纷同他打着招呼。杰里直接来到吧台，问洛伊要了杯酒。

调酒师洛伊为杰里调酒，杰里打开钱包，准备买单。

"不，先生，免费。"调酒师说道。

"什么？免费？"杰里似乎听得不是很清楚。

"你的钱在这边没法儿用。"

杰里想了想，说："那就听你的！"杰里愉快地拿酒起身，却一个不小心，和一个服务生撞在一起，整杯酒都洒在了杰里身上。他们只得到旁边的洗手间去，服务生一边帮着杰里擦洗衣服，一边聊着天。

"你的名字是什么？"杰里说。

"戴伯·戈兰迪。"

"戴伯·戈兰迪。"杰里觉得有点熟悉，重复念了一遍这个名字，他呆住了，"戈兰迪？"

"是的。"戈兰迪平静地说。

"戴伯·戈兰迪？"杰里又问了一遍。

"是，先生。"

杰里考虑着该怎么开口："我们是不是曾经在哪儿见过？"

"我想……应该没有。瞧，先生，衣服弄干净了。"戈兰迪轻松地舒了一口气。

"戈兰迪先生，你曾是这家旅店的看守员吗？"杰里的话讲得挺圆滑。

"当然不是。"

"你结婚了，对不对？"

"不错，我还有两个女儿，姐姐十岁，妹妹八岁。"戈兰迪抬头望着杰里。

"可是，她们现在在哪里？"

"可能待在某个我不知道的地方。"

杰里盯着眼前这个斯文有礼的服务生笑了，一字一顿，清清楚楚地说道："戈兰迪先生，你过去在这家旅店看店。我在报纸上见过你，上面有你的照片。你亲手杀了你妻子，还有你的两个女儿，然后举枪自尽。"

"可奇怪的是，我对这件事一无所知。"他礼貌地做出回应。

"你过去是这里的员工。"杰里又对他讲了一次。

戈兰迪沉默了会儿，略带责备地说："抱歉，你才一直是旅店的员工，而我一直住在此处。"

杰里愣住了。

"先生，你知道吗，你的儿子尼可，打算让一个外人进来旅店。"戈兰迪缓缓说道。

"这不可能。"杰里怀疑地说。

"先生，你更不知道的是，那个人是一个……"戈兰迪故意说得很慢。

"是什么？"杰里急切地想要知道。

戈兰迪好像感受到了杰里满腔的怒火，所以，他语气怪怪地说着："是一个黑人。"

"黑人？"杰里的话里透露着掩藏不住的疑惑。

"黑人厨师。"

"怎么可能？他可以有什么办法？"杰里赶忙问。

"你的儿子，是个很有天赋的孩子，并且，他会利用他的天赋对抗你的命令。"

"是的，那个孩子，自以为是又招人厌恶。"杰里恨恨地说道。

"不错，坦白地说，尼可不仅非常固执，而且顽皮透了。"戈兰迪继续着他对杰里的诱导。

"全是玛迪不好，没有好好教育尼可。"杰里好像在解释什么，但他恍惚觉得，他一定得听这个男人的话，才能过上自己梦寐以求的日子。

"兴许，你得和他们谈谈了。"戈兰迪的笑容和目光引导着杰里，"也许还得用点特殊手段……"他的目光死死地盯住杰里。"我的妻子还有女儿们讨厌这家旅店，想要毁掉这里，所以，我惩罚了她们。"

杰里笑了起来。他想，终于知道做什么才能让自己满足。

杰里走在长廊里，面目狰狞，喘着粗气。

通讯器里传来呼声，他恍若未闻，直接将里面的芯片拔出摔烂。

## 七

老厨师坐上了飞机，来到旅店周围，他寻找到一辆雪车，开着它驶向旅店。

玛迪紧握着球棒到处张望，她小心翼翼地在杰里的工作间走着，寻找丈夫的踪迹，但杰里并没有出现在此。不知不觉间，玛迪已走向写字台，她想看看杰里写了什么内容。

打字机处堆满了稿纸，上面密密麻麻的全是字。玛迪仔细看去，整张纸上反反复复只有一句话：一直在工作，任何休息都没有，杰里将会疯掉！字眼里都能透露出杰里的愤怒。这一段文字写在了所有的纸上，不仅用了不同的格式，还分成不同的段落！

"玛迪，你喜欢这些吗？"杰里忽然来到这里。

杰里诡异邪恶的笑容令玛迪觉得，面前的人不是自己的丈夫杰里，而是一个她从未谋面的陌生人！

"你在我这儿干吗？"杰里用着温和的语气，慢慢向玛迪逼近。

"我……我只是……打算……找你谈谈。"

"行！"杰里翻着文稿，"说吧，你打算谈些什么？"

"我……我不记得了。"

"真的吗？你不记得了吗？"杰里笑着说。

"是的，我不记得了。"玛迪不断向后退去。

小卧房里的尼可把这些全看在眼里，他感到非常痛苦，不想再继续看下去。

"和尼可有关吗？"杰里的声音回荡着，"关于他的事，咱们是该好好谈谈。"

"我认为……我们应该谈谈，该怎样处置那个孩子？"杰里笑着向玛迪逼近，"你认为呢？我们要怎样做才好？"

玛迪哭泣着后退："我不知道。"

"怎么可能，我知道你会有一些很棒的主意，所以，我们该对尼可怎么做？我想知道。"杰里死死地盯住玛迪，好像要将她吞噬。

"我得领着尼可去看医生。"玛迪可怜巴巴地说。

"啊，要看医生吗？"

"嗯。"玛迪泪流满面，抑制不住地颤抖着。

"可是要什么时间去？"

"肯定得快点才行，求你了！"

"你认为他身体出毛病了吗？"杰里不停靠近，把玛迪逼到了墙角。

"对。"

"你这么关心他，可是你关心我吗？"杰里说。

"那是当然！"玛迪叫了起来。

"是吗？"杰里大声叫着，"可你有考虑到我的责任吗？"

"什么？"

"你有考虑过吗？我身负着怎样的责任。你有考虑过吗？我得对老板负责任！你考虑过吗？我答应一直看店，直到5月1日！你认为这些事情重不重要？老板很信任我，并且我还在合同上签了字，这些事情，你认为重不重要？你知道职业道德是怎么一回事吗？"杰里好像疯了，一面叫喊，一面继续逼近玛迪。

玛迪退到楼梯，一边挥着球棒，一边大喊着："走开！"

但这样却惹怒了杰里。

"放过我，放我回自己的房间吧！求求你了。"玛迪恳求着。

"为什么？"

"我有很多问题要好好考虑。"

"你已经有很多时间思考了，这点时间够做什么呢？"杰里面容扭曲地笑着。

"求你了，快走开！"

看到玛迪惊惧惶恐的样子，杰里觉得痛快极了，他伸手就要抓住玛迪。

"我不会对你怎么样的。"

"快走！快走开！别伤害我！"玛迪向杰里挥舞着球棒。

"亲爱的，我怎么可能会做出伤害你的事？"杰里伸出手，意图把那根球棒夺过来。

"不，你走开！离我远些！"玛迪大声地吼叫着。

"相信我，我不会把你怎么样的！"

"走开！"玛迪就快要疯掉了，她拼命地挥舞着球棒，这让杰里彻底愤怒了。

"别再挥了！放手！把它给我！"杰里狂喊。

玛迪已经退到无路可退之地。"快点走开！"

"别再挥了，快住手，把球棒给我！"

恐惧的玛迪盲目且疯狂地挥动着球棒，打到了杰里。杰里惨叫着滚落下楼梯，晕了过去。玛迪使尽全力拉起杰里的双腿，将他锁进了储藏室。

"混蛋！快把门打开！"杰里怒吼着。

疯狂的杰里令玛迪恐惧极了，她找来一把刀抓在手中，惊慌地望着那道门。

"快把门打开！放我出去！听到没，玛迪？放我出去，我一切都不跟你计较！"

玛迪在门外无助地哭泣着。

杰里发觉这样没有效果，便改变了策略："宝贝儿，我伤得很重，你打中的是我的头部，流血了，我得去看医生……"

玛迪心疼地皱了下眉，可是，她还是一动不动。

"宝贝儿，别让我一人留在这儿……"杰里不断哀求着。

"我得走了。"玛迪哭着，"我先开着雪车把尼可送走，再想办法帮你把医生带来。"

"玛迪……"

"我要走了。"

"你要走吗，玛迪？"杰里笑着说，"可是你什么地方都不能去……去看看雪车、收音机吧，很快，你就明白我的意思了。"杰里阴险地笑着。"去看吧！你哪儿也去不了！"

杰里在里面暴跳如雷，疯狂地拍门叫喊。

玛迪跑了出去，她看到了那辆雪车，但是里面的线路被人弄断了。

## 八

早上4点，储藏室里，已经睡着的杰里被一阵敲门声惊醒了。杰里费劲儿地撑着头，站起来问道："玛迪？"

"杰里先生，是我，戈兰迪。"门外有人回答道。

"戈兰迪？哈喽，你好。"杰里马上吃力地站起来，扑在门前招呼道。

"看来，你没有处理好你的问题。"

"戈兰迪先生，不必提醒我。"杰里道，"等我一出去，我就能把这问题解决掉。"

"真的？我认为你还没有下定决心，你没有那么大的胆子。"戈兰迪冷冰冰地责问着杰里。

"戈兰迪先生，请不要放弃我！再相信我一次吧！"杰里扑在门上大声喊着。

"你太太好像比你更加优秀，做得更好。"戈兰迪用冷硬而淡漠的声音说道。

"不，我马上就要成功了！"杰里近乎哀求地说道。

"你保证？"

"是的，我保证！"

猛然间，门被打开了。

老厨师在广阔的树林中艰难地开着雪车，他正向着旅店而来。

经过这样一回闹腾，玛迪已是疲惫不已。她虽然在床上睡得正熟，可是依然没有改变警惕的姿势。

"REDRUM……REDRUM……"尼可一遍又一遍地念着这个单词，他看到玛迪曾用过的那把刀，便把它拿了起来，用玛迪的唇膏把那个单词涂抹在刀刃上、身后的门上。他不断地重复着，声音越来越响，直至玛迪吓得大声惊叫："快放下！尼可！我的孩子！"

那个单词反着读就是"MURDER"——谋杀！

嗵！

杰里举着一把长柄的利斧砍向卧室的门，玛迪惊恐地叫喊，带着孩子逃到卫生间里，想要从窗户逃走，但只能将窗户弄开一条小缝。而此时的杰里已经把房间的门劈出了口子。他一边将豁口劈大，一边面目扭曲地大叫着："玛迪，我回来了！"

玛迪带着尼可躲在卫生间里，把门关紧。玛迪刚从窗户口把尼可推了出去，杰里便闯进卧室，此时玛迪不论怎样也不能从窗户爬出去，窗子上的口子实在太小。

"快出来！玛迪！"杰里使劲儿地挥着他那柄斧子，向着门用力地劈着。

杰里的吼叫声加重了玛迪的恐惧，她拼命想要从窗户里出去，可是，狭小的口子把她卡住了！

杰里开始敲门。

玛迪彻底失望了，她对尼可喊道："尼可，我出不去了，你快跑去藏好！快点儿！"

尼可看着妈妈，转过身跑向旅店的大门，他要去找玛迪。

"玛迪，开门！让我进去！"杰里在卫生间外叫喊，门在他不停的拍打下摇摇欲坠。

玛迪挣扎着又回到了卫生间，紧握着刀蜷缩在门边的角落，打算做最后的抵抗。

"别再逼我，实在不行，我就毁掉这里！"

"不！不！快停下！"玛迪绝望地大喊着。

杰里又把门劈出几道豁口，然后，他将脸紧贴在门上："看，我找到你啦！"

玛迪举着刀站在门边，杰里刚伸出手进来扳住卫生间的门把手，玛迪就拿刀砍了下来。杰里的手上血肉模糊。

此时，卧室里僵持不下的两个人都听见了雪车开动的声音。

杰里知道出了变故，顺着声响向着旅店外面的方向望去，并寻了出去。尼可在旅店里快速地跑着，要去寻找妈妈，却突然听见前方的脚步声，尼可赶忙躲进了身边的碗柜。杰里经过了这里，听见碗柜里的响动。

杰里感到了异常，就在他将要打开柜门时，突然，旅馆大厅处传来老厨师的声音。

"有没有人？"老厨师一边走着，一边四处打量。旅店里一片死寂，一股淡淡的血腥气弥漫着整个旅店。此时，老厨师看到了杰里，他就在自己面前，举着一把锋利的斧子。

老厨师尚未作出反应，那把斧子已猛然穿过他的心脏，鲜血四溅！

尼可再也抑制不了内心的恐惧，失声大叫。

老厨师来了，这是他们生存的唯一的希望，却就在这一瞬间又完全地破灭了！

## 九

"尼可！"杰里举着利斧跑向尼可。

玛迪手握着刀，发疯似的寻找儿子，忽然，从上面一个房间传来阵阵怪异的声响，玛迪想到了尼可，立即跑了上去。她不知道这家旅店还隐藏着什么，是数不尽的亡魂，还是无数见所未见的变态场景？这里是魔鬼的巢穴，是一个剥夺生命、吞噬善良灵魂的地狱！

尼可跑出了旅店，躲在老厨师开来的那辆雪车后面。杰里却开了灯，对面前的事物一览无余，包括尼可。

"尼可！"杰里边喊边追，离尼可越来越近。尼可没有办法，面前只有那静默的森林迷宫伫立在风雪中，张着黑色的大嘴，等待着迷途人的误入。

尼可只能跑进去，杰里也立即追了过来。

杰里追随着尼可的脚印，疯狂地大叫："尼可！我来了！"

四处寻找尼可的玛迪来到旅店门口，撞见死去多时的老厨师。玛迪还未缓过神来就听到一阵响动，她回过头，看到一个头颅被利斧劈开的男子，鲜血正不断地从中流淌出来，可他却穿着晚礼服，笑着向玛迪举杯："有没有感到很好玩？"

玛迪迅速逃了出去，背后依然是那男人阴森的笑声。

"尼可！别跑！"杰里狂躁地叫喊着，他就顺着尼可的脚印追赶，"我看到你了！尼可！我就在你后头！"

尼可气喘吁吁，他再也跑不动了。可杰里的声音越来越响，他就在不远处！尼可走向了另一个方向，然后抹去了自己的脚印。

玛迪就要奔出旅店的时候，却见鲜红的血湮灭了门厅，在血流的冲击下，里面的家具全都浮了起来，鬼魂要把此处的一切吞噬！玛迪再也不能忍受这些,她没有任何犹豫,大着胆子,一口气就冲出了旅店!

杰里停了下来,他发现前方的脚印不见了,可他知道尼可就躲在离这不远的地方,没力气再逃。

"尼可!"杰里大喊一声,跑向了另一边。见此,尼可马上顺着自己的脚印,向着来时的路跑去!

玛迪跑到了雪车旁,大声呼唤着她的儿子,这时的尼可花光了仅存的一丝力气,摔倒在迷宫的出口。

"妈妈!"尼可声音微弱地喊着玛迪。

"尼可!"玛迪立刻冲上去,母子俩紧紧相拥。

"尼可,你……在什么地方?"杰里拼命嘶喊着。巨大的树林迷阵把他弄得晕头转向,这里到处都是相同的:相同的灯,相同的树,漆黑的树墙,淹没一切的冰冷!

玛迪抱着尼可上了那辆雪车,雪车慢慢开动,两人没有走远,还能听见森林里传来的声音——杰里的惨叫声。

杰里累得瘫倒在迷宫里。这里没有尼可,他更找不到出去的路。杰里的声音渐渐变了,变得没有了人性,变得混乱,变得含糊不清,最后终于化作厉鬼的号叫,鬼宅吞噬了他。

旅馆里有一面墙,墙上满是照片,那一张张都是客人们相聚的照片,中间最引人注目的,是一张几十个人欢聚一堂、身着盛装的晚会照。照片上的客人们都是盛装打扮,衣服是过去的款式,充斥着腐旧的时尚。而相片的最前面,恰好是杰里,他面带微笑站立在那里。

照片的最底端,写有一行字:眺望旅店,1921年7月4日舞会。